公共基础课类创新融合精品教材
“互联网+”教育改革新理念教材



# 文学欣赏

主　编◎武　琼　韩凌心　叶常宇
副主编◎曾宗怡　安　颖　刘　政
王　贺　阿依努尔·阿合买提江
徐　星　阿子莫小英
徐　洁　李建新　王慧娜

湖南大学出版社
·长沙·

图书在版编目(CIP)数据

文学欣赏/武琼,韩凌心,叶常宇主编. --长沙 :
湖南大学出版社, 2025.6. -- ISBN 978-7-5667-4146-2

Ⅰ. I06

中国国家版本馆 CIP 数据核字第 20250RG481 号

文学欣赏

WENXUE XINSHANG

主　　编: 武　琼　韩凌心　叶常宇
责任编辑: 申婉莹
印　　装: 唐山唐文印刷有限公司
开　　本: 889 mm×1 194 mm　1/16　　印　张: 11　　字　数: 274 千字
版　　次: 2025 年 6 月第 1 版　　印　次: 2025 年 6 月第 1 次印刷
书　　号: ISBN 978-7-5667-4146-2
定　　价: 48.00 元

出 版 人: 李文邦
出版发行: 湖南大学出版社
社　　址: 湖南 · 长沙 · 岳麓山　　邮　编: 410082
电　　话: 0731-88822559(营销部)　88821174(编辑部)　88821006(出版部)
传　　真: 0731-88822264(总编室)
网　　址: http://press.hnu.edu.cn
电子邮箱: xiaoshulianwenhua@163.com

QIANYAN

# 前　言

纵观人类社会历史的演变和发展，文学扮演了重要的社会角色，它影响人们的思想，启迪人们的智慧，陶冶人们的情操，成为每个时代不可缺失的精神食粮。而文学欣赏的目的在于揭示文学作品的丰富内涵，领略其醇美的艺术魅力，进而获得审美的愉悦和享受。文学欣赏是推行素质教育、实施人文素质工程的重要内容之一，具备良好的文学欣赏能力是对每一名学生的基本要求。有鉴于此，我们编写了这本《文学欣赏》，全书内容包括文学与文学欣赏、诗歌欣赏、散文欣赏、小说欣赏、戏剧欣赏五个部分，对不同类型、不同时期、不同风格的代表作品进行了解与鉴赏。希望本书能对提升学生的文学品位、扩大学生的知识面、加强学生的人文素养有所帮助。

本书具有以下几个特色。

一、内容丰富，知识性强，趣味性突出。全书以各种文体的演进发展为主线，简要概述诗歌、散文、小说、戏剧这四大文体的发展情况。同时，结合不同文体特征，各种文体都选录了一些名作，介绍了具体的欣赏方法，使学生能够在名作赏析过程中汲取文学精华，学以致用。

二、通俗易懂，可读性强。文学欣赏是公共性科目，理论不宜过多，因此在行文方面，我们极力避免过多地征引理论著作，力求通俗易懂，深入浅出。本书结构编排科学，栏目设置合理，选取了具有代表性的名作，可读性强，对于增强学生的综合人文素养、提高其实际应用能力，有重要意义。

三、结构完整，内容全面。本书对名作作者的生平、作品的历史背景、作者的写作手法以及部分难度较大的作品作了较详细的注释。每一章都设计了能力训练题。学生学习完一章后，不但能够掌握具体的欣赏角度和方法，还能把这些知识运用到对其他文学作品的赏析中，掌握解读文学作品的方法，提高文学欣赏能力。同时，为了进一步拓宽学生的视野，我们还特别设计了“拓展阅读”栏目，学生可以根据自己的需要，有选择地阅读与赏析。

在本书编写过程中我们参阅了大量书籍，由于来源杂散，恕不一一注明出处，在此向其编著者表示衷心感谢。

由于编者水平有限，且编写时间仓促，书中难免存在不足之处，敬请各位专家及广大读者提出宝贵意见，以便修订时改进。

编　者

2025 年 3 月

MULU

# 目 录

# 第一章 文学与文学欣赏

## 本章导读

本章主要对文学以及文学与文学欣赏的相关理论进行阐述，包括文学的含义和文学的发展史；就文学与非文学而言，从文学的作用出发，研究文学与非文学的区别；就文学欣赏而言，具体探究文学欣赏的途径和文学作品赏析的能力，从理论上对文学欣赏做一个初步的探讨。

## 学习目标

1. 了解什么是文学和文学欣赏，以及中西方文学发展史。
2. 掌握文学欣赏的一般方法。
3. 培养文学修养，提高文学欣赏的能力。



# 第一节 文学概述

## 一、文学的含义

扫一扫

文学的含义

文学的含义有很多种，以下是常见的几种文学的含义。

**1. 社会意识形态之一**

中外古代都曾把一切用文字书写的书籍文献统称为文学。现代专指用语言文字塑造形象以反映社会生活、表达思想感情的艺术，故文学又称“语言艺术”。中国魏晋南北朝时期，曾将文学分为韵文和散文两大类，现代通常将其分为诗歌、散文、小说、戏剧、影视文学等体裁。

**2. 孔门四科之一**

“文学”最早见于《论语》。《论语·先进篇》：“文学，子游、子夏。”这句话的意思是说，通晓文献知识的人有子游、子夏。这里的文学是指通晓诗书礼乐等古代文献。邢昺疏：“若文章博学，则有子游、子夏二人也。”意思是说，就通晓古代文献方面而言，（孔子的学生里面）要数子游和子夏这两个人了。此处的“文学”指教贵族子弟的学科。《宋书·雷次宗传》：“上留心艺术，使丹阳尹何尚之立玄学，太子率更令何承天立史学，司徒参军谢元立文学”。此处的“文学”也是指“教贵族子弟的学科”。

**3. 辞章修养**

元结《大唐中兴颂序》：“非老于文学，其谁宜为?”在这里“老”是历久而富经验之谓，文学受事于“老”，其含义应理解为“文笔”或“辞章修养”。“文笔”或“辞章修养”内容广泛，此时并不专指文学。

**4. 官名**

汉代置于州郡及王国，或称“文学掾”，或称“文学史”，为后世教官所由来。汉武帝为选拔人才特设“贤良文学”科目，由各郡举荐人才上京考试，被举荐者便叫“贤良文学”。“贤良”

是指品德端正、道德高尚的人；“文学”则指精通儒家经典的人。魏晋以后有“文学从事”之名。唐代于州县置“博士”，德宗时改称“文学”，太子及诸王以下亦置“文学”。明清废。

文学的含义是一直都在发展、演变的。现代学者一般认为，文学是指以语言文字为工具、形象化地反映客观现实的艺术，它包括诗歌、散文、小说、戏剧等，是文化的重要表现形式，指以不同的形式（亦称体裁）表现内心情感和再现一定时期和一定地域的社会生活全貌的作品。

## 二、文学的发展史

中国古典文学分为诗和文，文又分为韵文和散文；现代文学一般分为诗歌、散文、小说、戏剧，它们并称为四大文学体裁。中国的抒情诗和散文起源最早而且比较发达。西方古典文学则分为诗歌与散文两种基本类型。与中国文学相比，西方文学中叙事诗和戏剧成熟较早，此外小说也比较发达。以下对中国文学发展史和西方文学发展史作简单梳理。

### （一）中国文学发展史

#### 1. 诗歌

诗歌是我国最早出现的一种文学体裁，源于劳动呼声，是一种有声韵、有歌咏的文学。我国古代将合乐的诗歌称为歌，将不合乐的诗歌称为诗。无论合乐与否，诗歌都具有很强的音乐美。

从出现时间上看，诗歌大致分为古体诗、近体诗和新诗。

（1）古体诗

古体诗多为四言，如《诗经》，东汉魏晋以后多五言、七言。唐代开始有古体和近体之分，唐代及唐代以后，诗人们也写了许多古体诗，比如李白的《古风五十九首》。唐代以后，诗人们借乐府旧题所写的诗歌大多都是古体诗，如李白的《梦游天姥吟留别》、杜甫的《茅屋为秋风所破歌》、白居易的《琵琶行》等。

（2）近体诗

近体诗也叫今体诗，是相对于古体诗而言的格律诗。近体诗在唐代初年正式形成，包括绝句、律诗、排律。绝句共四句，每句五字的为五绝，每句七字的为七绝，二四句押韵，首句可入韵，也可不入韵，没有对仗要求。律诗共八句，每句五字的为五律，每句七字的为七律，偶数句押韵，首句可入韵，也可不入韵。律诗每两句为一联，分别称为首联、颔联、颈联、尾联，颔联和颈联必须对仗。排律十句以上，像律诗一样，除首尾两联外，中间各联都对仗，押韵也和律诗一样。近体诗用字还要讲究平仄，有“一三五不论，二四六分明”的说法。杜甫的《旅夜书怀》《阁夜》《登岳阳楼》等都是十分典型的律诗。

（3）新诗

新诗是指五四运动前后产生的、有别于古典诗歌的、以白话作为基本语言手段的诗歌体裁。新诗在最初的时候，主张白话俗语入诗，以表现诗人的真情实感。因此，当时也称新诗为“白话诗”“白话韵文”“国语的韵文”。1917 年 2 月，《新青年》第二卷第六号刊出的胡适的白话诗词八首，是中国新诗运动中出现的第一批白话新诗。第一本用白话写的诗集是胡适的《尝试集》（1920 年）。而最早从思想艺术上显示一种崭新面貌，并为新诗地位的确定作出重大贡献的，是郭沫若的《女神》（1921 年）。

**2. 散文**

殷商时代有了文字，出现了记史的散文。到了周朝，各诸侯国的史官进一步以朴素的语言、简洁的文字记录了列国间的史实，如《春秋》。此后，为满足实际需求，产生了描述现实的历史文学，这就有了《左传》《国语》《战国策》等历史著作。我国古代，为区别于韵文、骈文，凡不押韵、不重排偶的散体文章，包括经、传、史书在内，一律称为散文。

我国散文的发展历程按照时间顺序，大致经历了五个阶段。

（1）先秦散文

包括诸子散文和历史散文。诸子散文以论说为主，如《论语》《孟子》《庄子》；历史散文是以历史题材为主的散文，凡记述历史事件、历史人物的文章和书籍都可划为历史散文，如《左传》。

（2）两汉散文

西汉时期司马迁的《史记》把传记散文推到了前所未有的高峰。东汉以后，开始出现了书、记、碑、铭、论、序等个体单篇散文形式。

（3）唐宋散文

在古文运动的推动下，散文的写法日益繁复，出现了文学散文，产生了不少优秀的山水游记、寓言、传记、杂文等作品，著名的“唐宋八大家”也在此时涌现。

（4）明清散文

明代散文的发展主要是在拟古和反拟古的反复斗争中曲折前进的。先有“七子”以拟古为主，后有唐宋派主张作品“皆自胸中流出”，较为有名的是归有光。以桐城派为代表的清代散文，注重“义理”的体现。桐城派的代表作家姚鼐对我国古代散文文体加以总结，分为十三类，包括论辩、序跋、奏议、书说、赠序、诏令、传状、碑志、杂说、箴铭、颂赞、辞赋、哀奠。

（5）现代散文

现代散文是指与诗歌、小说、戏剧并称的文学样式。它是通过对现实生活中某些片段或生活事件的描述，表达作者的观点与感情，并揭示其社会意义。散文的表现形式多种多样，杂文、短评、小品、随笔、速写、特写、游记、通讯、书信、日记、回忆录等都属于散文。总之，散文篇幅短小、形式自由、取材广泛、写法灵活、语言优美，能比较直接地反映生活，深受人们喜爱。

**3. 小说**

中国古代小说，晚熟于诗歌、散文，略早于戏曲。在长期的封建社会里，小说一向受到封建正统文人的鄙视。先秦两汉是中国小说的萌芽时期，这一时期的神话、寓言、史传、传说等，都孕育着小说艺术的因素，为小说文体的形成提供了条件。同时也呈现出中国小说萌芽时期便已形成志人、志怪两大类别的端倪。从后汉至唐代以前，是中国小说初步形成的时期，这一时期以刘义庆《世说新语》为代表的志人小说和以干宝《搜神记》为代表的志怪小说为标志。唐人小说是公认的中国文言短篇小说完全成熟的标志，“小说亦如诗，至唐而一变”。从中国小说发展史的角度来审视，唐人小说是一次质的飞跃。唐人小说，仅《太平广记》一书收录的单篇就有四十余篇，专集四十余部，约在千篇之数。宋初至明末的六百多年间，文言短篇小说大多承于晋唐，然又无一能逾越于唐。至清代而大变，文言短篇小说高度繁荣，具有世界意义和影响的《聊斋志异》把文言短篇小说的发展推向了最高峰。

**4. 戏曲**

中国戏曲起源于原始歌舞。在汉代，民间出现了具有表演成分的“角抵戏”，尤以《东海黄公》最为著名。到了南北朝时期，民间出现了歌舞与表演相结合的“歌舞戏”，具有更为浓郁的表演成分，如“拨头”“大面”“踏摇娘”等。唐代，出现了由先秦时期的优伶表演发展来的以滑稽表演为特点的“参军戏”；民间的歌舞戏进入宫廷，得到了更大的发展；民间又出现了“俗讲”和“变文”等通俗说唱形式。宋代，城市商品经济得到长足发展，出现很多市民娱乐场所——“瓦舍”和“勾栏”；民间歌舞、说唱、滑稽戏有了结合的趋势，出现了“宋杂剧”。金代，在宋杂剧基础上，北方出现了“金院本”，南方出现了“南戏”。元代，北方形成“北杂剧”，南方南戏进一步发展成熟，戏曲形成。自清代前期起，戏曲舞台发生了极大的变化，主要表现为戏曲的民间化和通俗化。先是昆曲、高腔折子戏的盛行，后是地方戏的兴起。从此，戏曲舞台不再是传奇戏的天下，昆曲与高腔有了来自民间的竞争者。戏曲的表演场所也由厅堂亭榭变为了茶肆歌台。20 世纪初，一批新兴地方戏开始在各地戏曲舞台上出现，包括越剧、评剧、黄梅戏等。它们均由民间小戏发展而来，具有极为浓郁的民间乡土气息，进入城市后，它们吸收京剧、梆子等老剧种的艺术营养，表演上得以成熟。

## （二）西方文学发展史

**1. 古希腊和古罗马文学**

古希腊文学是欧洲文学的源头之一，其中蕴含的关于“人”的观念，经由古罗马文学的传承对后来的欧洲文学产生深远影响。古希腊重视人的价值的实现，强调人的主观能动性，崇尚人的智慧（人智）。在这种文化中产生的古希腊文学，就呈现出张扬个性、放纵原欲、肯定人的世俗生活和生命价值的特征，具有根深蒂固的世俗人本意识。这种意识是原欲型的，虽然其中也不乏理性精神，但这种精神主要是对人的肯定而并非与原欲相对的理性意识和道德规范。

古罗马文学是对古希腊文学的直接继承，但同时也带有自身的独特性。古罗马人有种对集权国家和个体自我牺牲精神的崇拜，因此其文学也较古希腊文学更具理性意识和责任观念，在审美品格上更趋于庄严和崇高的风格。但是，古罗马文学人文意识观念的主体仍然是古希腊文学的人本意识，仍属于古希腊原欲型文化的范畴。

**2. 希伯来文学**

希伯来文学是欧洲文学的又一源头，其中所蕴含的“人”的观念，经由中世纪基督教文学对后来的欧洲文学产生深远影响。希伯来民族是信仰一神的民族，强调人对上帝的绝对服从；尊重灵魂，主张人的理智抑制肉体的欲望；轻视人的现世生命价值和意义，看重来世和天国的幸福。显然，希伯来文化是一种重灵魂、重群体、重来世的理性型文化。

原欲与理性是人不可或缺的两个方面，因此古希腊文化与希伯来文化既统一又对立，它们被称为“异质文化”。在公元 1 世纪中叶到 2 世纪末叶，希伯来文化与古希腊文化出现了第一次碰撞。希伯来文化吸收了古希腊文化的某些成分后演变成一种新的文化——基督教文化。

**3. 基督教文学**

基督教文学是基督教文化的产物，蕴含的是一种理性化的人本意识，或者说是一种宗教人本意识。基督教文学中人让位于神、“灵”取代“肉”的现象体现了人对上帝的崇拜，也体现了人对人性本质的追寻趋于理性和精神的境界。但另一方面，这又表现了一种人们对人的原始生命力和生命价值的压制，是对欧洲古典文学世俗人本意识的排斥。

总之，重视人的精神、对理性的追求，强调理性对原欲的限制，是早期希伯来文学和中世纪基督教文学文化价值观念的主要特征。

**4. 文艺复兴时期文学**

欧洲文化的古希腊罗马源流与希伯来基督教源流形成了比“希腊化”时期更大规模的碰撞，带来了欧洲文学中人文观念的重大变化，这就是“文艺复兴”，即欧洲文化的大转型时期。文艺复兴倡导人文主义，强调以人为本、以人权反神权、以人性反神性、以个性自由反禁欲主义等，要从上帝那里找到人类自己。人文主义文学是文艺复兴时期欧洲文学的主流。在此时期，莎士比亚是欧洲文化和艺术的集大成者，他对人的理解的深刻要远远超出先前的人文主义作家。其作品的深刻之处在于通过悲剧告诉了人们：人的自由是有限的，仅仅满足人的欲望和解放并不能把人引向自由、平等的理想世界，人的价值更应该体现在理性力量上，因此，人必须在自然欲望与社会道德、原欲与理性、出世与入世、人与社会、人与自然等方面正确把握。如哈姆雷特，在他身上世俗人本意识和宗教人本意识的融合就十分明显，这也正是近代欧洲文化模式的典型。

**5. 古典主义文学**

17 世纪的欧洲讲究理性，讲究秩序，这一时期自然科学的成果告诉了人们宇宙是井然有序的，因而社会也应该有自己的规范与秩序，个人也应该服从社会规范。在这种精神文化土壤中成长起来的古典主义文学，便以理性作为自己的生命，注重人的主体意识和能动性，同时又否定了神性。在古典主义文学中，人通常都处于理智与情感、个人利益与国家民族利益的纠葛中，而服从王权则是最高的理性。古典主义文学中蕴含的是一种理性化的人本意识，既肯定了个体，又强调约束。

**6. 启蒙文学**

18 世纪启蒙文学和古典主义文学一样强调理性精神，但它又强调了人与人之间的平等自由，肯定人的情感的合理性。这既是对神性更彻底的否定，又是对古典主义过度否定情感自由的调节和反拨。启蒙文学家大多把个性与情感自由提高到理性与秩序之上。卢梭是其中的典型，他否定“原罪说”，认为人的本性是美和善的，一切发自人的欲望和要求都是合理的，而人类自己创造的文明才是人性的污染物和罪恶的滋生地。与卢梭相比，歌德则显得更现实、更理智。他笔下的浮士德苦苦追寻情感与理性的统一，寻找既张扬个性又不与外在冲突，既满足欲望又不违背社会道德律令两全其美的道路。浮士德一生执着地探索追求自由，但最终陷于进退两难的困境，这也正是歌德关于“人”的理解的困惑。启蒙文学对个性情感自由的理性追求，为浪漫主义文学奠定了基础。

**7. 浪漫主义文学**

浪漫主义流行于 18 世纪末 19 世纪初，浪漫主义文学在反古典主义精神中发展起来，强调自我、追求自由，竭力倡导自由思想，可以说是人文主义思想在新的历史中的再现。在新的社会中，人们追求自由的热情依然十分强烈，“自由”是 18 世纪末 19 世纪初欧洲时代精神的主要议题。浪漫主义文学的自由观念和生命意识在“自然”的境界中找到了最终的归宿。

**8. 现实主义文学**

现实主义形成于 19 世纪 30 年代资本主义确立和发展的时期。这一时期经济快速发展，人们对金钱的追求和崇拜更为狂热，大多数人忙于争夺财富。现实主义比浪漫主义作家要理性得多，他们力图通过文学细致地展现现实，从人道主义出发，对社会做出深刻的批判，深入解剖在利益驱动下的人的心灵，从而警告世人不要在物质面前失去人的自尊。现实主义作家所呼唤的“人性”，主要是指人的理智、道德意识和人格尊严。因此，现实主义在一定程度上是对浪漫主义的反拨。但是，他们对人类自身“恶”所表现的忧虑、恐惧甚至悲观，泄露了对欧洲传统理性主义文化的怀疑与反思。这正是20世纪文学中弥漫的悲观情绪和危机意识的精神源头之一。

**9. 现代主义文学**

20世纪西方文学是在现代非理性主义文化中生长起来的，欧美文学表现出了与传统文学的重大差异。无论是现代主义还是现实主义倾向的文学，将更注重对人的内心做哲学的思考，并往往以荒诞不经的形式加以表现。特别是现代主义倾向的文学，将理智与情感、理性与原欲、灵与肉、善与恶等主题推向深入。有些西方现代作家还认为人的非理性元素是人生命的本体，蕴含的是一种非理性人本意识，显示了欧美文学在人文观念上的新发展。

**拓展阅读**

文学家泛指专门从事文学研究活动的专家，特指在小说、散文、诗歌、剧本、随笔创作等文学领域作出突出贡献，且有一定影响力的人才。文学家以创作文学作品为自己的主要工作。

文学风格，是文学活动过程中出现的一种具有特征性的文学现象，是作家创作个性与具体话语情境造成的相对稳定的整体话语特色。文学风格主要指作家和作品的风格，既是作家独特的艺术创造力稳定的标志，又是其语言和文体成熟的体现，通常被认为是作家的徽记或指纹。文学风格是主体与对象、内容与形式的特定融合，是一个作家创作趋于成熟、其作品达到较高艺术造诣的标志。作家作品风格是文学风格的核心和基础，但也包括时代风格、民族风格、地域风格、流派风格等内涵。文学风格既涉及作家的创作个性和言语形式，也与时代、民族、地域文化有关系。

要想对一部文学作品、一位作家有全面和准确的了解，必须知晓其文学风格。文学欣赏离不开文学风格，二者关系密切，相辅相成。

## 第二节 文学与非文学

### 一、文学的作用

法国著名文学家萨特曾经提出过一个问题：“对于饥饿的人来说，文学能顶什么用呢?”春秋时大教育家孔子说：“小子！何莫学夫诗？诗可以兴，可以观，可以群，可以怨。迩之事父，远之事君，多识于鸟兽草木之名。”三国时魏国君主曹丕说：“盖文章，经国之大业，不朽之盛事。”近代思想家梁启超说：“欲新一国之民，不可不先新一国之小说。”他们都把文学放到了极为重要的地位。

文学尽管不能满足人们的饥饿需要，但当整个社会出现信仰危机，人们精神空虚，世风日下时，文学却可以成为人们的“精神食粮”；当整个社会朝气蓬勃，人们意气风发，生活蒸蒸日上的时候，文学又成为人们鼓舞斗志、分享胜利的“精神蛋糕”。在中国文学艺术界联合会第六次全国代表大会上曾经提出过这样的口号：“文艺是民族精神的火炬，是人民奋进的号角。”

**1. 文学的社会作用**

（1）文学可以兴观群怨

孔子认为诗歌有“兴观群怨”的社会功能。“兴”可以理解为文学具有鼓舞人心的作用；“观”就是文学具有认识现实社会尤其是了解民心民情、反映政治得失的作用；“群”就是教育团结社会成员的作用；“怨”就是讽刺、批判、揭露、讨伐社会黑恶势力的作用。

（2）文学可以反映社会现实

文学是以语言文字为工具，形象化地反映客观现实的艺术，包括戏剧、诗歌、小说、散文等。由这个定义可知文学的根本作用就是反映客观现实。客观现实有光明面，有阴暗面，各种各样的人有各种各样的要求、情绪，各个社会发展阶段有各种新思潮、新实践和新的社会需求，这都是文学应该加以反映的。

（3）文学是一种教育手段

文学对人的影响是潜移默化的，是“润物细无声”式的。文学的教育作用是别的教育手段，诸如法律的、行政的所不可替代的。

**2. 文学对个人的作用**

（1）文学修养是一个人的重要素质

一个人如果没有文学修养或者文学修养较差，就无法领略优秀文学作品的魅力，人类所创造的这一类精神文明对他就起不了作用，或者作用甚小。说到《红楼梦》《水浒传》《屈原赋》《史记》，提起李白、杜甫、白居易的诗歌时，不同文学修养的人的感受是大不相同的，这些名人名著对他们能起的作用，也会因人而异。因此爱好文学本身就是一种基本的素质。

（2）文学爱好是一种能力

这种能力表现在两个方面。一是鉴赏能力。有了这种能力，就能打破时空界限，和古今中外的文学大家交流，吸收他们的智慧为自己所用。二是有了爱好文学的素质，进而就可以培养自己的创作能力，把自己的见闻感受和追求变成文学作品。屈原于汨罗江自尽已有两千多年，而他的“路漫漫其修远兮，吾将上下而求索”的精神，在今天仍然具有强大的感召力，这就是“有的人，虽然死了，他还活着”的实例。屈原的精神当然是伟大的，但是，如果屈原没有良好的文学修养，就会“言而无文，行之不远”，屈原精神更是难以延续至今。

## 二、文学与非文学的区别

扫一扫

文学与非文学的区别

**1. 文学与文章的区别**

文章有多种含义，首先它被用来指篇幅不是很长的文字；其次，文章泛指著作；再次，它又被用来比喻比较曲折隐蔽的含义。现在，我们说的“文章”多是就其第二种意思来说的。而文学是以语言文字为工具形象化地反映客观现实的艺术，是文化的重要表现形式，以不同的形式（称做体裁）表现内心情感和再现一定时期和一定地域的社会生活。

我们常见的“文学包括文章，文章又包括小说”的说法并不正确。“文章”是一个内涵很广泛的词语，除了书面形式的文学作品，还有公文函件等也属于此列，所以说文章与文学之间并不存在附属或包容的关系，但文章是文学作品的具体表现形式之一。由此可知，文章与文学之间并不存在附属或包容的关系，但文章是文学作品的具体表现形式之一，如小说是文学体裁的一种。

2. 文学与艺术的区别

艺术是指借助语言、表演、造型等手段塑造典型的形象反映社会生活的意识形式，属于社会意识形态。它包括语言艺术（如诗歌、散文、小说、戏剧文学）、表演艺术（如音乐、舞蹈）、造型艺术（如绘画、雕塑）和综合艺术（如戏剧、戏曲、曲艺、电影）等。文学是语言艺术，广义的艺术概念包括文学。文学是艺术的一种表现形式，艺术是文学的最终目的，它们的共同点都是建立在美的基础上。

综上所述，文学与非文学的区别从定义上来看，文学是人类文化的一种样式，是一种社会的审美意识形态，是一种语言艺术，它包含人的个体经验，表达了不同的思想感情。文学作为一种文化样式，是具有社会的审美意识形态性质的、凝聚着个体体验的、沟通人际情感交流的语言艺术。

文学与非文学的关系是相辅相成、缺一不可的，文学是建立在非文学的基础上发展起来的，既然是发展起来的，就说明现在人们所认为的文学在不久的将来也会被淘汰转变成为非文学，现在所说的非文学在以前也曾是那代人心目中的文学。文学与非文学是没有本质区别的，唯一的区别就在于人类无穷无尽、浩瀚无边的思想。

**拓展阅读**

文学起源于人类的生产劳动。最早出现的是口头文学，与音乐联结成为可以演唱的抒情诗歌。最早形成书面文学的有中国的《诗经》、印度的《罗摩衍那》和古希腊的《伊利昂纪》等。欧洲传统文学理论分类法将文学分为诗、散文、戏剧三大类。中国先秦时期将以文字写成的作品都统称为文学，魏晋以后才逐渐将文学作品单独列出。现代通常将文学分为诗歌、散文、小说、戏剧四大类别。

## 第三节 文学欣赏

文学艺术的创造活动是文学艺术家的精神活动，文学作品属于人类的精神产品，文学艺术的鉴赏属于人们的精神领域的活动，所以，文学艺术的精神价值应当是其自身最为内在的、基本的价值所在。文学欣赏的过程正是对这种精神价值的追寻。

文学欣赏是文学发挥基础社会作用的重要环节，是文学创作的积极反馈。它也是促进文学创作发展的有利因素，是文学活动进行的基础，有利于提高读者艺术修养和思想情操。为了提高文学作品欣赏能力，必须打好文学作品欣赏的基础，克服文学欣赏中的心理误区，在实践中培养文学欣赏能力，发挥主体作用，在积极的欣赏实践活动中，提高自己的欣赏能力。

## 一、文学作品的要素

### （一）文学作品的构成要素

关于文学作品的构成，古今中外的说法各不相同。西方结构主义美学将文学作品分为符号层、形象层、深层结构层；现象学美学将作品分为语音层、意义单位层、再现客体层、图式化观相层。我国文学研究者一般把作品分为言、象、意三层，认为言、象、意层次说最切合文学作品实际，简单直接，易于理解和把握。

#### 1. 言——语言层

语言与文学的关系，相当于绘画艺术中的线条、色彩，音乐艺术中的声音、旋律，是构成文学作品的媒介、材料。文学由语言组成，没有语言就没有文学。语言是文学作品的存在方式，是作品的外在形式，因而也是读者接受作品的中介、桥梁和通道。

语言又包括音和义两方面。音包括音韵和节奏；义是指文学作品中的字词除了字面上的直接意义外，往往还有暗含义、双关义、比喻义、象征义、引申义、联想义等。这两方面都参与了文学的艺术建构，是文学艺术性的构成因素。

在语言层面，还应该注意把握的是语气（在叙事作品中表现为叙事语调）和文体。语气能传达发言者或叙述人的情感态度，文体能体现作者的创作个性，创造特殊的意味。

#### 2. 象——形象层

形象层即运用语言描绘和创造生动具体的艺术形象。通过语言，在文学作品中塑造出一个活生生的形象世界，一个生命世界，一个情感世界。

具体而言，形象在抒情性作品里常表现为意象、意境、氛围；在叙事性作品中表现为人物、情节、环境背景、景物等。

#### 3. 意——意蕴层

（1）表层意蕴。表层意蕴即通过作品的艺术描写，直接体现出来的意蕴，可以从艺术形象中直接归纳和概括。

（2）深层意蕴。深层意蕴则是艺术描写直接暗示和象征出来的意蕴。深层意蕴不脱离具体的艺术描写又远远超越了具体的艺术描写，它由具体的艺术描写出发，向人类精神生活的深层掘进，往往代表了人类精神生活的某种模式、某种范型。与表层意蕴相比，深层意蕴具有抽象性、普遍性、超越性等特点。

如白居易的《长恨歌》的意蕴，从表层看，表现了唐玄宗李隆基与杨贵妃的爱情悲剧。深一层看，除了有一个显在的爱情悲剧的主题之外，还有一个隐在的美的主题——美的存在、美的毁灭和人类对美的向往的主题。《长恨歌》中蓬莱仙境的神话就证明了这一点。显然，这个

“隐在的美的主题”比“李杨的爱情悲剧”的主题更具有韵味。

言、象、意的抽象，是人们对文学作品人为的拆解，是运用理性所进行的逻辑分析，其结果是将整体化为具体因素。这些因素如七宝楼台的雕梁画栋，碎拆下来，不成片段，然而合在一起却通体皆活，俨然一个活生生的有机生命体。

### （二）文学作品的表现方法和技巧

艺术因素的组合不是自发的，艺术整体的建构不是自动的，而是人为的，是作家调动各种艺术表现手法和技巧获得的。表现手法和技巧的使用，是艺术创造的基本手段，是艺术效果得以产生的重要原因。

文学作品的表现方法和技巧是极其丰富而多样的，主要有结构的安排，叙事角度的选择，象征和情节的提炼，隐喻、夸张、变形、白描、写意等手法的采用，等等。要透彻地理解作品，还要注意了解作家使用了哪些表现方法和技巧。

### （三）作家需要具备的素养

作家要创作出优秀作品，首先要尽可能多地接触丰富多彩的社会生活。其次，接触社会生活时必须有敏锐的观察力、灵敏的感受力，对人生有深刻的悟性，有洞察力和丰富的想象能力，善于构思，能将思想感情融于形象、声音等感官对象中。最后，要具备语言塑造能力，熟悉特定体裁的妙处。

文学创作的过程，是将生活中的物象，积累成为记忆中的表象，再将生活积累的表象，生成能够传达作家审美体验的审美意象，把审美意象巧妙地转换成文学语言，以传达作家的审美理想、审美趣味、思想情感的过程。

## 二、文学欣赏的基本途径

文学作品的双重结构使得文学欣赏的途径有很多种。文学作品的结构分为情感心灵层面与事实思想层面，与之相对应，情感心灵层面的接受途径是感受和体验；事实思想层面的接受途径是分析和阐释。

#### 1. 感受和体验

感受和体验是文学欣赏最主要、最根本的途径和方式。文学作品中活的灵动的生命信息，如音韵节奏中的意味、字词的暗含意味、语气语调、情调、格调、风格、神韵等，必须亲身感受和体验才能把握。感受和体验是指以自己的全部身心投入作品，拥抱作品，心灵与心灵相对话，感情与感情相交流。在这里，欣赏者心中没有概念的干扰，没有逻辑的介入，一切都是感性的、直觉的。这一过程中，欣赏者面对作品那活泼流动的生命信息，心有所感，情有所动，意有所悟，全身心处于愉快陶醉之中。这是精神的盛宴，是心灵的狂欢，是最大的艺术享受。

#### 2. 分析和阐释

虽然我们必须通过感受和体验才能把握文学作品的艺术因素，也不应排斥和拒绝“过程”之外的分析和阐释。分析和阐释可以使感受体验更明确、更稳定、更深刻。文学之所以是艺术，就在于它对于要表达的东西往往不直说，而是运用象征、隐喻等手法将其寓于形象背后，仅凭感受往往很难把握它。这就需要借助于一些理性分析，进行一些必要的提炼和阐释。而且，越优秀的作品越需要分析，越有分析探索的价值。正如歌德所说的一样，优秀的作品无论你怎样去探测它，它都是探不到底的。

所以说，欣赏的过程，就是读者将语言解码编辑，根据作品的蓝图，调用自己的生活储备（包括语词记忆、表象记忆、情绪记忆），在自己心中重构审美意象，并进行二度审美体验，将作品变成有血有肉的生命体，从而感受、释放与作家同构作品的情感的过程。

## 三、文学作品赏析能力

扫一扫

文学作品赏析能力

### （一）对文学作品意境的领悟能力

所谓意境，就是文学作品所描绘的生活情景（或自然景色）与作者强烈真挚的思想情感融合而成的一种艺术境界。作家总是通过创造意境来表达自己的思想感情，也正是通过笔下创造的意境来感染读者、影响读者的。凡是优秀的文学作品，特别是诗歌和散文，都有各具特色的意境：或博大精深，或深邃幽美；或暗淡凄切，或明快愉悦；或雄浑悲壮，或清丽哀怨；或是“万类霜天竞自由”，一派生机，或是“古道西风瘦马”，满目凄凉……散文家刘白羽曾经说过，优秀的作家总是通过文字、哲思和心灵三种途径来创造意境之美。我们要培养自身赏析文学作品的能力，就要能通过作品中形象鲜明的文字、清新深远的立意和健康真挚的感情来领会和感悟作家所创造的意境。清代词人况周颐说过：“读词之法，取前人名句意境绝佳者，将此意境缔构于吾想望中。然后澄思渺虑，以吾身入乎其中涵泳玩索之。吾性灵与相浃而俱化，乃真实为吾有而外物不能夺。”可见领悟意境对于赏析词作的重要性。读词如此，赏析其他文学作品也应如此。

### （二）对文学作品形象的把握能力

作家在诗歌和散文中较多的是通过创造意境的手段来表达他的思想情感，而在小说、戏剧等样式的文学作品中，作家用以表现其爱憎好恶的手段主要是塑造各种各样的人物形象。一篇优秀的小说，一部优秀的剧本，总要调动一切艺术手段来塑造出栩栩如生、活灵活现的人物形象，他们或高大完美，或卑鄙丑陋，或平凡中庸。要培养赏析文学作品的能力，就要能够把握作品情节的发展线索和发展过程，理解作家用来塑造人物形象的手段，诸如外貌、神态、语言、行动、心理和环境描写对塑造人物形象的作用，并透过人物形象的性格特点，认识人物形象的典型性及其所反映的社会本质和蕴含的时代精神。

### （三）对文学作品主题的挖掘能力

作家创造意境也好，塑造人物形象也好，都是为了表明他对现实生活的看法，表现一定的主题。如果说，意境和人物形象只是文学作品的外在躯壳，那么，主题则是文学作品的内在灵魂。认识外在躯壳易，明察内在灵魂难。认识了外在躯壳，不一定能明察内在灵魂。因此，培养赏析文学作品的能力，就要学会通过作品的意境和人物形象，积极联系社会现实或时代背景，挖掘作品的主题，领会主题的社会意义，从而体会文学作品反映社会生活、影响社会生活的功能，真正认识文学作品讴歌真、善、美，鞭挞假、恶、丑的能动作用。

### （四）对文学作品内容和形式及其关系的认识能力

一切事物都有它的内容和形式。文学作品的内容，是作品通过艺术形象所反映的、包括作家主观评价在内的客观现实生活，其中包括题材、主题、人物等；文学作品的形式，则是作品所呈现出的具体形态，其中包括体裁、结构、语言、描写手法等。内容和形式相互依存，但有主有从。内容决定形式，形式服务于内容，但形式一经形成，又影响着内容。因此，凡是优秀的文学作品，总是体现了内容和形式的和谐统一。赏析文学作品，我们要熟悉各种文学体裁的特征，懂得内容和形式的辩证关系，了解一定的形式是怎样为一定的内容服务的，又是怎样做到和谐统一的。

### （五）对于生活真实和艺术真实的理解能力

生活真实是指生活中实际存在的人或事，艺术真实则是作家、艺术家通过艺术形象所真实反映的社会生活的本质，真实地反映生活并非是按生活的原样一丝不变地照搬生活。为了使作品达到艺术的真实，作家必须从众多纷繁的生活现象中选取题材，揭示出社会现象的本质意义。要培养文学作品的赏析能力，就要懂得文学真实来源于生活真实，而又高于生活真实，二者不可混淆，还要懂得深入生活、熟悉社会是创作出好作品的前提条件。近年来，有些作家闭门造车，不少作品根本不能反映当代社会生活的本质。因此，我们掌握这种能力有着现实意义。

### （六）对于文学作品风格和流派的辨识能力

风格是作家在文学作品中所表现出来的与众不同的创作个性。文学流派是在一定历史时期由文学见解和创作风格近似的作家所形成的派别。因此，我们要主动认识一些基本的创作风格和文学流派的特点。如就基本创作方法而言，文学作品有现实主义和浪漫主义两大类；就文体而言，词有豪放和婉约两大派，散曲有豪放和清丽两大派，杂剧有本色和文采两大类。通过对不同风格和流派的作品的学习，能够辨识出具体某篇作品属于什么风格，某个作家属于什么流派。

## 本章小结

本章主要从三个方面对文学欣赏的相关知识做一些简单的阐释，梳理了文学的相关知识，即文学的含义与发展、文学的作用及其与其他学科的关系，介绍了一些文学欣赏的基本途径。通过对这些理论知识和方法的学习，更有助于我们培养文学欣赏所要具备的相关素养和能力。

## 能力训练

**一、名词解释**

1. 文学
2. 文学欣赏
3. 文学的作用

**二、简答题**

1. 为什么人们难以对文学的定义达成共识？

2. 关于对“文学”的认识，谈谈你的理解。

3. 简述文学作品赏析的能力有哪些。

4. 你认为文学、艺术、生活三者具有怎样的关系?

5. 简述文学的作用。

三、论述题

1. 结合你喜欢的一部文学作品，谈谈应该如何进行赏析。

2. 对于同一部文学作品，大家对它的理解是不是一样的？为什么？

# 第二章 诗歌欣赏

## 本章导读

诗歌是文学中的重要体裁之一，在文学发展史上，诗歌是较早出现的一种文学形式，在文学发展史中占有非常重要的地位。诗歌是一种主情的文学体裁，它以抒情的方式，高度凝练、集中地反映社会生活，用丰富的想象、富有节奏感和韵律美的语言，以及分行排列的形式来抒发思想情感。诗歌是有节奏、有韵律并且富有感情色彩的一种语言艺术形式，也是世界上最古老、最基本的文学形式之一。本章主要介绍诗歌的定义、分类、特点及表现方法，并结合古今中外的诗歌实例具体说明诗歌鉴赏的技巧和方法。

## 学习目标

1. 了解诗歌的定义、分类、特点和表现方法。
2. 掌握诗歌欣赏的一般技巧和方法。
3. 培养阅读诗歌、欣赏诗歌的兴趣。



# 第一节 诗歌概述

## 一、诗歌的起源

诗歌起源于上古的社会生活，是在劳动生产、两性相恋、原始宗教等社会活动中产生的一种有韵律、富有感情色彩的语言形式。《尚书·虞书》：“诗言志，歌永言，声依永，律和声。”《礼记·乐记》：“诗，言其志也；歌，咏其声也；舞，动其容也；三者本于心，然后乐器从之。”早期，诗、歌与乐、舞是合为一体的，诗即歌辞，在实际表演中总是配合音乐、舞蹈而歌唱，后来诗、歌、乐、舞各自发展，独立成体，诗与歌统称诗歌。

## 二、诗体的发展

汉魏六朝诗，一般称为古诗，其中包括汉魏乐府古辞、南北朝乐府民歌，以及这个时期的文人诗。乐府本是官署的名称，乐府歌辞是由乐府机关采集，并为它配上乐谱，以便歌唱。《文心雕龙·乐府》篇说：“凡乐辞曰诗，诗声曰歌”。由此可以看出诗、歌、乐府这三个概念之间的关系：诗指的是诗人所作的歌辞，歌指的是和诗相配合的乐曲，乐府则兼指二者而言。后来袭用乐府旧题或模仿乐府体裁写的作品，虽然没有配乐，也称为乐府。中唐时白居易等掀起一个新乐府运动，创新题，写时事，因而叫作新乐府。

唐以后的诗体，从格律上看，大致可分为近体诗和古体诗两类。近体诗又叫今体诗，它有一定的格律。古体诗一般又叫古风，这是依照古诗的作法写的，形式比较自由，不受格律的束缚。

从诗句的字数看，有四言诗、五言诗和七言诗。四言是四个字一句，五言是五个字一句，七言是七个字一句。唐代以后，四言诗很少见了，所以通常只分五言、七言两类。五言古体诗简称五古，七言古体诗简称七古，三五七言兼用者，一般也算七古。五言律诗简称五律，限定八句四十字；七言律诗简称七律，限定八句五十六字。超过八句的叫长律，又叫排律，长律一般都是五言诗。只有四句的叫绝句，五绝共二十个字，七绝共二十八个字。绝句可分为律绝和古绝两种，律绝受平仄格律的限制，古绝不受平仄格律的限制。古绝一般只限于五绝。

"现代诗"这一名称，于1953年纪弦创立"现代诗社"时开始使用。现代诗在形式上是自由的，在内涵上是开放的，在意象上注重修辞。

## 三、诗歌的特点及表现手法

### （一）诗歌的特点

诗歌是高度集中地概括反映社会生活的一种文学体裁，它饱含着作者的思想感情与丰富的想象，语言凝练而形象性强，具有鲜明的节奏、和谐的音韵，富于音乐美，语句一般分行排列，注重结构形式的美。

我国现代诗人、文学评论家何其芳曾说："诗是一种最集中地反映社会生活的文学样式，它饱含着丰富的想象和感情，常常以直接抒情的方式来表现，而且在精炼与和谐的程度上，特别是在节奏的鲜明上，它的语言有别于散文的语言。"这句话，概括了诗歌的几个基本特点：第一，高度集中、概括地反映生活；第二，抒情言志，饱含丰富的思想感情；第三，丰富的想象、联想和幻想；第四，语言具有音乐美。

### （二）诗歌的表现手法

诗歌的表现手法有很多，我国最早流行而至今仍常使用的传统表现手法有"赋、比、兴"。《毛诗序》说："故诗有六义焉：一曰风，二曰赋，三曰比，四曰兴，五曰雅，六曰颂。"

这"六义"中，"风、雅、颂"是指《诗经》的诗篇种类，"赋、比、兴"就是诗的表现手法。"赋"是指直接陈述事物的表现手法。宋代学者朱熹在《诗集传》的注释中说："赋者，敷陈其事而直言之也。"如《诗经》中的《葛覃》《芣苢》就是用的这种手法。"比"则是指用比喻的方法描绘事物，表达思想感情。刘勰在《文心雕龙·比兴》中说："且何谓为比也？盖写物以附意，扬言以切事者也。"朱熹说："比者，以彼物比此物也。"如《诗经》中的《螽斯》《硕鼠》等篇即用此法写成。"兴"是说托物起兴，即借某一事物来引出正题要描述的事物和表现思想感情的写法。唐代孔颖达在《毛诗正义》中说："兴者，起也。取譬引类，起发己心，诗文诸举草木鸟兽以见意者，皆兴辞也。"朱熹更明确地指出："兴者，先言他物以引起所咏之辞也。"如《诗经》中的《关雎》《桃夭》等篇就是用"兴"的表现手法。

这三种表现手法，常常综合运用，互相补充，对历代诗歌创作都有很大的影响。

## 四、诗歌的分类

扫一扫

诗歌的分类

### （一）古代诗歌的分类

#### 1. 按音律分类

诗歌按音律的不同，可分为古体诗和近体诗两类。古体诗和近体诗是唐代形成的概念，古体诗是依照古代的诗体来写的。据此可以认为，凡不受近体诗格律的束缚的，都是古体诗。近体诗以律诗为代表。律诗的韵、平仄、对仗，都有许多讲究，也正由于格律很严，所以被称为律诗。

**2. 按内容分类**

诗歌按内容的不同，可分为叙事诗、抒情诗、送别诗、边塞诗、山水田园诗、怀古诗（咏史诗）、咏物诗、悼亡诗、讽喻诗等。如怀古诗一般是怀念古代的人物和事迹的，它往往将史实与现实结合在一起，或抨击社会现实，或感慨个人遭遇。

### （二）现代诗歌的分类

现代诗歌根据不同的原则和标准可以划分为不同的种类。按照作品内容的表达方式的不同，可以划分为叙事诗和抒情诗；按照作品语言的音韵格律和结构形式的不同，可以划分为格律诗、自由诗和散文诗。但是，由于诗歌本身的复杂性，叙事和抒情也不是完全分开的。叙事诗也有一定的抒情性，抒情诗也常有对某些生活片断的叙述。总的来说，现代诗歌主要强调自由开放的精神，以直率的情感表达，进行“可感与不可感之间”的沟通。

# 第二节　诗歌欣赏要领



## 一、诗歌的表达技巧

**1. 修辞方法**

诗歌中常用的修辞方法主要有比喻、拟人、设问、反问、借代、对偶、夸张、衬托、用典、化用、互文、反复等。

**2. 表达方式**

诗歌常用的表达方式主要有记叙、议论、描写、抒情等。

其中，抒情又可分为直接抒情和间接抒情（如借景抒情、托物言志、情景交融）；描写则可分为动静结合、虚实结合、点面结合、明暗结合、正侧结合、粗笔勾勒、白描工笔、乐景写哀、哀景写乐等。

**3. 表现手法**

古诗中常见的表现手法有赋、比、兴，除此之外，随着诗歌的发展演变，抑扬变化、铺陈描写、象征、衬托、对比、想象、联想、照应、托物言志等也成为诗歌不可或缺的表现手法。

**4. 篇章结构**

诗歌的篇章结构主要有开门见山、曲笔入题、卒章显志、以景结情、总分得当、以小见大、层层深入、过渡照应、伏笔铺垫等。

**5. 思想感情**

诗歌是诗人思想感情的外化形式，诗歌中大多表现迷恋、忧愁、惆怅、寂寞、伤感、孤独、烦闷、恬淡、闲适、欢乐、仰慕、激愤、坚守节操、忧国忧民等感情。

**6. 表达效果**

从诗歌的表达效果看，有意境深远、意境优美、意味深长、耐人寻味、言近旨远等。

## 二、诗歌欣赏的步骤

诗歌欣赏一般包括三个方面：表达方式的评析、艺术手法的赏析、修辞手法的体味。

### （一）表达方式的评析

表达方式包括记叙、描写、抒情、议论四种。所谓表达方式的评析就是指能辨析诗歌中运用了哪些表达方式及其作用。

**1. 记叙**

记叙是指在作品中对人物、事件的交代和介绍。例如，“故人具鸡黍，邀我至田家”（孟浩然《过故人庄》），诗中记叙了“我”去朋友家做客的情况以及朋友家的具体情况。“越王勾践破吴归，义士还家尽锦衣”（李白《越中览古》），诗中交代了越王勾践灭吴以后犒赏军士这一事件。

**2. 描写**

描写是指用形象的语言对人、物、环境等的形态、特征作具体生动的描绘，使读者如见其人，如闻其声，如睹其物，如临其境。例如，“明月松间照，清泉石上流”（王维《山居秋暝》），诗人在这两句诗中具体描写了夜晚的景物，如明月、山泉、山石等。“三山半落青天外，二水中分白鹭洲”（李白《登金陵凤凰台》），这两句诗中诗人描写出了青山、青天、河水、白鹭洲等景物。

**3. 抒情**

抒情是指在作品中抒发主观感受，表露自我感情。例如，“愿将腰下剑，直为斩楼兰”（李白《塞下曲》），这两句诗抒发了作者想要杀敌报国的强烈情感。“同是天涯沦落人，相逢何必曾相识”（白居易《琵琶行》），这两句诗充分体现了作者感叹人生无常、珍惜当下的心情。

**4. 议论**

议论是指在作品中直接阐述观点，表明态度。例如，“生当作人杰，死亦为鬼雄”（李清照《夏日绝句》），作者直接表明自己的态度：活着的时候要为国建功立业；即使死了，也要成为“鬼雄”。“江东子弟多才俊，卷土重来未可知”（杜牧《题乌江亭》），作者认为项羽的失败只是一时的，如果能够重来一次，结果可能不一样。

这四种表达方式在具体运用时并不是完全分开的，而是经常交融在一起。例如“出师未捷身先死，长使英雄泪满襟”（杜甫《蜀相》）两句，融合了记叙、描写、抒情、议论四种表达方式。仅此两句，不仅将诸葛亮的事迹完全地体现出来，更是抒发了作者对诸葛亮的景仰之情和惋惜之意。

### （二）艺术手法的赏析

艺术手法，又称表现手法。它是指艺术家在艺术创造过程中为塑造艺术形象，表现审美情感时所运用的各种具体的表现手段。艺术手法使用得当，可以增强作品的艺术表现力和感染力。

**1. 描写手法**

从描写角度看，有正面描写和侧面描写；从描写用笔看，有工笔和白描；从描写的内容看，有景物描写和人物描写。

**2. 抒情手法**

抒情的方式主要有直接抒情和间接抒情两种。古诗词大多借助景物来抒情，所谓“一切景语皆情语”，景与情的关系通常有四种：以乐景写乐情，以哀景写哀情，以乐景写哀情，以哀景写乐情。

**3. 衬托手法**

衬托主要有正衬和反衬。正衬，即是用与主体事物相似的事物来陪衬。例如李白《赠汪伦》中，以桃花潭水之深衬托汪伦的送别之情。反衬，是用与主体事物相反的或相对的事物来陪衬。例如毛泽东《卜算子·咏梅》中以悬崖恶劣的环境衬托梅花坚强的品质。

**4. 对比手法**

对比，是把具有明显差异、矛盾和对立的双方安排在一起，进行对照和比较的表现手法。它把对立的意思或事物，或把事物的两个方面放在一起作比较，让读者在比较中分清好坏、辨别是非。这种手法可以突出好与坏、善与恶、美与丑的对立，给人极鲜明的形象和极强烈的感受。例如《管子·牧民篇》：“政之所兴，在顺民心；政之所废，在逆民心。”管子在这两句诗中以政的兴废为对此，得出顺、逆民心的不同后果。

**5. 赋比兴手法**

赋、比、兴是《诗经》的主要表现方法，也是中国古代诗歌的主要表现手法。赋的特点是敷陈、直言，即直接叙述事物，铺陈情节，抒发感情。比即比喻，是其中最基本的手法，用来作比的喻体事物一般比被比的本体事物更加生动、具体、鲜明，便于人们联想和想象。兴即起兴，往往是先言他物再说自己想要说的事物，有提示、渲染诗歌氛围的作用。三者相互交叉，共同体现了我国诗歌的美学价值。

**6. 用典手法**

用典亦称用事，凡诗文中引用过去的有关人、地、事、物的史实或语言文字，以作比喻，以增加词句之含蓄与典雅者，即称“用典”。刘勰在《文心雕龙》里诠释“用典”，说是“据事以类义，援古以证今”，即是用来以古比今，以古证今，借古抒怀。用典可以使立论有根据——引前人之言或事，以验证作者之理论；便于比况和寄意——诗中有不便直述者，可借典故之暗示，婉转道出作者之心声；减少语辞之繁累——诗句之组成，应力求精简，尤其近体诗有一定的字数限制，用典可减少语辞之繁累；充实内容、美化词句——用典可使文辞妍丽，声调和谐，对仗工整，结构严谨，从而增加外形之美，使内涵更加丰富。

**7. 虚写与实写手法**

虚写，不是写眼前的实景，而是写想象中的景象。实写，则主要是写眼前的实景。如齐己《早梅》“万木冻欲折，孤根暖独回。前村深雪里，昨夜一枝开。风递幽香出，禽窥素艳来。明年如应律，先发望春台。”诗中的“万木冻欲折”就是虚写，是想象中的景象。“万木冻欲折”与“孤根暖独回”恰好构成对比，反衬梅花“孤根独暖”的性格。虚写主要是状写不在眼前的事物，引起读者的想象。

**8. 象征手法**

象征就是根据事物之间的某种联系，借助某人某物的具体形象（象征体），以表现某种抽象的概念、思想和情感。如周敦颐的《爱莲说》，作者不是单纯地赞美莲花，而是借物来赞颂某些美德以及具备这些美德的人。

### （三）修辞手法的体味

古诗中常用的修辞手法有比喻、比拟、夸张、借代、对偶、设问、反问、双关等。在鉴赏诗歌时，要能辨别这些修辞手法，并能分析其艺术效果，进而体会品味诗歌的内在含义。

## 三、诗歌欣赏的技巧

扫一扫

诗歌欣赏的技巧

诗歌的欣赏技巧不是把握某一方面就能够完成的，而是要从多方面加以综合赏析。

**1. 联系作者生平、创作背景及作者的风格**

将作者的生平和作品的创作背景与作品相结合，会帮助我们更好地理解和鉴赏作品。除此之外，了解一些作者的创作风格，例如苏轼的豁达、豪放，杜甫的忧国忧民、沉郁顿挫，陆游、辛弃疾的爱国之情、激愤之情，柳永、李清照的婉约，李白的夸张和想象，王维的禅味等，也可以帮助我们更好地鉴赏作品。

**2. 注意利用注解**

注解会帮助我们了解作品相关的知识，尤其是作者的个人经历、作者创作作品的时代背景等知识，这些都可以帮助我们更好地理解作品、欣赏作品。

**3. 依据诗歌的类别揣摩作者的思想感情或主旨**

以下列举一些常见不同类别诗歌表达的主题和思想感情。

送别诗：表达对友人的无限眷恋、依依不舍等离愁别绪。

怀古诗：通过对古人建功立业事迹的赞美，或表达自己对建功立业的渴望，或表达自己怀才不遇、壮志未酬的愤懑，或通过对昔盛今衰的古今变化来借古讽今。

咏物诗：通过对所咏之物的赞美来表达自己的思想、品质或精神。

思乡诗：表现游子对家乡的思念和对亲人的牵挂，如与战争联系在一起，则大多反映征人厌倦战争，渴望与家人团聚和对安宁平静生活的向往。

边塞诗：大多表达将士们奋勇杀敌的爱国激情，也有一些是表达对统治者无休止地开拓疆土的不满。

闺怨诗：或表达对青春易逝的哀怨和对自由幸福生活的向往，或表达对丈夫的思念。

**4. 了解常见意象的文学内涵**

常见意象如菊暗喻隐逸、高洁；梅花暗喻坚强、不屈不挠；松树暗喻坚挺、傲岸、坚强；柳暗喻送别、留恋、伤感；鸿雁暗喻思念、孤独；子规暗喻悲惨、凄恻；沙鸥暗喻飘零、伤感；江水暗喻时光的流逝；酒暗喻欢愉得意或失意愁苦；明月暗喻团圆或思乡；夕阳暗喻失落、消沉、珍惜美好的人生或事物；霜暗喻人生易老、社会环境的恶劣、人生道路的坎坷；云暗喻游子漂泊不定等。了解这些意象，会让大家鉴赏文学作品的过程更加直接、快速、准确。

### 拓展阅读

在诗歌鉴赏学习中，很多同学习惯于将诗歌当文言文来读，一词一义去理去顺，结果捡了芝麻丢了西瓜，只见一叶，不见森林。特别是遇到不熟悉的词语或典故，或者遇到句式词序颠倒，则思维全乱，根本不知道从整体上把握诗歌主要讲的是什么内容，抒发的是什么感情。更有甚者，在理解某些词句的意思时，常常只从字面上作简单的附会性理解，犯了“望文生义”的毛病。

其实，在赏析诗歌时，完全不必拘泥于字词句的理解，而应从整体上去把握，抓住诗歌文题，明确题材归类，做好诗歌情感归纳。题材即诗词写的是什么，常见的主要有爱国爱民、忧国伤时、建功立业、怀才不遇、壮志难酬、孤标傲世、伤春悲离、惜别怀友、羁旅思乡、思亲怀人、即事感怀、咏物言志、借古讽今、怀古伤己、思慕田园、隐逸山水、行役戍边、参禅说理、人民疾苦、劳动生活等。

# 第三节 名作欣赏

## 名 作

扫一扫

蒹 葭

### 蒹葭

《诗经》

蒹葭①苍苍②，白露为③霜。所谓伊人④，在水一方⑤。溯洄从之⑥，道阻⑦且长。溯游从之⑧，宛在水中央⑨。

蒹葭萋萋⑩，白露未晞⑪。所谓伊人，在水之湄⑫。溯洄从之，道阻且跻⑬。溯游从之，宛在水中坻⑭。

蒹葭采采⑮，白露未已⑯。所谓伊人，在水之涘⑰。溯洄从之，道阻且右⑱。溯游从之，宛在水中沚⑲。

## 注 释

① 蒹葭（jiān jiā）：蒹，荻，像芦苇。葭，芦苇。

② 苍苍：茂盛的样子。

③ 为：凝结成。

④ 所谓伊人：所谓，所念。伊人，这个人或那个人，指诗人所思念追寻的人。

⑤ 在水一方：在河的另一边，比喻所在之遥远。

⑥ 溯洄（sù huí）从之：沿着河道向上游去寻找她。溯洄，逆流而上。从，追，追寻。

⑦ 阻：险阻，难走。

⑧ 溯游从之：顺流而下去寻找她。游，流，指直流的水道。

⑨ 宛在水中央：（那个人）仿佛在河的中间。宛，仿佛，好像。

⑩ 萋萋：茂盛的样子。

⑪ 晞（xī）：干。

⑫ 湄（méi）：水和草交接的地方，指岸边。

⑬ 跻（jī）：（路）高而陡。

⑭ 坻（chí）：水中的小洲或高地。

⑮ 采采：茂盛鲜明的样子。

⑯ 已：止，这里的意思是“干，变干”。

⑰ 涘（sì）：水边。

⑱ 右：向右拐弯，这里是（道路）迂回曲折的意思。

⑲ 沚（zhǐ）：水中的小块陆地。

## 作品简介

《诗经》是我国第一部诗歌总集，汇集自西周初年至春秋中叶的诗歌共305篇。先秦称为《诗》，或取其整数称《诗三百》。西汉时被尊为儒家经典，始称《诗经》，并沿用至今。《诗经》共有风、雅、颂三个部分。其中“风”是不同地区的地方音乐，多为民间的歌谣，包括“十五国风”，有诗160篇，大部分是民歌，根据名称及诗的内容大致可推断出为现在的陕西、山西、河南、河北、山东和湖北北部等地的民间诗歌。“雅”即朝廷之乐，是周王朝直辖地区的音乐，大部分为贵族的作品，即所谓“正声雅乐”，有诗105篇，按音乐的不同又分为“大雅”31篇，“小雅”74篇。“颂”是宗庙祭祀的乐歌和史诗，内容多是歌颂祖先的功业的，分“周颂”“鲁颂”“商颂”，有诗40篇，多为贵族文人的作品。从思想内容来看，《诗经》全面地展示了中国周代时期的社会生活，真实地反映了中国奴隶社会从兴盛到衰败时期的历史面貌。《蒹葭》出自《诗经·秦风》。

## 作品赏析

《蒹葭》是一首怀人诗，诗中的“伊人”是诗人爱慕、怀念和追求的对象。本诗中的景物描写十分出色，景中含情，情景浑融一体，有力地烘托出主人公凄婉惆怅的情感，给人一种凄迷朦胧的美。

### （一）结构特点

此诗三章重叠，各章均可划分为四个层次。

首二句以蒹葭起兴，展现一幅河上秋色图：深秋清晨，秋水森森，芦苇苍苍，露水盈盈，晶莹似霜，清虚寂寥之中略带凄凉哀婉色彩，因而对诗中所抒写的执着追求、可望而不可即的爱情，起到了很好的气氛渲染和心境烘托作用。

三、四句展示诗的中心意象：抒情主人公在河畔徜徉，凝望追寻河对岸的“伊人”。这“伊人”是他日夜思念的意中人。“在水一方”是隔绝不通的，意味着追求艰难，营造了一种可望而不可即的境界。抒情主人公虽望穿秋水、执着追求，但“伊人”飘渺阻隔，求而不得，故而诗句中荡漾着无可奈何的心绪和空虚惆怅的情致。

以下四句是并列的两个层次，分别是对在水一方、可望难即境界的两种不同情景的描述。“溯洄从之，道阻且长”，这是述写逆流追寻时的困境：艰难险阻无穷，征途漫漫无尽，示意终不可达也。“溯游从之，宛在水中央”，这是描画顺流追寻时的幻象：行程处处顺畅，伊人时时宛在，然而终不可近也。既逆流，又顺流，百般追寻，执着之意可见。不是困境难达，就是幻象难近，终归不得，惆怅之情愈深。至此，伊人可望而不可即的情境得到了具体而充分的展现。

全诗三章，每章只换几个字，这不仅达到了重章叠句、反复吟咏、一唱三叹的艺术效果，而且产生了将诗意不断推进的作用。从“白露为霜”到“白露未晞”，再到“白露未已”，这是时间的推移，象征着抒情主人公凝望追寻时间之长；从“在水一方”到“在水之湄”，再到“在水之涘”，从“宛在水中央”到“宛在水中坻”，再到“宛在水中沚”，这是地点的转换，象征着伊人的飘渺难寻；从“道阻且长”到“道阻且跻”，再到“道阻且右”，则是反复渲染追寻过程的艰难，以凸现抒情主人公不懈追求的精神。重章叠句，层层推进，这是《诗经》中的民歌常用的表现方法。

## （二）艺术特色

《蒹葭》是诗经中最优秀的篇章之一。它的主要特点，集中体现在事实虚化、意象空灵、整体象征这紧密相关的三个方面。

### 1. 事实的虚化

一般说来，抒情诗的创作是导发于对具体事物的感触，因而在它的意境中，总能看到一些实实在在的人事场景。然而作者却似乎故意把其中应有的主要人物事件都虚化了。追寻者是什么人？他为什么而追寻？我们不知道；被追寻的“伊人”是什么身份？为什么他那么难以得到？我们也不知道；以至于连他们是男是女也无从确认。特别是“伊人”，音容体貌均无，一会儿在河的上游，一会儿在河的下游，一忽儿在水中央，一忽儿在水边草地，飘忽不定，来去渺茫，简直令人怀疑他是否真有实体存在。无疑，由于追寻者，特别是被追寻者的虚化，使整个追寻人物、追寻事件、追寻内容都变得虚幻朦胧起来，然而也正是由于这事实的虚化、朦胧，诗的意境才显得那么空灵而富有象征意味。

### 2. 意象的空灵

实际上，诗中所描述的景象，并非目之所存的现实人事，而是一种心象。这种心象，也不是对曾经经历过的某件真事的回忆，而是由许多类似事件、类似感受所综合、凝聚、虚化成的一种典型化的心理情境。这种心理情境的最大特点，是不粘不滞、空灵多蕴。“在水一方”，可望难即，就是这种空灵的心理情境的艺术显现。在这里，由于追寻者和被追寻者的虚化，那看来是真实景物的河水，险阻道路，乃至逆流、顺流的追寻路线，以及伊人所在的“水中央”等诸种地点，也都成了虚拟的象征性意象。对它们均不可作何时何地、何山何水的深究，否则，伊人既在河的上游又在河的下游就自相矛盾，连两个人何以都不渡过河去也成了问题。《蒹葭》的成功，就在于诗人准确地抓住了人的心象，创造出似花非花、空灵蕴藉的心理情境，才使诗的意境呈现为整体性象征。

### 3. 意境的整体象征

诗的象征，不是某词某句用了象征辞格或手法，而是意境的整体象征。“在水一方”，可望难即是人生常有的境遇。“溯洄从之，道阻且长”的困境和“溯游从之，宛在水中央”的幻境，也是人生常有的境遇。人们可能经常受到从追求的兴奋到受阻的烦恼、再到失落的惆怅这一完整情感流的洗礼，更可能常常受到逆流奋战多痛苦或顺流而下空欢喜的情感冲击。读者可以从这里联想到爱情的境遇和唤起爱情的体验，也可以从这里联想到理想、事业、前途诸多方面的境遇和唤起诸多方面的人生体验。意境的整体象征，使之真正具有了难以穷尽的人生哲理意味。王国维曾将这首诗与晏殊的《蝶恋花·槛菊愁烟兰泣露》中的“昨夜西风凋碧树，独上高楼，望尽天涯路”相提并论，认为它“最得风人深致”，这显然是着眼于它的意境和人生象征意蕴。

事实的虚化、意象的空灵和意境的整体象征，是一个问题的三个层面。从事实虚化到意象空灵，再到整体象征，这大致上就是象征性诗歌意境的建构过程。

## 名　作

### 九歌·山鬼

屈原

若[1]有人[2]兮山之阿[3]，被[4]薜荔兮带女萝[5]。既含睇[6]兮又宜笑[7]，子[8]慕予[9]兮善窈窕[10]。乘赤豹[11]兮从[12]文狸[13]，辛夷[14]车兮结桂旗[15]。被石兰兮带杜衡[16]，折芳馨[17]兮遗所思[18]。余[19]处幽篁[20]兮终不见天，路险难兮独后来。

表[21]独立兮山之上，云容容[22]兮而在下[10]。杳[23]冥冥[24]兮羌[25]昼晦[26]，东风飘兮神灵雨[27]。留灵修[28]兮憺[29]忘归，岁[30]既晏[31]兮孰[32]华[33]予。采三秀[34]兮于山间，石磊磊[35]兮葛[36]蔓蔓[37]。怨公子[38]兮怅忘归，君思我兮不得闲。

山中人[39]兮芳杜若[40]，饮石泉兮荫松柏[41]。君思我兮然[42]疑作[43]。雷填填[44]兮雨冥冥，猿啾啾[45]兮狖[46]夜鸣。风飒飒[47]兮木萧萧[48]，思公子兮徒[49]离忧[50]。

## 注　释

① 若：仿佛。

② 人：指山鬼，即山中的女神。

③ 阿（ē）：曲隅。山之阿指山的弯曲处。

④ 被（pī）：同“披”。

⑤ 薜（bì）荔、女萝：都是蔓生植物。带女萝，以女萝为带。

⑥ 含睇（dì）：含情微视。

⑦ 宜笑：指口齿美好，适宜于笑。

⑧ 子：指山鬼所爱慕思念的人。

⑨ 予：山鬼自称。

⑩ 窈窕：美好的样子。

⑪ 赤豹：皮毛有黑色花纹的豹。

⑫ 从：随行。

⑬ 文狸：带花纹的狸，是狐一类的动物。

⑭ 辛夷：香木名。

⑮ 结桂旗：结桂枝为旗。

⑯ 石兰、杜衡：都是香草名。

⑰ 芳馨：指香花香草。

⑱ 遗（wèi）所思：赠送给自己所思念的人。

⑲ 余：山鬼自称。

⑳ 幽篁：幽深的竹林。

㉑ 表：特别的样子。

㉒ 容容：云出貌，云气浮动的样子。
㉓ 杳：深远。
㉔ 冥冥：昏暗的样子。
㉕ 羌：语气词。
㉖ 昼晦：白天昏黑。
㉗ 雨（yù）：下雨。
㉘ 灵修：这里指山鬼。
㉙ 憺（dàn）：安然。
㉚ 岁：年岁。
㉛ 晏：晚。
㉜ 孰：谁。
㉝ 华：荣华，作动词。
㉞ 三秀：灵芝草。植物开花叫秀，灵芝一年三次开花，故称三秀。
㉟ 磊磊：众石貌。
㊱ 葛：蔓生植物。
㊲ 蔓蔓：蔓延的样子。
㊳ 公子：指对方，即山鬼思念的人。
㊴ 山中人：山鬼自称。
㊵ 芳杜若：像杜若般芬芳。杜若，香草名。
㊶ 荫松柏：以松柏为荫。
㊷ 然：相信。
㊸ 作：起。此句设想对方思念自己而又信疑交加。
㊹ 填填：雷声。
㊺ 啾啾：猿鸣声。
㊻ 狖（yòu）：猿类。
㊼ 飒（sà）飒：风声。
㊽ 萧萧：风吹树木，摇动作声。
㊾ 徒：徒然。
㊿ 离忧：遭受忧愁。离，通“罹”，遭受。

## 作者简介

屈原（约前340—前278），名平，字原，战国末期楚国丹阳秭归（今湖北宜昌）人，诗人、政治家，“楚辞”的创立者和代表作家。1953年，被世界和平理事会推举为世界四大文化名人之一。

## 作品赏析

“九歌”原为传说中的一种远古歌曲的名称。《楚辞》的《九歌》，是战国楚人屈原据民间祭神乐歌改作或加工而成，共十一篇：《东皇太一》《云中君》《湘君》《湘夫人》《大司命》《少司命》《东君》《河伯》《山鬼》《国殇》《礼魂》。“九歌”这一名称来源甚古，除《尚书》《左传》《山海经》所称引者外，《离骚》中有“启九辩与九歌兮，夏康娱以自纵”，《天问》中有“启棘宾商，九辩九歌”诸语。各书所说到的“九歌”内容虽有种种演化，但可证“九歌”乃是传说中很古的乐章。至于屈原用它作为篇名，似乎不会跟远古“九歌”的章数有关，也不一定跟古代“九歌”的曲调相同。可能是取其“娱神”这一点，再结合《离骚》所说的“康娱”的意思，基本上属于新歌袭旧名的类型。

《山鬼》出自《九歌》的第九首。《九歌》中有不少篇章描述了鬼神的爱情生活，如《湘君》《湘夫人》《大司命》《少司命》等，本文也是如此。“山鬼”即一般所说的山神，因为未获天帝正式册封在正神之列，故仍称“山鬼”。

《山鬼》采用“山鬼”内心独白的方式，塑造了一位美丽、率真、痴情的少女形象。全诗有着简单的情节：女主人公跟她的情人约定某天在一个地方相会，尽管道路艰难，她还是满怀喜悦地赶到了，可是她的情人却没有如约前来。风雨来了，她痴心地等待着情人，忘记了回家，但情人始终没有来；天色晚了，她回到住所，在风雨交加、猿狖齐鸣中，倍感伤心、哀怨。

诗的第一节主要从各方面描绘了“山鬼”的美好。“若有人”一词，准确地传达出“山鬼”给人的迷离惝恍、来去飘忽之感。“被薜荔兮带女萝”以及下文中的“辛夷车兮结桂旗”“被石兰兮带杜衡”等写“山鬼”的装束，既活画出“山鬼”这样一位身为山林之神的自然女儿的形象，又暗示了她外表和内心的美好，这也是屈原善于以香草比喻美好品德的手法的体现。“既含睇兮又宜笑，子慕予兮善窈窕”，“山鬼”的这两句突如其来的自夸，就好像演员在舞台上的第一个亮相，其美好形象让读者眼前一亮。值得注意的是，这里没有仔细地描摹“山鬼”的外貌，而是借她的爱人之口来赞美她的神态之美。这不禁令人想到《诗经·卫风·硕人》对“硕人”的美貌的描写：“手如柔荑，肤如凝脂，领如蝤蛴，齿如瓠犀，螓首蛾眉，巧笑倩兮，美目盼兮”，前面几句形象的比喻固然煞费创作者的苦心，可欣赏者们并不太领情，而“巧笑倩兮，美目盼兮”这能见出“硕人”女儿情态与生命活力的诗句才博得了大家的一致赞誉。《山鬼》中的这句诗也有异曲同工之妙，我们似乎可以看到，“山鬼”在赴约途中，想起爱人对自己的赞誉，不禁满心欢喜，此时更恨不得马上与爱人见面。为了与爱人见面，她还特意准备了礼物——“折芳馨兮遗所思”。

第二节写“山鬼”在约定处焦急等待爱人的情景，表现出她温柔、痴情的性格。天色变了，下起雨来，由于还没见到爱人，“山鬼”并不甘心就此回家。“岁既晏兮孰华予”一句，写出古今女子共有的心理：对于时时威胁到自己青春容颜的时光流逝，唯一可令她们感到欣慰和放心的就是爱人对她们的欣赏和宠爱；如果爱人不在身边，则感觉自己年岁渐老，郁郁寡欢。这句心理描写，使“山鬼”形象更多了凡俗气息，更让人觉得她的亲切、可爱。而类似的表达在后世诗歌中是屡见不鲜的，如“古诗十九首”之《行行重行行》里就有“思君令人老，岁月忽已晚”。在长久的等待中，“山鬼”不免要揣想，他到底为什么不来赴约呢？“君思我兮不得闲”既是为爱人开脱，也是自我宽解之词。

第三节写总也不见爱人到来，“山鬼”开始心生疑惧，随着希望彻底落空，“山鬼”对爱人不禁有所怨愤。“山中人兮芳杜若，饮石泉兮荫松柏”赞美“山鬼”的美好高洁；“君思我兮然疑作”承“君思我兮不得闲”而来，至此时，“山鬼”的忍耐已到了极点，她不由自主地往坏的方面想。天黑了，雷声隆隆，雨势变大，猿狖也凄厉地鸣叫起来，风飒飒地吹过树林。这一切都让“山鬼”倍感孤独、凄凉，她怎能不抱怨呢？

这首诗情感线索清晰，诗人善于借助景物描写来烘托、渲染女主人公的情感变化，这在第二、三节中表现得尤其明显。第二节中，看到爱人并没有如约前来，“山鬼”愉悦的心情蒙上了阴影，而天气也是“杳冥冥兮羌昼晦，东风飘兮神灵雨”。第三节，在爱人始终不至，“山鬼”无限伤心、哀怨之时，风雨也更猛烈起来，并夹杂着猿狖的哀鸣。“雷填填兮雨冥冥”三句，将雷鸣猿啼、风声雨声交织在一起，展现了一幅极为凄凉的山林夜景。诗人在此处运用了反衬手法，极力渲染雷鸣猿啼之夜声，衬托出山鬼所处山林的幽深和静寂。正是在这凄风苦雨的无边静寂中，诗人的收笔为一句突然迸发的哀切呼告之语：“思公子兮徒离忧”，这是发自“山鬼”心头的痛切呼号——她曾那样喜悦地拈着花枝，乘着赤豹，沿着曲曲山隈走来，至此，却带着多少哀怨和愁思，在风雨中凄凄离去，终于隐没在一片雷鸣和猿啼声中。

## 名作

扫一扫

龟虽寿

### 龟虽寿[①]

曹操

神龟虽寿，犹有竟时[②]；
腾蛇乘雾，终为土灰[③]。
老骥[④]伏枥[⑤]，志在千里；
烈士[⑥]暮年[⑦]，壮心不已。
盈缩[⑧]之期，不但[⑨]在天；
养怡[⑩]之福，可得永[⑪]年。
幸甚至哉，歌以咏志[⑫]。

## 注释

① 本诗约作于建安十二年（207），此时曹操五十三岁。诗中融哲理思考、慷慨激情和艺术形象于一体，表现了老当益壮、积极进取的人生态度。

②“神龟”二句：神龟虽能长寿，但还有死亡的时候。神龟，传说中的通灵之龟，能活几千岁。寿，长寿。竟，尽，完。

③“腾蛇”二句：腾蛇即使能乘雾升天，最终也得死亡，变成灰土。腾蛇，传说中与龙同类的神物，能兴云驾雾。

④ 骥（jì）：千里马。

⑤ 枥（lì）：马槽。

⑥ 烈士：有雄心壮志的人。

⑦ 暮年：晚年。

⑧ 盈缩：指人的寿命长短。盈，长。缩，短。

⑨ 但：仅，只。

⑩ 养怡：保养身心健康。

⑪ 永：长久。

⑫ 幸甚至哉：两句是合乐时加的，跟正文无关。

## 作者简介

曹操（155—220），字孟德，小名阿瞒，沛国谯郡（今安徽省亳州市谯城）人。东汉末年杰出的政治家、军事家和诗人。

曹操出生于一个显赫的官宦家庭，他不但是中国历史上一位杰出的政治家、军事家，还是一位杰出的文学家，著有《孙子略解》《兵书接要》等军事著作和《蒿里行》《观沧海》《薤露》《短歌行》《苦寒行》《碣石篇》《龟虽寿》等不朽诗篇。今人辑有《曹操集》。

曹操诗文作品的内容大致有三种：反映汉末动乱的现实，统一天下的理想和顽强的进取精神，以及抒发忧思难忘的消极情绪。

## 作品赏析

这是一首富于哲理的诗，阐发了诗人的人生态度。诗中的哲理来自诗人对生活的真切体验，因而写得兴致淋漓，有一种真挚而浓烈的感情力量。哲理与诗情又是通过形象化的手法表现出来的，因而述理、明志、抒情在具体的艺术形象中实现了完美的结合。诗中“老骥伏枥，志在千里；烈士暮年，壮心不已”四句是千古传诵的名句，笔力遒劲，韵律沉雄，内蕴着一股自强不息的豪迈气概，深刻地表达了曹操老当益壮、锐意进取的精神面貌。全诗的韵调跌宕起伏，开头四句娓娓说理，“犹有”“终为”两个词组沉着冷静，而“老骥”四句，语气转为激昂，笔挟风雷，使这位“时露霸气”的盖世英豪的形象跃然纸上。而最后数句则表现出一种深沉委婉的风情，给人一种亲切温馨之感。全诗跌宕起伏，机理缜密，闪耀出哲理的智慧之光，迸发出奋进之情，振响着乐观声调。本诗的艺术风格朴实无华，格调高远，慷慨激昂，显示出诗人自强不息的进取精神和热爱生活的乐观精神。

## 名　作

### 山居秋暝①

王维

空山新雨后，天气晚来秋②。
明月松间照，清泉石上流。
竹喧归浣女③，莲动下渔舟④。
随意春芳歇，王孙自可留⑤。

## 注　释

① 山居，山中居所。暝（míng），夜，这里指傍晚。
② 空山，幽静的山。新，刚刚。晚来秋，指雨后山中晚风吹拂，秋意更凉。
③ 此句指浣纱女子结伴归来，竹林中一阵喧笑。喧，喧哗。
④ 此句指水中莲花动荡，方知是渔舟沿水而下。

⑤ 随意，任凭。王孙，本指贵族子弟，也指游子，此处特指作者自己。歇，尽，消失，消散。此句指春天芳华虽消歇，秋景亦佳，王孙自可留于山中。淮南小山《招隐士》有“王孙兮归来，山中兮不可以久留”，此句反用其意。

## 作者简介

王维（701—761），字摩诘，唐代诗人、画家。二十一岁中进士，可是仕途多舛，中年遭遇挫折，逐渐走上了明哲保身、远祸自全的道路，思想日趋消极。从开元二十八年（740）到天宝三载（744），王维先隐居终南山，晚年又在陕西蓝田过着半官半隐的生活。《山居秋暝》就是这一时期的代表作品。

## 作品赏析



《山居秋暝》是一首五言律诗。从整体上看，此诗深得《东坡志林》中所讲的“味摩诘之诗，诗中有画”之趣旨。本诗从构图上看，远景是空山新雨、晚秋山风，近景高处是明月照松、清泉流石，低处是浣女与渔人，末句是虚写，其意已于前三句之远、近景中暗示出来。因为“远山无色、远水无波”，故首尾两联实是背景与画外音，而中间两联才是浓墨重彩之处，因而我们只要紧紧抓住“松、竹、莲”这三个典型的表示诗人刚直不阿、超凡脱俗、典雅俊洁的意象，并仔细体验作为诗人山居理想之化身的浣女与渔人的质朴自由，本诗的意境——一幅别开生面的秋韵图就宛在眼前了。

首联“空山新雨后，天气晚来秋”，点题中“山、秋、暝（晚）”。“空”字极为跳眼，此字在王维的诗中运用频率甚高，如《鹿柴》“空山不见人，但闻人语响”，《鸟鸣涧》“人闲桂花落，夜静春山空”。由下文可知，此空非虚也，实乃清、静。“晚”字亦很传神，曲折地道出了诗人盼秋之心、慕秋之情。

颔联“明月松间照，清泉石上流”以其对仗工整、景物明丽、章节谐和、风格灵动而卓绝千古，此句内在的审美机制在于诗人将无生命的“月、松、泉、石”写“活”，把自然中的秋之韵味、秋之魅力观察得细致入微，表达得淋漓尽致，体悟得天人合一。

颈联“竹喧归浣女，莲动下渔舟”与上联合璧，动静相协、视听互动、情景交融，浣纱之女穿梭于茂林修竹之间，渔樵之男荡舟于“荷塘月色”之中，充满了拙美和野趣，洋溢着“人在画中游”的艺术人生之感。

由尾联“随意春芳歇，王孙自可留”可知，上述之“画”还承载着诗人的社会信息。诗人曾属“王孙”，来自官场，而今别居辋川。从“误入尘网中”到“复得返自然”，一个“自”字表达出诗人独特的“山居”领悟，更显秋韵之图乃是对羁绊人性的官场社会的强烈反驳。“留”者“居”也，而“山居秋暝”之“居”不仅有自然的深情召唤，更是诗人心灵的驻足。正是在这种精神背景下，为世人所景慕的“春芳”在诗人眼中就显得不足为怪了。

王国维曾说“一切景语皆情语”，也有人说“一片自然景色，便是一个心灵的世界。”诗人笔下的景色如此清幽、明净、静寂，正是诗人内心世界的外化。由于母亲的影响和经历的挫折屈辱，王维常将自己的身心沉浸在佛教的精神王国中，以求得超脱。他的心境极为淡泊、宁静，不含任何杂念，所以一草一木，一泉一石，皆能打动他的心，所见所闻皆是美之所在，形诸于诗则是空灵清净、平淡之境。

经过分析、品读，我们发现“登山则情满于山，观海则意溢于海”，王维笔下的景其实就是诗人心灵的物化，只有借助外物来表现自己内心的情感，读来才会觉得韵味悠长，含蓄隽永，打动人心。

## 名　作

### 春江花月夜

张若虚

春江潮水连海平，海上明月共潮生。
滟滟[1]随波千万里，何处春江无月明。
江流宛转绕芳甸[2]，月照花林皆似霰[3]。
空里流霜[4]不觉飞，汀[5]上白沙看不见。
江天一色无纤尘[6]，皎皎空中孤月轮[7]。
江畔何人初见月？江月何年初照人？
人生代代无穷已[8]，江月年年望相似。
不知江月待何人，但见[9]长江送流水。
白云一片去悠悠[10]，青枫浦[11]上不胜愁。
谁家今夜扁舟子[12]？何处相思明月楼？
可怜楼上月裴回[13]，应照离人妆镜台[14]。
玉户[15]帘中卷不去，捣衣砧[16]上拂还来。
此时相望不相闻[17]，愿逐月华[18]流照君。
鸿雁长飞光不度，鱼龙潜跃水成文[19]。
昨夜闲潭[20]梦落花，可怜春半不还家。
江水流春去欲尽，江潭落月复西斜。
斜月沉沉藏海雾，碣石潇湘无限路[21]。
不知乘月[22]几人归，落月摇情[23]满江树。

## 注　释

① 滟滟（yàn）：波光荡漾的样子。

② 芳甸（diàn）：遍生花草的原野。

③ 霰（xiàn）：雪珠，小冰粒。

④ 流霜：飞霜，古人以为霜和雪一样，是从空中落下来的，所以叫流霜。这里比喻月光皎洁，月色朦胧、流荡，所以不觉得有霜霰飞扬。

⑤ 汀（tīng）：水中的空地。

⑥ 纤尘：微细的灰尘。

⑦ 月轮：指月亮，因月圆时像车轮，故称月轮。

⑧ 穷已：穷尽。

⑨ 但见：只见，仅见。

⑩ 悠悠：渺茫，深远。

⑪ 青枫浦：地名，在今湖南浏阳南。这里泛指游子所在的地方。

⑫ 扁舟：孤舟，小船。

⑬ 月裴回：指月光移动。裴回，同“徘徊”。

⑭ 妆镜台：梳妆台。

⑮ 玉户：形容楼阁华丽，以玉石镶嵌。

⑯ 捣衣砧（zhēn）：捣衣石、捶布石。

⑰ 相闻：互通音信。

⑱ 逐：跟从，跟随。月华：月光。

⑲ 文：同“纹”。纹理。

⑳ 闲潭：安静的水潭。

㉑ 无限路：言离人相去很远。

㉒ 乘月：趁着月光。

㉓ 摇情：激荡情思，犹言牵情。

## 作者简介

张若虚（约660—约720），唐代著名诗人。曾任兖州兵曹，与贺知章、贺朝、万齐融、邢巨、包融等俱以文辞俊秀驰名于京都，其与贺知章、张旭、包融并称为“吴中四士”。其诗描写细腻，音节和谐，清丽开宕，富有情韵，在初唐诗风的转变中有重要地位。但受六朝柔靡诗风影响，常露人生无常之感。其诗作大部散佚，《全唐诗》仅存2首，其一为《春江花月夜》，乃千古绝唱，是一篇脍炙人口的名作，有“以孤篇压倒全唐”之誉；另一首诗是《代答闺梦还》。

## 作品赏析

诗人入手擒题，一开篇便就题生发，勾勒出一幅春江月夜的壮丽画面：江潮连海，月共潮生。这里的“海”是虚指。江潮浩瀚无垠，仿佛和大海连在一起，气势宏伟。这时一轮明月随潮涌生，景象壮观。一个“生”字，就赋予了明月与潮水以活泼的生命力。月光闪耀千万里之遥，哪一处春江不在明月朗照之中。江水曲曲弯弯地绕过花草遍生的春之原野，月色泻在花树上，像撒上了一层洁白的雪。诗人真可谓是丹青妙手，轻轻挥洒一笔，便点染出春江月夜中的奇异之“花”。同时，又巧妙地缴足了“春江花月夜”的题面。诗人对月光的观察极其精微：月光荡涤了世间万物的五光十色，将大千世界浸染成梦幻一样的银灰色。因而“流霜不觉飞”“白沙看不见”，浑然只有皎洁明亮的月光存在。诗人以细腻的笔触，创造了一个神话般美妙的境界，使春江花月夜显得格外幽美恬静。这八句由大到小，由远及近，笔墨逐渐凝聚在一轮孤月上。

清明澄澈的天地宇宙，使人仿佛进入了一个纯净世界，这就自然地引起了诗人的遐思：“江畔何人初见月？江月何年初照人？”诗人神思飞跃，但又紧紧联系着人生，探索着人生的哲理与宇宙的奥秘。这种探索，古人也已有之，如曹植《送应氏》：“天地无终极，人命若朝霜”，阮籍《咏怀》：“人生若尘露，天道邈悠悠”等，但诗的主题多半是感慨宇宙永恒，人生短暂。张若虚在此处却别开生面，他的思想没有落入前人窠臼，而是翻出了新意：“人生代代无穷已，江月年年望相似。”个人的生命是短暂即逝的，而人类的存在则是绵延久长的，因而“代代无穷已”的人生就和“年年望相似”的明月得以共存。这是诗人从大自然的美景中感受到的一种欣慰。诗人虽有对人生短暂的感伤，但并不是颓废与绝望，而是缘于对人生的追求与热爱。全诗的基调是“哀而不伤”，使我们得以聆听到初盛唐时代之音的回响。

“不知江月待何人，但见长江送流水”，这是紧承上一句的“只相似”而来的。人生代代相继，江月年年如此。一轮孤月徘徊中天，像是等待着什么人似的，却又永远不能如愿。月光下，只有大江急流，奔腾远去。随着江水的流动，诗篇遂生波澜，将诗情推向更深远的境界。江月有恨，流水无情，诗人自然地把笔触由上半篇的大自然景色转到了人生图景，引出下半篇男女相思的离愁别恨。

“白云”四句总写在春江花月夜中思妇与游子的两地思念之情。“白云”“青枫浦”托物寓情。白云飘忽，象征“扁舟子”的行踪不定。“青枫浦”为地名，但“枫”“浦”在诗中又常用为感别的景物、处所。“谁家”“何处”二句互文见义，正因不止一家、一处有离愁别恨，诗人才提出这样的设问。一种相思，牵出两地离愁，一往一复，诗情荡漾，曲折有致。

“可怜”八句承“何处”句，写思妇对离人的怀念。然而诗人不直说思妇的悲和泪，而是用“月”来烘托她的怀念之情，悲泪自出。诗篇把“月”拟人化，“裴回”二字极其传神：一是浮云游动，故光影明灭不定；二是月光怀着对思妇的怜悯之情，在楼上徘徊不忍去。它要和思妇做伴，为她解愁，因而把柔和的清辉洒在妆镜台上、玉户帘上、捣衣砧上。岂料思妇触景生情，反而思念尤甚。她想赶走这恼人的月色，可是月色“卷不去”“拂还来”，真诚地依恋着她。这里“卷”和“拂”两个痴情的动作，生动地表现出思妇内心的惆怅和迷惘。月光引起的情思在深深地搅扰着她，此时此刻，月色不也照着远方的爱人吗？共望月光而无法相知，只好依托明月遥寄相思之情。

最后八句写游子，诗人用落花、流水、残月来烘托他的思归之情。“扁舟子”连做梦也念念归家——花落幽潭，春光将老，人还远隔天涯，情何以堪！江水流春，流逝的不仅是自然的春天，也是游子的青春、幸福和憧憬。江潭落月，更衬托出他凄苦的寂寞之情。沉沉的海雾隐遮了落月；碣石、潇湘，天各一方，道路是多么遥远。“沉沉”二字渲染了诗人的孤寂，“无限路”加深了诗人的乡思。他思忖：在这美好的春江花月之夜，不知有几人能乘月归回自己的家乡！他那无着无落的离情，伴着残月之光，洒满在江边的树林之上。

“落月摇情满江树”的“摇情”，将不绝如缕的思念之情，将月光之情、游子之情、诗人之情交织成一片，洒落在江树上，也洒落在读者心上，情韵袅袅，摇曳生姿，令人心醉神迷。

《春江花月夜》在思想与艺术上都超越了以前单纯模山范水的景物诗，“羡宇宙之无穷，哀吾生之须臾”的哲理诗，抒儿女离情别绪的爱情诗。诗人将这些屡见不鲜的传统题材，注入了新的含义，融诗情、画意、哲理为一体，凭借对春江花月夜的描绘，尽情赞叹大自然的奇丽景色，讴歌人间纯洁的爱情，把对游子思妇的同情心扩大开来，与对人生哲理的追求、对宇宙奥秘的探索结合起来，从而汇成一种情、景、理水乳交融的幽美而邈远的意境。诗人将深邃美丽的艺术世界特意隐藏在惝恍迷离的艺术氛围之中，整首诗篇仿佛笼罩在一片空灵而迷茫的月色里，吸引着读者去探寻其中美的真谛。

全诗紧扣春、江、花、月、夜的背景来写，而又以月为主体。“月”是诗中情景兼容之物，它跳动着诗人的脉搏，在全诗中犹如一条生命纽带，通贯上下，触处生神，诗情随着月轮的生落而起伏曲折。月在一夜之间经历了“升起—高悬—西斜—落下”的过程。在月的照耀下，江水、沙滩、天空、原野、枫树、花林、飞霜、白沙、扁舟、高楼、镜台、砧石、长飞的鸿雁、潜跃的鱼龙、不眠的思妇以及漂泊的游子，组成了完整的诗歌形象，展现出一幅充满人生哲理与生活情趣的画卷。这幅画卷在色调上是以淡寓浓，虽用水墨勾勒点染，但“墨分五彩”，从黑白相辅、虚实相生中显出绚烂多彩的艺术效果，宛如一幅淡雅的中国水墨画，体现出春江花月夜清幽的意境美。

诗的韵律节奏也饶有特色。诗人灌注在诗中的感情旋律极其悲慨激荡，热烈深沉，诗的韵律也相应地扬抑回旋。全诗共三十六句，四句一换韵，共换九韵。随着韵脚的转换变化，平仄的交错运用，一唱三叹，前呼后应，既回环反复，又层出不穷，音乐节奏感强烈而优美。这种语音与韵味的变化，切合着诗情的起伏，可谓声情与文情丝丝入扣，宛转谐美。

## 名 作

### 宣州谢朓楼饯别校书叔云

李白

弃我去者，昨日之日不可留；
乱我心者，今日之日多烦忧。
长风万里送秋雁，对此可以酣①高楼。
蓬莱文章建安骨②，中间小谢又清发③。
俱怀逸兴壮思飞，欲上青天揽明月。
抽刀断水水更流，举杯消愁愁更愁。
人生在世不称意，明朝散发弄扁舟④。

## 注 释

① 酣：尽情畅饮。

② 这一句诗赞美了李云文章刚健遒劲，有建安风骨。蓬莱：传说中的海中神山，多藏幽经密录，东汉人常把东观（政府藏书机构）比为蓬莱山，唐人多以蓬莱、蓬阁指秘书省。李云是秘书省校书郎，故称他的诗文为“蓬莱文章”。建安骨：“建安风骨”的简称。参见刘勰《文心雕龙·时序》论建安诗人语。

③ 小谢：指谢朓，区别于谢灵运（大谢），故称小谢。李白自比小谢。清发：清新秀发，指谢朓的诗风。

④ 散发弄扁舟：意指避世隐居。暗用范蠡“乘扁舟浮于江湖”的典故。散发：脱去簪缨，不受拘束的意思。

## 作者简介

李白（701—762），字太白，号青莲居士，又号“谪仙人”，唐代伟大的浪漫主义诗人，被后人尊称为“诗仙”，与杜甫并称为“李杜”，祖籍陇西成纪（现甘肃省秦安县）。李白的诗以抒情为主，风格豪放飘逸洒脱，想象丰富，语言流转自然，音律和谐多变。他善于从民歌、神话中汲取营养、选择素材，描绘其特有的瑰丽绚烂的色彩。李白是我国最为杰出的浪漫主义诗人，其作品代表我国古典积极浪漫主义诗歌的高峰。

## 作品赏析

这首诗是李白于天宝十二载（753）游宣城时所作。此诗的重点不是写离情别绪，而主要是感怀，抒发自己的理想和抱负不能实现的牢骚。全诗感情沉郁奔放，跌宕起伏，是李白的代表作之一。

开篇四句郁闷之情喷射而出。李白于天宝初供奉翰林，但在政治上不受重视，又为权贵谗毁，时间不长便弃官而去，过着漂泊四方的游荡生活。十年来的人间辛酸，作客他乡的抑郁和感伤，积聚在心头，所以一见到可以倾诉衷肠的族叔李云，就把满腹牢骚宣泄出来。五、六两句转到饯别，七、八、九、十等句以赞美建安及谢朓等人的文章来抒发自己的抱负，十一、十二两句写由于理想不能实现而陷入极度的痛苦之中，最后两句以放舟江湖、远离现实来解除精神上的苦闷，表达对现实的不满。李白长期处于不称意的苦闷之中，不得不寻求另一种超脱，即“散发弄扁舟”。逃避现实虽不是他的本意，但当时的现实条件和他不愿同流合污的正直、傲岸的性格，都使他不可能找到更好的出路。

李白的诗篇呈现出豪中见悲的特质。豪，出自自命不凡和积极用世的人生态度；悲，出自对现实的深刻不满以至绝望。作品在佯狂的背后却隐藏着深沉的悲哀。李白的一生是理想和现实激烈斗争的一生，他的诗是远大的理想和残酷的现实之间无法调和的产物。

这首诗展现了李白作品的“清发”的特点，具体地说就是“清水出芙蓉，天然去雕饰”。他的语言广泛汲取了前人诗歌的精华，又受到了乐府民歌的影响，形成浅净精练、清丽明朗、自然流畅的风格特色，自成高格。

李白善于夸张，往往把自己的理想、豪迈之情和不平之气放大到极点，因此诗歌具有强烈的个性和鲜明的个人色彩。他擅长各种诗体，但最能体现他的个性的还是杂言和七言乐府歌行体诗，不受规制和骈偶的束缚，长短相间更能体现他喷薄而出的豪气。在丰富的想象中，他总是来去自由，不受时空的束缚，所以他总喜欢用“青天”“明月”等宏大远阔的意象，把现实幻化成奇妙的景象。加之他天性狂放不羁，真挚率性，所以诗歌中总有一股飘逸之气。

## 名　作

### 丽人行

杜甫

三月三日[①]天气新，长安水边多丽人。
态浓意远淑且真，肌理细腻骨肉匀。
绣罗衣裳照暮春，蹙金孔雀银麒麟。
头上何所有？翠微[②]㔩叶[③]垂鬓唇[④]。
背后何所见？珠压腰衱[⑤]稳称身[⑥]。
就中云幕椒房亲，赐名大国虢与秦。
紫驼之峰[⑦]出翠釜[⑧]，水精之盘[⑨]行素鳞[⑩]。
犀箸[⑪]厌饫[⑫]久未下，鸾刀[⑬]缕切[⑭]空纷纶[⑮]。
黄门[⑯]飞[⑰]鞚[⑱]不动尘[⑲]，御厨络绎送八珍[⑳]。
箫鼓哀吟感鬼神，宾从[㉑]杂[㉒]遝实要津[㉓]。

后来鞍马[24]何逡巡[25]，当轩[26]下马入锦茵[27]。
杨花雪落覆白蘋，青鸟飞去衔红巾。
炙手可热[28]势绝伦，慎莫近前丞相嗔！

## 注 释

① 三月三日：上巳节。古人到水边祭祀，以除灾求福。后演变成水边饮宴、郊外游春的节日。

② 翠微：薄薄的翡翠片。

③ 㔩叶：镶以翡翠的头花。

④ 鬓唇：鬓边。

⑤ 衱：衣后襟。

⑥ 稳称身：指衣物合身。

⑦ 紫驼之峰：驼背上的肉，为珍贵食品。

⑧ 翠釜：翠绿的锅。

⑨ 水精之盘：水晶盘。

⑩ 素鳞：洁白的鱼。

⑪ 犀箸：犀角筷子。

⑫ 厌饫：饱食腻胃。厌，同“餍”。

⑬ 鸾刀：刀环带铃的刀。

⑭ 缕切：切丝。

⑮ 空纷纶：空忙一番。

⑯ 黄门：宦官的通称。

⑰ 飞：飞驰的快马。

⑱ 鞚：马勒。

⑲ 不动尘：喻马之轻快。

⑳ 八珍：泛指山珍海味。

㉑ 宾从：宾客随从。

㉒ 杂：纷杂。通“沓”。

㉓ 要津：重要的职位。

㉔ 后来鞍马：最后骑马到的人，即下文“丞相”杨国忠。

㉕ 逡巡：顾盼自得的意思。

㉖ 轩：车辆。

㉗ 锦茵：锦绣地毯。

㉘ 炙手可热：比喻气焰灼人，无人能比。

## 作者简介

杜甫（712—770），字子美，自号少陵野老，河南巩县（今河南巩义市）人。世称“杜工部”“杜拾遗”，盛唐时期伟大的现实主义诗人。他忧国忧民，人格高尚，诗艺精湛，被后世尊称为“诗圣”。杜甫一生写诗1400多首，其中很多是传颂千古的名篇，比如“三吏”和“三别”，并有

《杜工部集》传世。杜甫的诗篇流传数量是唐诗里最多最广泛的，是唐代最杰出的诗人之一，对后世影响深远。

## 作品赏析

《丽人行》一诗巧借曲江游春这一特定事件，着力描写杨氏姐妹的穷奢极欲、气焰嚣张，讽刺杨氏国戚之奢侈淫乱，侧面反映了玄宗的昏庸和朝政的腐败。“后来”六句，写杨国忠之显赫，意气骄恣，势焰熏天，用含蓄手法揭露了他的丑行。全诗语句铺排，富丽华美中蕴含清刚之气。虽然不见讽刺的语言，但在惟妙惟肖的描摹中，隐含犀利的匕首，讥讽入木三分。

本诗约作于天宝十二载（753）或次年。诗的主旨是对杨贵妃兄姐妹们嚣张气焰的指斥和鞭笞。唐代自武后以来，外戚擅权已成为统治阶层中的常见现象，他们形成了一个特殊的利益集团，引起了广大人民的强烈不满，这也是后来酿成安史之乱的主因。本诗通篇只是写“丽人”们的生活情形，却达到了“无一刺讥语，描摹处语语刺讥；无一慨叹声，点逗处声声慨叹”的艺术效果。

## 名　作

### 相见欢·林花谢了春红[1]

李煜

林花谢[2]了春红，
太匆匆，
无奈朝来寒雨晚来风。

胭脂泪[3]，
相留醉，
几时重[4]，
自是人生长恨水长东。

## 注　释

① 此调原为唐教坊曲，又名《相见欢》《秋夜月》《上西楼》。全诗三十六字，上片平韵，下片两仄韵两平韵。

② 谢：凋谢。

② 胭脂泪：指女子的眼泪。女子脸上搽有胭脂，泪水流经脸颊时沾上胭脂的红色，故云胭脂泪。

④ 几时重：何时再度相会。

## 作者简介

李煜（937—978），字重光，初名从嘉，号钟隐、莲峰居士。彭城（今江苏徐州）人。南唐元宗李璟第六子，于宋建隆二年（961）继位，史称李后主。开宝八年，国破降宋，俘至汴京，被封为违命侯。后为宋太宗毒死。

李煜的作品内容主要可分作两类：第一类为降宋之前所写的，主要为反映宫廷生活和男女情爱，题材较局限；第二类为降宋后，李煜因亡国的深痛和对往事的追忆，富以自身感情而作，此时期的作品成就远远超过前期，千古杰作《虞美人·春花秋月何时了》《浪淘沙·帘外雨潺潺》《相见欢·无言独上西楼》等词皆成于此时。此时期的词作大都哀婉凄绝，主要抒写了自己凭栏远望、梦里重归故里的情景，表达了对“故国”、对“往事”的无限留恋。李煜在中国词史上占有重要的地位，被称为“千古词帝”。

## 作品赏析

此词将人生失意的无限怅恨寄寓在对暮春残景的描绘中，是即景抒情的典范之作。起句“林花谢了春红”，即托出作者的伤春惜花之情；而续以“太匆匆”，则使这种伤春惜花之情得以加强。狼藉残红，春去匆匆，作者的生命之春也早已匆匆而去，只留下伤残的春心和破碎的春梦。因此，“太匆匆”的感慨，固然是为林花凋谢之速而发，但其中也糅合了人生苦短、来日无多的喟叹，包蕴了作者对生命流程的理性思考。“无奈朝来寒雨晚来风”一句点出林花匆匆谢去的原因是风雨侵袭，而作者生命之春的早逝也是因为过多地栉风沐雨。所以，此句同样既是叹花，亦是自叹。“无奈”云云，充满不甘听凭外力摧残而又自恨无力改变生态环境的感怆。“胭脂泪”三句，转以拟人化的笔墨，表现作者与林花之间的依依惜别之情。这里，一边是生逢末世，运交华盖的失意人，一边是盛时不再、红消香断的解语花，二者恍然相对，不胜缱绻。“胭脂泪”，遥按上片“林花谢了春红”句，是从杜甫《曲江对雨》诗“林花著雨胭脂湿”变化而来。林花为风侵欺，状如胭脂。“胭脂泪”者，此之谓也。但花本无泪，实际上是惯于“以我观物”的作者移情于彼，使之人格化——作者身历世变，泣血无泪，不亦色若胭脂？“相留醉”，一作“留人醉”，花固怜人，人亦惜花。泪眼相向之际，究竟是人留花抑或花留人，已惝恍难分。着一“醉”字，写出彼此如醉如痴、眷恋难舍的情态，极为传神，而“几时重”则吁出了人与花共同的希冀和自知希冀无法实现的怅惘与迷茫。

结句“自是人生长恨水长东”，一气呵成以见悲慨。“人生长恨”似乎不仅仅是抒写自己的失意情怀，还涵盖了整个人类所共有的生命的缺憾，是一种融汇和浓缩了无数痛苦的人生体验的感叹。江水总是向东流淌，人生总有许多遗憾和惆怅，这两件事情都是很无奈的，人力无法改变。李后主又由此领悟到人生的辉煌、幸福的命运也总是一去不复返，人生到头来留下的是无穷无尽的“长恨”。人生长恨好像水长东流，不可改变，不可抗拒。李煜为此困惑迷茫，他找不到人生的出路，不知路在何方。

## 名　作

### 念奴娇·赤壁怀古

苏轼

大江东去，浪淘尽、千古风流人物。
故垒西边，人道是，三国周郎赤壁。
乱石穿空，惊涛拍岸，卷起千堆雪[①]。
江山如画，一时多少豪杰！

遥想公瑾当年，小乔初嫁了，雄姿英发[②]。
羽扇纶巾，谈笑间，樯橹灰飞烟灭。
故国神游，多情应笑我，早生华发[③]。
人生如梦，一樽还酹江月[④]。

## 注 释

① 千堆雪：浪花千叠。“乱石穿空，惊涛拍岸，卷起千堆雪”又作“乱石崩云，惊涛裂岸，卷起千堆雪”。

② 周瑜二十四岁为东吴中郎将，人称周郎。小乔为乔玄次女，建安三年嫁给周瑜，为赤壁之战十年前的事。英发：英俊勃发。

③ 华发：花白的头发。

④ 酹（lèi）：（古人祭奠）以酒洒地。这里指洒酒酬月，寄托自己的感情。

## 作者简介

苏轼（1037—1101），字子瞻，又字和仲，号“东坡居士”，世人称其为“苏东坡”。眉州（今四川眉山，北宋时为眉山城）人，祖籍栾城。北宋著名文学家、书画家、词人、诗人，唐宋八大家之一，豪放派词人代表。其诗、词、赋、散文均成就极高，且善书法和绘画，是中国文学艺术史上罕见的全才，也是中国数千年历史上被公认文学艺术造诣最杰出的大家之一。

苏轼词风可分三类：豪放风格。这是苏轼故意追求的理想风格，他将充沛激昂甚至悲凉的感情融入词中，写人状物以慷慨豪迈的形象和阔大雄壮的场面取胜。旷达风格。这是最能代表苏轼思想和性格特点的词风。婉约风格。苏轼婉约词的数量在其词的总数中占有绝对多的比例，这些词感情纯正深婉，格调健康高远，也是对传统婉约词的一种继承和发展。

## 作品赏析

这首《念奴娇·赤壁怀古》，上片咏赤壁，下片怀周瑜，最后以自身感慨作结。

“大江东去，浪淘尽，千古风流人物”。起笔颇有气势，从长江着笔——巨大的空间，浪淘尽——历史长河的冲刷，千古风流人物——无数的英雄豪杰。首句将这些联系起来，组成一个极为辽阔悠久的时空背景。

“故垒西边，人道是，三国周郎赤壁”。如果说此前是一个气势非凡的大场景，那么，此时出现的则是一个细致精确的小场景。作为三国古战场的赤壁究竟在何处，历来众说纷纭，但可以确定的是苏东坡所写之赤壁与历史上赤壁之战的赤壁绝非一处，对此，东坡有自知之明，因此在此处点出“周郎赤壁”在西。此句在文中作用极大，既契合词题，又为下片缅怀周公瑾预伏一笔。

“乱石穿空，惊涛拍岸，卷起千堆雪”。集中写出赤壁雄奇壮阔的景色——陡峭的山崖散乱地高插云霄，汹涌的骇浪猛烈地搏击着江岸，滔滔的江流卷起千万堆澎湃的雪浪。从不同角度而又诉诸不同感觉的生动描写，一扫平庸萎靡的气氛，把读者顿时带进一个奔马轰雷、惊心动魄的奇险境界，使人心胸为之开阔，精神为之振奋。

“江山如画，一时多少豪杰”。总束上文，带起下片。前文为我们描绘的精彩画卷使人发出“江山如画”的赞叹；锦绣河山，人灵地杰，如画江山必生光耀千古的英雄豪杰，三国时候正是英雄云涌、奇才辈出的年代——横槊赋诗的曹操，驰马射虎的孙权，隆中定策的诸葛亮，足智多谋的周公瑾……

“遥想公瑾当年……灰飞烟灭”。在三国这个历史舞台上，英雄人物风云际会，而最令东坡向往的是周瑜，以“遥想”领起五句集中写青年帅才周公瑾。既然是作者的向往，必然要挑选最能表现人物的素材。史载，建安三年，孙策亲迎二十四岁的周瑜，授予“建威中郎将”的官职，并同他一起攻取皖城。周瑜娶小乔，正在皖城战役胜利之时，而后十年他才指挥了赤壁之战。此处把十年间的事集中到一起，在写赤壁之战前，忽插入这一细节，以美人衬英雄，接下来从容貌仪态上写周瑜儒将的风流姿态，大敌当前，谈笑自若，指挥镇定，强敌瞬间瓦解。

“故国神游，多情应笑我，早生华发”。这里有政治理想落空的悲哀，有振兴王朝的祈望，更有有志报国的壮怀，同黑暗的政治现实和横遭贬谪的坎坷处境大相抵牾，仕途坎坷、壮怀莫酬，词人自感苍老，同年方气盛、卓有建树的周公瑾恰成对照。



“人生如梦，一樽还酹江月”。历史与现实交相浮现，词人于天地之中顿悟，既然人生如梦，何不放怀一笑，驰骋于山林、江河、清风、明月之中，洒脱情怀于此略见一斑。

本词极雄丽之至，大起大落，横绝今古。既认知人生如梦，又极写人生之辉煌，使人难辨其究竟消极还是积极。人生功业虽辉煌而终归于梦，但纵使如梦毕竟曾经辉煌，也许如梦的辉煌人生更值得珍惜，更惹人向往。

## 名　作

扫一扫

声声慢·寻寻觅觅

### 声声慢·寻寻觅觅

李清照

寻寻觅觅①，冷冷清清，凄凄惨惨戚戚。乍暖还寒②时候，最难将息③。三杯两盏淡酒，怎敌他、晚来风急！雁过也，正伤心，却是旧时相识④。

满地黄花堆积，憔悴损，如今有谁堪摘⑤？守着窗儿，独自怎生得黑⑥！梧桐更兼细雨，到黄昏、点点滴滴。这次第⑦，怎一个愁字了得？

## 注　释

① 寻寻觅觅：指如有所失，想把它找回来似的。此句言内心的空虚失落。

② 乍暖还寒：天气忽然回暖，不久又变冷。

③ 将息：休养。

④“雁过也”三句：表示悼亡和怀旧。作者此时流寓江南，丈夫已死，书信无人可寄，见北雁南来，感到伤心。

⑤ 有谁堪摘：有谁堪与共摘。一说，谁，何，指上文的花。

⑥ 怎生：怎么。黑：指天黑。

⑦ 这次第：这许多情况。

## 作者简介

李清照（1084—1155），号易安居士，南宋女词人，齐州章丘（今山东济南市章丘区）人，婉约派代表词人。她前期的词作，主要内容是闺情相思、歌咏自然之类。韵调优美，但社会意义不大。后期词作由于金兵入侵，国破家亡夫死，自己经历了流离颠沛之苦，因而词风突变，出现了关怀国家命运的作品，流露出思念故国、故乡的深厚感情，具有一定的社会意义。

## 作品赏析

《声声慢·寻寻觅觅》是李清照晚年的名作之一，一题作“秋情”，以残秋景色为寄托，倾诉国破家亡，饱经离乱之苦的悲愁，她的悲哀深入骨髓，伤痛刻骨铭心，在这首词中尽显无遗。

开端三句连用七个叠词，是词人大胆的创造，句法新奇，历来为人赞赏。词人一整天的愁苦心情从“寻寻觅觅”开始，起首便写若有所失、空虚寂寞的心理状态，仿佛要抓住点什么才能从这境况中解脱。四字劈空而来，紧接着“冷冷清清”是写当时的环境气氛，寻觅的结果不过如此，反而使心情变得更为“凄凄惨惨戚戚”，悲愁一层层加重，由浅入深，更显沉痛。七个叠词内涵丰富，意脉连贯，又音律和谐，仅此三句，全词就笼罩在一股凄厉愁惨的气氛中。“乍暖”句是讲秋末天气多变，忽暖忽寒，不知如何是好。最后只好借酒消愁，而见北雁南飞，想起早年在北方的种种往事，感怀家国离乱、身世飘零，更添一段凄苦。下阕的视角转入自家院落，园中满地黄花，秋意正浓，而自己心境憔悴，无心摘花，于是花儿憔悴零落，人也憔悴瘦损，加之黄昏细雨，独自对窗，更有一番无法言说的悲凄。最后以“怎一个愁字了得”收束，明言愁字既不能囊括自己纷乱的思绪，也不能形容心境的哀痛，却不说明愁之外的心情。全篇就此戛然而止，而一天之中，所感所闻尽是愁，词人心绪的流露已淋漓尽致。

这首词浅易清新，明白省净，直抒愁怀，沉痛凄厉处更觉动人心魄。词的抒情艺术也炉火纯青，意境的叠加把词中的悲愁层层推进，家国之悲和身世之苦交织在一起，更是一种切肤之痛。李清照善于捕捉细小生动的意象来表达难以言传的感受，在起伏回转中剖露复杂的感情和心境，跌宕宛转，酸楚悲凄。这首词本是节奏缓慢的长调，却押仄声韵，读来声情急促，词人的抑郁和痛楚倾泻而出，看似平易，实是煞费苦心。

## 名　作

### 关山月

陆游

和戎诏下十五年①，将军不战空临边。

朱门沉沉按歌舞，厩马肥死弓断弦②。

戍楼刁斗催落月③，三十从军今白发。

笛里谁知壮士心？沙头空照征人骨[④]。
中原干戈古亦闻，岂有逆胡传子孙[⑤]？
遗民[⑥]忍死望恢复，几处今宵垂泪痕！

## 注　释

① 和戎：愿意与少数民族和睦相处，实指宋朝朝廷屈膝求安。从宋孝宗与金国二次议和到作者作此诗时已有十五年。

② 朱门：指豪门贵族宅第。沉沉：形容门房庭院深邃。按歌舞：按照韵律的节奏载歌载舞。厩（jiù）马：此指官马。厩，马房。

③ 戍楼：守望边境的楼。刁斗：军中打更用的铜器，白天用来做饭，夜里报更时用的一种铜器。

④ 笛：羌笛，《关山月》的曲调用笛，此借指《关山月》曲调。沙头：指沙场。

⑤ 逆胡传子孙：金自太祖完颜阿骨打建国，其后进军中原，灭北宋，至世宗完颜雍已传国四世，故云。

⑥ 遗民：指金人统治下的中原百姓。



## 作者简介

陆游（1125—1210），字务观，号放翁，越州山阴（今浙江绍兴）人。南宋爱国诗人，著有《剑南诗稿》《渭南文集》等，自言“六十年间万首诗”，今尚存九千余首，是我国现有存诗最多的诗人。他的作品内容主要有两方面：一方面是悲愤激昂，要为国家报仇雪耻，恢复丧失的疆土，解放沦陷的人民；一方面是闲适细腻，咀嚼出日常生活的隽永的滋味，熨帖出当前景物的曲折的情状。

## 作品赏析

宋金二次和议（隆兴和议）已经过去十五年，而南宋君臣早已把亡国的耻辱忘得一干二净，让战士白白留在边塞，不再作收复失地的打算。作者对此十分痛心，在诗中愤怒地责斥了那些当权人物的醉生梦死，也隐含着一股沉重的无可奈何的悲苦心情。

《关山月》这首诗较好地体现了陆游爱国主义诗歌的基本内容和精神实质，是思想性和艺术性结合得比较完美的作品。

### （一）思想内容

《关山月》这首诗虽然既写了统治集团，又写了将士、遗民，但是从头到尾贯穿着一条线索，即南宋王朝下诏和戎，这是诗的第一句指明了的。正是因为下诏和戎，将军才不战空临边，战士才不能趁年轻力壮上阵杀敌，遗民才不得从外族统治的水深火热之中解放出来。诗人的思想倾向是非常鲜明的，即对南宋集团妥协投降政策的谴责，对抗敌爱国的将士和遗民的深切同情。正因为表现了这些思想，所以我们才说这首《关山月》集中体现了陆游爱国诗歌的进步内容和精神实质。陆游诗歌中的爱国主义精神还常常表现为他壮志未酬的愤懑。在《关山月》这首诗中，虽然不像《书愤》等诗那样直接表现这一点，但是在“将军不战空临边”“厩马肥死弓断弦”“笛里谁知壮士心”“沙头空照征人骨”等句子中也隐含着自己倾音无路、壮志未酬的悲愤，诗人与抗金的将士们是息息相通的。

### （二）艺术特色

《关山月》这首诗不仅有深刻的思想，而且有充沛的情感、丰满的形象和生动的描写。具体说来，概括性强、抒情性强、语言精练自然、圆转流畅，是这首诗的特点。同时也可以说是陆游的诗作在艺术上的共同特点。《关山月》这首诗的风格是沉郁、苍茫、悲凉、激越的。陆游创造性地运用了《关山月》这种古乐府的旧题，以边塞为题材，抒发从军战士怀人思乡的内心感情。陆游还相当巧妙地紧扣着关、山、月三个字，去组织材料表现主题，具有高度的概括性和很强的抒情性。诗的语言也晓畅平易，精练自然，没有剑拔弩张的句子，但在客观事实的描述中，却更显出一种催人泪下、惊心动魄的力量。由此可见，《关山月》在思想性、艺术性上达到了高度完美的结合，颇能代表陆游诗歌的思想艺术特点。

## 名　作

### 摸鱼儿·更能消几番风雨

辛弃疾

淳熙己亥，自湖北漕移湖南，同官王正之置酒小山亭①，为赋。

更能消、几番风雨②，匆匆春又归去。惜春长怕花开早③，何况落红无数。春且住，见说道、天涯芳草无归路④。怨春不语⑤。算只有殷勤，画檐蛛网，尽日惹飞絮⑥。

长门事，准拟佳期又误。蛾眉曾有人妒，千金纵买相如赋，脉脉此情谁诉⑦？君莫舞⑧，君不见、玉环飞燕皆尘土⑨！闲愁最苦。休去倚危栏⑩，斜阳正在，烟柳断肠处⑪。

## 注　释

① 淳熙己亥：宋教宗淳熙六年（1179）。漕：转运使的简称，掌管一路的财赋。移：调动职务。此时辛弃疾由湖北转运副使调任湖南转运副使。辛弃疾调离后，王正之接替他的职务，故称同官。王正之：王正己，字正之，是辛的旧友。小山亭：在湖北转运副使官署内，府署在鄂州（今武汉）。

② 更能消句：还能经受得起几番风雨。消，经得住。

③ 长怕花开早：花早开便会早落，作者因爱惜春光，故云。

④ 见说道句：听说天尽头也长满芳草，春将没有归路。这句表示作者希望春天找不到归路，长驻人间。见说道，听说。

⑤ 怨春不语：春天没有留住，悄悄溜走。

⑥ 这两句意谓只有画檐的蜘蛛网，整天沾惹飞絮，似乎想留住一点春意。“画檐蛛网”“尽日惹飞絮”喻小人误国。

⑦ 长门事五句：按司马相如《长门赋并序》言，汉武帝陈皇后失宠，别居长门宫，愁闷悲思，听说司马相如善写文章，以黄金百斤请相如作赋以解悲愁。《长门赋》使汉武帝有所感悟，陈皇后遂重新得宠（按史传所载，陈皇后此后未再得宠幸）。后世把“长门”喻指失宠的后妃。

词人借题发挥，谓陈皇后本可再度得宠，因有人嫉妒进谗，原定的佳期又被耽误。这几句暗喻忠良之士遭到谗害，不被理解信用，虽有忠君爱国之心，却无处倾诉。蛾眉，借指美人。

⑧ 君莫舞：你且不要手舞足蹈。此句警告谗害忠良者不要高兴得太早。

⑨ 玉环：杨贵妃小名玉环。安史乱起，被玄宗赐死于马嵬坡。飞燕：汉成帝宠后赵飞燕，废为庶人后自杀。两人都得宠且善妒嫉。

⑩ 危栏：高栏。

⑪ 斜阳二句：夕阳正斜照在令人断肠的烟柳深处。这里以日落西山的黯淡景色比喻南宋国势衰微。

## 作者简介

辛弃疾（1140—1207），南宋词人。字幼安，号稼轩，历城（今山东济南）人。他一生坚决主张抗金。在《美芹十论》《九议》等奏疏中，具体分析当时的政治军事形势，对夸大金兵力量、鼓吹妥协投降的谬论，作了有力的驳斥，要求加强作战准备，鼓舞士气，以恢复中原。其词抒写力图恢复国家统一的爱国热情，倾诉壮志难酬的悲愤，对南宋上层统治集团的屈辱投降进行揭露和批判；此外还有不少吟咏祖国河山的作品。辛弃疾的作品艺术风格多样，且以豪放为主，热情洋溢，慷慨悲壮，笔力雄厚，故其与苏轼并称为“苏辛”。

## 作品赏析

这是辛弃疾词作中的抒情名篇。全篇用比兴手法，抒发自己的忧国之情。上片从眼前景物写出了春意阑珊的景象，暗示南宋朝廷前途黯淡堪忧。下片用古代的史实来比照自己的遭遇，进一步抒发其“蛾眉见妒”的感慨与郁闷。全词摧刚为柔，于婉约之中洋溢着爱国激情，形成了独具的艺术特色。

## 名　作

### 死　水

闻一多

这是一沟绝望的死水，
清风吹不起半点漪沦①。
不如多扔些破铜烂铁，
爽性泼你的剩菜残羹。

也许铜的要绿成翡翠，
铁罐上锈出几瓣桃花；
再让油腻织一层罗绮②，
霉菌给他蒸出些云霞。

让死水酵成一沟绿酒，
飘满了珍珠似的白沫；

小珠们笑声变成大珠，
又被偷酒的花蚊咬破。

那么一沟绝望的死水，
也就夸得上几分鲜明。
如果青蛙耐不住寂寞，
又算死水叫出了歌声。

这是一沟绝望的死水，
这里断不是美的所在，
不如让给丑恶来开垦，
看他造出个什么世界。

## 注释

① 漪沦：水上的波纹。

② 罗绮：有彩纹的丝织品。这里指它的形状、色彩。

## 作者简介

闻一多（1899—1946），原名闻家骅，湖北浠水人，中国现代著名诗人、学者和民主战士。幼年爱好古典诗词和美术。1912 年考入清华学校，毕业后赴美留学，研习绘画、文学。1923 年出版诗集《红烛》。1925 年回国，曾在北京艺术专科学校、武汉大学、青岛大学、清华大学等校任职。1928 年出版第二部诗集《死水》。1946 年 7 月 15 日被国民党特务杀害，用自己的鲜血谱写了爱国主义的不朽诗篇。闻一多的诗歌表达了他对帝国主义和反动军阀的痛恨，抒写了对祖国和人民命运的深切关注，洋溢着强烈的爱国主义精神。在艺术上，闻一多的诗歌想象奇特，结构整饬，形式整齐，音节和谐，具有较高的艺术成就。

## 作品赏析

《死水》是闻一多的重要代表作之一。1925 年诗人回国后，目睹了国内军阀混战、民不聊生的惨状，产生了怒其不争的愤激情绪。本诗通过对“死水”这一具有象征意义的意象的多角度、多层面的谱写，揭露和讽刺了腐败不堪的旧社会，表达了诗人对丑恶现实的绝望、愤慨和深沉的爱国主义感情。诗中的“一沟绝望的死水”是半殖民地半封建旧中国的象征。诗人抓住死水之“死”，先写死寂，次写色彩，再写泡沫，突出了死水的污臭、腐败，把绝望的感情表现得淋漓尽致。闻一多是新诗格律的倡导者和开拓者，《死水》则是他对新诗格律的“最满意的试验”。他强调要具备“三美”：音乐美、绘画美、建筑美。诗中运用了许多富有色彩的语词和物象，并以辞藻的绚丽多彩反衬了内容之丑，使“死水”的面目越显可憎可厌。全诗五节，每节都是四行，每行都是九个字，且每节第二行和第四行押韵，既有外形的整齐感，又有内在的韵律感。《死水》为建立新诗的格律和形式做了严肃的卓有成效的探索。

## 名 作

### 再别康桥

徐志摩

轻轻的我走了，
正如我轻轻的来；
我轻轻的招手，
作别西天的云彩。

那河畔的金柳，
是夕阳中的新娘；
波光里的艳影，
在我的心头荡漾。

软泥上的青荇，
油油的在水底招摇；
在康河的柔波里，
我甘心做一条水草！

那榆荫下的一潭，
不是清泉，是天上虹；
揉碎在浮藻间，
沉淀着彩虹似的梦。

寻梦？撑一支长篙，
向青草更青处漫溯；
满载一船星辉，
在星辉斑斓里放歌。

但我不能放歌，
悄悄是别离的笙箫；
夏虫也为我沉默，
沉默是今晚的康桥！

悄悄的我走了，
正如我悄悄的来；
我挥一挥衣袖，
不带走一片云彩。

## 作者简介

徐志摩（1897—1931），浙江海宁人，现代诗人、散文家。原名章垿，字槱（yǒu）森，留学英国时改名志摩。曾用笔名有南湖、诗哲、海谷、云中鹤等。新月派代表诗人，新月诗社成员。代表作有《再别康桥》《翡冷翠的一夜》《猛虎集》等。

1916年秋入北洋大学预科攻读法科，次年转入北京大学就读，其间拜梁启超为老师。1918年赴美国学习银行学、社会学、经济学、历史学、文学等课程。1921年赴英国留学，先后入伦敦政治经济学院、剑桥大学皇家学院，其间开始创作新诗，并翻译文学著作。1922年返国后在报刊上发表大量诗文。1923年参与发起成立新月社，加入文学研究会。1924年与胡适、陈西滢等创办《现代诗评》周刊，任北京大学教授。1925年赴欧洲，游历苏、德、意、法等国。1926年在北京主编《晨报》副刊《诗镌》，与闻一多、朱湘等人开展新诗格律化运动，影响到新诗艺术的发展。同年移居上海，任光华大学、大夏大学和南京中央大学教授。1927年参加创办新月书店，并出国游历英、美、日、印等国。次年创办《新月》月刊，任主编。1930年任中华文化基金委员会委员，被选为英国诗社社员。同年冬到北京大学与北京女子大学任教。1931年11月19日因飞机失事罹难。

## 作品赏析

第一节写久违的学子作别母校时的万千离愁。连用三个“轻轻的”，使我们仿佛感受到诗人踮着足尖，像一股清风一样来了，又悄无声息地荡去；而那至深的情丝，竟在招手之间，幻成了“西天的云彩”。

第二节至第六节，描写诗人在康河里泛舟寻梦。披着夕照的金柳，软泥上的青荇，榆荫下的水潭，一一映入眼底。两个暗喻用得颇为精到：第一个将“河畔的金柳”大胆地想象为“夕阳中的新娘”，使无生命的景语化作有生命的活物，温润可人；第二个是将清澈的潭水疑作“天上虹”，被浮藻揉碎之后，竟变成了“彩虹似的梦”。正是在意乱情迷之间，诗人如庄周梦蝶，物我两志，直觉得“波光里的艳影/在我的心头荡漾”，并甘心在康河的柔波里，做一条招摇的水草。这种主客观合一的结构既是妙手偶得，也是千锤百炼之功。

第五、六节，诗人翻出了一层新的意境。借用“梦/寻梦”“满载一船星辉/在星辉斑斓里放歌”“放歌/但我不能放歌”“夏虫也为我沉默/沉默是今晚的康桥”四个叠句，将全诗推向高潮，正如康河之水，一波三折！而他在青草更青处，星辉斑斓里放歌的狂态终未成就，此时的沉默虽无言，却又胜过多少情语啊！

最后一节以三个“悄悄的”与首阙回环对应。潇洒地来，又潇洒地走，挥一挥衣袖，抖落的是什么已毋须赘言。既然在康桥涅槃过一次，又何必带走一片云彩呢？全诗一气呵成，荡气回肠，是对徐志摩“诗化人生”最好的描述。

全诗共七节，每节四行，每行两顿或三顿，不拘一格而又法度严谨，韵式上严守二、四押韵，抑扬顿挫，朗朗上口。

## 名　作

### 我爱这土地

艾青

假如我是一只鸟，
我也应该用嘶哑的喉咙歌唱：

这被暴风雨所打击着的土地，
这永远汹涌着我们的悲愤的河流，
这无止息地吹刮着的激怒的风，
和那来自林间的无比温柔的黎明……
——然后我死了，
连羽毛也腐烂在土地里面。
为什么我的眼里常含泪水？
因为我对这土地爱得深沉……

## 作者简介

艾青（1910—1996），浙江金华人，原名蒋正涵，号海澄，曾用笔名克阿、林壁等。他被认为是中国现代诗的代表诗人之一，主要作品有《大堰河——我的保姆》《艾青诗选》。朴素凝练，想象丰富，意象独特，讲究哲理，是艾青诗歌的一贯特点。从诗歌风格上看，新中国成立前，艾青以深沉、激越、奔放的笔触诅咒黑暗，讴歌光明；新中国成立后，又一如既往地歌颂人民，礼赞光明，思考人生。他的“归来”之歌，内容更为广泛，思想更为浑厚，情感更为深沉，手法更为多样，艺术更为圆熟。出版的诗集有《欢呼集》《宝石的红星》《海岬上》《春天》《归来的歌》《彩色的诗》《域外集》《雪莲》《艾青诗选》《鱼化石》等。艾青以其充满艺术个性的歌唱卓然成家，实践着他“朴素、单纯、集中、明快”的诗歌美学主张。

## 作品赏析

抗日战争爆发后，艾青怀着高昂的爱国热情、同仇敌忾的民族义愤，投身于反侵略的伟大斗争。他拿起诗笔，写下了许多脍炙人口的优美诗篇，《我爱这土地》就是其中的一首，作于抗战初期，是借土地激发诗人情绪的代表作。作品的主要特点包括以下几个方面。

### （一）朴实的意象，凝聚深沉的爱

意象即意境。“土地”和“太阳”是艾青诗中的两个主导意象，“土地”象征着生他养他而又多灾多难的祖国，因此“土地”意象凝聚了艾青对祖国和人民最深沉的爱，对民族危难和人民疾苦的深广忧愤。我们从诗的题目中就可以看出这一点，再如“为什么我的眼里常含泪水？因为我对这土地爱得深沉”，这真实朴素的两句诗，道出了诗人内心深处永恒的“土地”情结。由此我们不难得出艾青的诗具有独特的审美意象世界。

### （二）悲怆的诗句，反映热切的情

作为抒情的艺术，诗歌作品需要不断地强化自己的感情，以便久久地拨响读者的心弦。这首诗中回荡着忧郁的调子，郁积着深深的忧伤。“为什么我的眼里常含泪水？因为我对这土地爱得深沉”，句中交织着忧郁悲怆之情，但这种抒情基调是诗人敏感的心灵对民族苦难现实和人民悲苦生活的回应，是感情极度热切的反映。

人非鸟兽，不言自明，此诗偏以“假如”开头，这是第一层强化。谁不知道鸟声优美清脆，此诗偏以“嘶哑”相形容，这是第二层强化。光有这两层强化还不够，于是诗中接连出现了所歌唱的对象：土地、河流、风、黎明。特别值得注意的是，诗人在描写这些对象时达到了穷形尽相、淋漓酣畅的地步，充分体现了这位自由体诗人的艺术特色。我们知道，写诗多半是忌用或少用“的”字的，那些民歌体作品不必谈了，就是自由诗创作，也有不少人害怕“的”字一多，拖泥带水，冲淡了诗味。艾青则不然，他敢于用由一系列“的”字组成的长句来抒发缠绵而深沉的感情，喜欢在所描写的对象前面加上大量的形容词和修饰语，以展现对象的神采风貌，形成一种特殊的立体感和雕塑感，这是艾青的自由诗创作不同于其他自由诗作者的一个重要特色。《我爱这土地》自然也不例外，试看诗人在“土地”“河流”“风”“黎明”这样的中心词语前面特意加上的“悲愤的”“激怒的”“温柔的”等修饰语，就不难窥见其中的奥秘了。以上所说的这些描摹土地、河流等景观的长句，可说是第三层强化。

### （三）强烈的对比，映射执着的爱

“假如我是一只鸟”，全诗以这样一个出人意料的假设开头，使读者不禁发出疑问——“鸟”的形象和作者所要歌颂的“土地”有着什么样的联系呢？这是作者在开头留给我们的悬念。正当读者为诗人不断地歌唱——顽强的生命力所折服所吸引时，没料到诗篇陡然来了一个大的转折，一个破折号之后突出“我死了”，以身躯肥沃土地，于是，生前和死后，形成了强烈的对比，而在这强烈的对比和反差中一以贯之的乃是“鸟”对土地的执着的爱，这真是生于斯、歌于斯、葬于斯，至死不渝！至此上面的悬念也就迎刃而解了。

最后需要指出，诗中的“鸟”是泛指，是共名，是诗人在无所依傍的情况下作出的新的艺术追求。诗中特地亮出“嘶哑的喉咙”，它纯粹是抗战初期悲壮的时代氛围对于诗人的影响所致，同时也是这位“悲哀的诗人”所具有的特殊气质和个性的深情流露。

## 名作

### 赞美

穆旦

走不尽的山峦的起伏，河流和草原，
数不尽的密密的村庄，鸡鸣和狗吠，
接连在原是荒凉的亚洲的土地上，
在野草的茫茫中呼啸着干燥的风，
在低压的暗云下唱着单调的东流的水，
在忧郁的森林里有无数埋藏的年代。
它们静静地和我拥抱：
说不尽的故事是说不尽的灾难，
沉默的是爱情，是在天空飞翔的鹰群，
是干枯的眼睛期待着泉涌的热泪，
当不移的灰色的行列在遥远的天际爬行；
我有太多的话语，太悠久的感情，
我要以荒凉的沙漠，坎坷的小路，骡子车，

我要以槽子船，漫山的野花，阴雨的天气，
我要以一切拥抱你，你
我到处看见的人民啊，
在耻辱里生活的人民，佝偻的人民，
我要以带血的手和你们一一拥抱。
因为一个民族已经起来。

一个农夫，他粗糙的身躯移动在田野中，
他是一个女人的孩子，许多孩子的父亲，
多少朝代在他的身边升起又降落了
而把希望和失望压在他身上，
而他永远无言地跟在犁后旋转，
翻起同样的泥土溶解过他祖先的，
是同样的受难的形象凝固在路旁。
在大路上多少次愉快的歌声流过去了，
多少次跟来的是临到他的忧患，
在大路上人们演说，叫嚣，欢快，
然而他没有，他只放下了古代的锄头，
再一次相信名辞，溶进了大众的爱，
坚定地，他看着自己溶进死亡里，
而这样的路是无限的悠长的，
而他是不能够流泪的，
他没有流泪，因为一个民族已经起来。

在群山的包围里，在蔚蓝的天空下，
在春天和秋天经过他家园的时候，
在幽深的谷里隐着最含蓄的悲哀：
一个老妇期待着孩子，许多孩子期待着
饥饿，而又在饥饿里忍耐，
在路旁仍是那聚焦着黑暗的茅屋，
一样的是不可知的恐惧，
一样的是大自然中那侵蚀着生活的泥土，
而他走去了从不回头诅咒。
为了他我要拥抱每一个人，
为了他我失去了拥抱的安慰，
因为他，我们是不能给以幸福的，
痛哭吧，让我们在他的身上痛哭吧，

因为一个民族已经起来。

一样的是这悠久的年代的风，
一样的是从这倾圮的屋檐下散开的
无尽的呻吟和寒冷，
它歌唱在一片枯槁的树顶上，
它吹过了荒芜的沼泽，芦苇和虫鸣，
一样的是这飞过的乌鸦的声音。
当我走过，站在路上踟蹰，
我踟蹰着为了多年耻辱的历史
仍在这广大的山河中等待，
等待着，我们无言的痛苦是太多了，
然而一个民族已经起来，
然而一个民族已经起来。

## 作者简介

穆旦（1918—1977），原名查良铮，著名爱国主义诗人、翻译家。出生于天津，祖籍浙江省海宁市袁花镇。曾用笔名梁真，与著名作家金庸（查良镛）为同族的叔伯兄弟，皆属“良”字辈。20 世纪 80 年代之后，许多现代文学专家推其为现代诗歌第一人。

穆旦于 20 世纪 40 年代出版了《探险者》《穆旦诗集》（1939—1945）、《旗》三部诗集，将西欧现代主义和中国传统诗歌结合起来，诗风富于象征寓意和心灵思辨，是“九叶诗派”的代表诗人。20 世纪 50 年代起，穆旦停止诗歌创作而倾毕生之力从事外国诗歌翻译。

## 作品赏析

穆旦的《赞美》是一首意象繁密朦胧、表达新奇怪异、情思深奥晦涩的诗歌。《赞美》写于抗战最艰苦的敌我“相持阶段”，当时的中华民族既背负着历史积淀的沉重、贫穷和苦难，又已在抗日烽火中走向觉醒，人民虽然衣衫褴褛，血污浸身，但仍在血与火中为摆脱屈辱而战。作为年轻的诗人，穆旦在深刻感受到时代苦难的同时，也看到了人民的奋起，并由此看到了民族的希望。他抓住了这个时代的特色，并为之歌唱，显示了诗人对现实的关注，对祖国和人民的热爱。关注社会现实，关心劳苦大众，热爱苦难的祖国，热情赞美奋勇抗争的人民，这就是《赞美》的思想主旨，解读诗歌各节时，必须紧扣这一主旨。

诗歌的第一节是对祖国辽阔而苍茫的土地、悠久而沉重的历史、贫穷而屈辱的民族的描绘，并表达了自己对祖国和对民族血肉相连、生死相依的热爱，诗人要去拥抱这一切，因为在这样的土地上，这样的民族已经站起来。诗歌首先以众多的意象（前 6 句）来描绘祖国，充满着既爱又怨的复杂感情。这里既有连绵起伏的山峦、密密麻麻的村庄、风光美丽的河流、草原和古朴动听的鸡鸣、狗吠；又有野草茫茫、风沙干燥、暗云低压和流水呜咽；还有荒凉而贫瘠的土地、忧郁而黑暗的森林和悄然远逝的年代。这些意象的铺陈排列，让我们看到了中华民族土地的辽阔、人民的苦难和历史的悠久，给人的印象是既开阔苍茫，又沉重压抑。接着，诗歌又以“它们静静地和我拥抱”的场景（7～11 句）来描绘“我”的体会和感受。生活在这块土地上，故事层出不穷地发生，灾难铺天盖地地袭来，天空中没有展翅高飞、昂首放歌的雄鹰，大地上没有轰轰烈烈、惊心动魄的爱情，人们“爬行”在遥远的天际，灰头土面，忍辱负重，从古代走来，艰难而缓慢地行进在现代。他们用“干枯的眼睛期待着泉涌的热泪”，在期待中绝望，在绝望中期待，显示出一种直面灾难、忍受屈辱、意志不屈、信念不垮的生存风范。“（沉默的）是干枯的眼睛期待着泉涌的热泪”这一静态意象的出现犹如一尊雕像，寓永恒于瞬间，融无限于有限，直逼心灵，感人肺腑。眼睛何以干枯？是因灾难痛苦而泣泪成血，还是因苦苦期盼而无因无果？是因瘦弱老迈而目断神枯，还是因生活赤贫而满目干枯？“干枯的眼睛”何以依然期待？“泉涌的热泪”能够出现吗？假如出现，它能够抚慰那颗疲惫而憔悴的心吗？是饥饿期待温饱，还是动乱期待和平？是黑暗期待光明，还是苦难期待幸福？一双干枯的眼睛和一份执着的期待浓缩了人生的无限沧桑和民族的沉痛记忆。我们分明感受到了一种力量，一种孜孜以求、苦苦期盼的力量，一种不甘屈辱、奋勇抗争的力量。穆旦通过一双眼睛写活了一个民族求生存、求自由的伟力。最后，诗歌以一系列沉痛悲壮的意象（12～18 句）来描写“我要以一切拥抱你，我到处看见的人民”。荒凉的沙漠、坎坷的小路、漫山的野花、阴雨的天气、骡子车和槽子船跟“带血的手”一样，表明“我”与“人民”是一体的，患难与共，休戚相关，都在过去的苦难，今天的血污和明天的希望中生活。尽管人民苦难深重，屈辱重重，尽管“我”艰辛坎坷，流血负伤，但是“我”有“太多的话语，太悠久的感情”，我仍要“和你们一一拥抱”，拥抱里有同甘共苦和同仇敌忾，拥抱里有崇高敬意和无穷动力，拥抱里有保家卫国和浴血奋战，因为，一个民族已经起来！

第二、三节则把整体凝化为一个具体，诗人赞美的目光和歌唱指向了一个具体的“农夫”，而他既是第一节诗中描绘和情感的凝聚，又是我们民族的代表和象征，其描绘更具体、细致，感情指向更深沉、专一。第二节描写“农夫”关键时刻的重大抉择。他像祖祖辈辈一样在这片充满苦难沧桑的土地上生息繁衍，无言耕耘，肩掮希望和失望，承受了数不清的痛苦和灾难。当抗日的烽火燃起的时候，年轻人的热情感染了他，救亡图存、保家卫国的思想激励了他，他毅然“放下了古代的锄头”，坚定地加入到抗战的时代洪流中去。与人们的“演说、叫嚣、欢快、歌唱”不一样，他沉稳坚强，他“相信名词”（抗日救亡的思想），他和耕田种地一样无言地行动。尽管道路无限悠长，尽管前途充满了流血牺牲，可他义无反顾，坚强不屈，英勇无畏，视死如归。“放下古代的锄头”，一个极具视觉冲击力的特写镜头，蕴含着厚重深沉的历史情结，写出了“农夫”选择的果敢坚决和这种选择划时代的历史意义，我们由此看到了中华民族千年不衰、奋勇抗争的生存意志和惊人伟力。而“融进死亡”也不流泪的硬汉形象又使我们感动，我们震惊于一个民族崛起的力量，我们震惊于一个民族抗争的勇毅！第三节讴歌农夫激昂大义、蹈死不顾的勇武和崇高。贫穷撕咬着他，恐惧缠绕着他，饥饿折磨着他，孩子巴望着他……他是一家老小、妇女儿童的生活支柱，他是黑暗茅屋、贫瘠土地的耕耘者，他更是苦难和不幸的承担者，他“无言的痛苦”真是太多、太多。可是，当抗日号角吹响的时候，他毅然决然地踏上了抗战的征程，从不回头，从不诅咒，哪怕抛妻别子，哪怕背井离乡，哪怕流血牺牲，这是怎样的一种坚毅和勇绝！我们的民族也正因为这种坚毅和勇绝，而一定能够战胜入侵的豺狼！所以诗人“为了他，我要拥抱每一个人”。这拥抱又包容了多少感奋，多少觉醒啊！“让我们在他身上痛哭吧！”固然有痛悼英烈、沉重悲哀的意思，但更有追慕忠魂、前赴后继、浴血奋战的勇敢和决绝！因为我们坚信，一个民族已经站起来！

诗歌的最后一节，是感情的再度抒发，是对一个已经站起来的民族的更深、更广的赞美。由第二、三节的具象描绘转向厚重历史的宏观扫描，回应第一节。倾圮的屋檐、枯槁的树顶、荒凉的沼泽、悲鸣的乌鸦……这些涂满感情色彩的意象渲染出一种萧索、破败、冷清、凄凉的氛围，实际上暗示着祖国的贫穷和苦难，历史的深远和悠长。而“我”——一个已然觉醒、渴盼祖国改天换地的年轻知识分子，曾经为这祖国的改变而等待了许多年。今天，这种梦想终于要实现了，于是我走过“踟蹰”，猛然亢奋。民族的觉醒就是希望的火炬，“农夫”的抗争就意味着新时代的到来。所以，诗人在全诗最后，连用两个“然而一个民族已经起来”，重叠的结尾，如重擂闷鼓，雄浑中透溢着沉重的昂扬；如清角吹寒，嘹亮中透溢着激越的奋进！

扫一扫

雨巷

## 名作

### 雨巷

戴望舒

撑着油纸伞，独自
彷徨在悠长，悠长
又寂寥的雨巷，
我希望逢着
一个丁香一样的
结着愁怨的姑娘；

她是有
丁香一样的颜色，
丁香一样的芬芳，
丁香一样的忧愁，
在雨中哀怨，
哀怨又彷徨；

她彷徨在这寂寥的雨巷，
撑着油纸伞
像我一样
像我一样地，
默默彳亍[1]着，

冷漠，凄清，又惆怅。

她静默地走近，
走近，又投出
太息一般的眼光，
她飘过
像梦一般地，
像梦一般地凄婉迷茫。

像梦中飘过
一枝丁香地，
我身旁飘过这女郎；
她静默地远了，远了，
到了颓圮[2]的篱墙，
走尽这雨巷。

在雨的哀曲里，
消了她的颜色，
散了她的芬芳，
消散了，甚至她的
太息般的眼光，
丁香般的惆怅。

撑着油纸伞，独自
彷徨在悠长，悠长
又寂寥的雨巷，
我希望飘过
一个丁香一样的
结着愁怨的姑娘。

## 注 释

① 彳亍（chì chù）：慢步走，走走停停。

② 颓圮（pǐ）：毁坏，倒塌。

## 作者简介

戴望舒（1905—1950），现代诗人，原名戴朝安，戴望舒为笔名，还曾用笔名梦鸥、信芳、江思等，浙江杭县（今杭州市余杭区）人。戴望舒是一个理想主义者，他对政治和爱情苦苦追求，但其结果却是双重的失望。在他的诗中，姑娘的形象往往寄寓着他的理想，而孤独的游子的形象则往往是诗人自己。他的诗常常表现出游子追求理想的命定的徒劳，但他又总是对没有希望的理想付出全部的希望与真情。

## 作品赏析

《雨巷》是戴望舒的成名之作。当时代理《小说月报》编辑的叶圣陶收到这首诗以后，说这首诗替新诗的音节开了一个新的纪元，而戴望舒也因此得到了“雨巷诗人”的称号。

这首诗中的“我”彷徨在江南的悠长雨巷，等待着一位姣好的姑娘，也许是这位姑娘的家就在雨巷的尽头，也许是她回家时必然要穿过这条小巷，冬去春来，日复一日，“我”又穿行在小巷之中了，除了春雨打在油纸伞上的声音之外，雨巷显得那样的寂寥、凄清，更触人愁的是“我”希望逢着的姑娘又偏偏结着愁怨，她家的篱墙颓圮了，莫非她也受到了命运的打击？惆怅却妩媚动人，显得高洁而孤傲。诗人拿丁香来比喻姑娘显然寓有深意，我国古诗里有好些吟咏丁香的名句，如“丁香空结雨中愁”“丁香体柔弱，乱结枝犹坠”“芭蕉不展丁香结，同向春风各自愁”，等等。丁香开花在仲春时节，诗人们对着丁香往往伤春，说丁香是愁品。丁香花白色或紫色，颜色都不轻佻，常常赢得洁身自好的诗人的青睐。总之，丁香是美丽、高洁、愁怨三位一体的象征。丁香姣好，却又容易凋谢。丁香一样的姑娘，即做着脆弱的梦的姑娘，她的愁怨恐怕也少不了吧？在“我”的长久的期待中，姑娘终于来了——“她默默地走近”“像我一样”，看来两颗心灵已经接近于互相理解了，然而又终于从身边飘然而过，令“我”失望，“又投出太息一般的眼光”，两人的距离又重新拉开。这两位彷徨者都得了同一种抑郁病，因而同病相怜；然而又正因为病症相同，不可能互相拯救，只得分手。他们就是这样既彷徨，又在彷徨中追求着，追求着……

## 名　作

### 乡　愁

余光中

小时候，
乡愁是一枚小小的邮票。
我在这头，
母亲在那头。

长大后，
乡愁是一张窄窄的船票。

我在这头，
新娘在那头。

后来啊，
乡愁是一方矮矮的坟墓。
我在外头，
母亲在里头。

而现在，
乡愁是一湾浅浅的海峡。
我在这头，
大陆在那头。

## 作者简介

余光中（1928—2017），祖籍福建永春，1928 年 10 月 21 日生于江苏南京。余光中的作品风格极不统一，一般来说，他的诗风是因题材而异的。表达意志和理想的诗，一般都显得壮阔铿锵，而描写乡愁和爱情的作品，一般都显得细腻而柔绵。著有诗集《舟子的悲歌》《蓝色的羽毛》《钟乳石》《万圣节》《白玉苦瓜》等。

## 作品赏析

该诗情深意切，既表达了对祖国统一的渴望，又将乡愁描写得淋漓尽致。正像中国大地上许多江河都是黄河与长江的支流一样，余光中作为一个挚爱祖国及其文化传统的中国诗人，他的乡愁诗从内在感情上继承了我国古典诗歌中的民族感情传统，具有深厚的历史感与民族感。《乡愁》一诗，侧重写个人在大陆的经历，那年少时的一枚邮票，那青年时的一张船票，甚至那未来的一方坟墓，都寄寓了诗人的也是千万海外游子的绵长思乡之情，而这一切在诗的结尾升华到一个新的高度："而现在，乡愁是一湾浅浅的海峡。我在这头，大陆在那头。"有如百川奔向东海，有如千峰朝向泰山，诗人个人的悲欢与巨大的祖国之爱、民族之恋交融在一起，而诗人个人经历的倾诉，也因为结尾的感情的燃烧而更为撩人愁思了，正如诗人自己说的："纵的历史感，横的地域感。纵横相交而成十字路口的现实感"（《白玉苦瓜》序）。诗人的《乡愁》是我国民族传统的乡愁诗在新的时代和特殊的地理条件下的变奏，具有以往的乡愁诗所不可比拟的广度和深度。余光中热爱中华传统文化，热爱中国，礼赞"中国，最美最母亲的国度"。他说："蓝墨水的上游是汨罗江""要做屈原和李白的传人""我的血系中有一条黄河的支流"。

全诗分四个小节，作者按照时间顺序将乡愁依次比喻为邮票、船票、坟墓和海峡，结构严谨，很好地表达了本诗的中心思想，写出了海外游子的思归之情，洋溢着诗人魂牵梦绕的"中国情结"。

名 作

# 致橡树

舒婷

我如果爱你——
绝不像攀援的凌霄花，
借你的高枝炫耀自己；
我如果爱你——
绝不学痴情的鸟儿，
为绿荫重复单调的歌曲；
也不止像泉源，
常年送来清凉的慰藉；
也不止像险峰，
增加你的高度，衬托你的威仪。
甚至日光。
甚至春雨。

不，这些都还不够！
我必须是你近旁的一株木棉，
作为树的形象和你站在一起。
根，紧握在地下，
叶，相触在云里。
每一阵风过，
我们都互相致意，
但没有人
听懂我们的言语。
你有你的铜枝铁干，
像刀，像剑，
也像戟；
我有我红硕的花朵，
像沉重的叹息，
又像英勇的火炬。

我们分担寒潮、风雷、霹雳；
我们共享雾霭、流岚、虹霓。
仿佛永远分离，
却又终身相依。
这才是伟大的爱情，

坚贞就在这里：
爱——
不仅爱你伟岸的身躯，
也爱你坚持的位置，足下的土地。

## 作者简介

舒婷（1952—），中国女诗人，出生于福建龙海市石码镇，1979年开始发表诗歌作品，1980年至福建省文联工作，从事专业写作。主要著作有诗集《双桅船》《会唱歌的鸢尾花》《始祖鸟》，散文集《心烟》等。舒婷崛起于20世纪70年代末的中国诗坛，她和同代人北岛、顾城、梁小斌等以迥异于前人的诗风，在中国诗坛上掀起了一股"朦胧诗"大潮。舒婷是朦胧诗派的代表人物，《致橡树》是朦胧诗潮的代表作之一。

## 作品赏析

舒婷的诗，构思新颖，富有浓郁的抒情色彩；语言精美，具有鲜明的个人风格。《致橡树》是她的一首优美、深沉的抒情诗代表。它所表达的爱，不仅是纯真的、炙热的，而且是高尚的，伟大的。它像一支古老而又清新的歌曲，拨动着人们的心弦。《致橡树》热情而坦诚地歌唱了诗人的人格理想，比肩而立，各自以独立的姿态深情相对的橡树和木棉，可以说是我国爱情诗中一组品格崭新的象征形象。

"橡树"的形象象征着刚硬的男性之美，而有着"红硕的花朵"的木棉显然体现着具有新的审美气质的女性人格，她脱弃了旧式女性纤柔、妩媚的秉性，而充溢着丰盈、刚健的生命气息，这正与诗人所歌咏的女性独立自重的人格理想互为表里。

在艺术表现上，诗歌采用了内心独白的抒情方式，便于坦诚、直接地展示诗人的心灵世界。同时，以整体象征的手法构造意象（全诗以橡树、木棉的整体形象象征爱情双方的独立人格和真挚爱情），使得哲理性很强的思想、意念得以在亲切可感的形象中生发、诗化，因而这首富于理性气质的诗却使人感觉不到任何说教意味，而只是被其中丰美动人的形象所征服。

## 名　作

### 一棵开花的树

席慕容

如何让你遇见我
在我最美丽的时刻

为这
我已在佛前求了五百年
求佛让我们结一段尘缘

佛于是把我化作一棵树
长在你必经的路旁

阳光下
慎重地开满了花
朵朵都是我前世的盼望

当你走近
请你细听
那颤抖的叶
是我等待的热情

而当你终于无视地走过
在你身后落了一地的
朋友啊
那不是花瓣
是我凋零的心



## 作者简介

席慕容（1943—），蒙古族人，全名穆伦·席连勃，意即大江河；“慕容”是“穆伦”的谐译。1943 年生于重庆城郊金刚坡，祖籍内蒙古察哈尔盟明安旗，中国当代画家、诗人、散文家。在她的诗中，充满着一种对人情、爱情、乡情的悟性和理解。主要著作有《七里香》《无怨的青春》《三弦》《有一首歌》《同心集》《写给幸福》《江山有待》等。

## 作品赏析

诗之灵魂在于情，情真意切才有诗。席慕容的《一棵开花的树》把一位少女的怀春之心表现得情真意切，震撼人心。“如何让你遇见我/在我最美丽的时刻”，诗一开篇，一位美丽端庄、大胆坦率的少女形象倾泻而出，鲜明动人。没有惊天地、泣鬼神的山盟海誓，“最美丽”三字把少女追求纯洁、神圣、伟大、美好的爱情之心描绘得细致入微而又淋漓尽致，却又没有一丝一毫的矫揉造作，是少女心之真之诚的自然流露。

“阳光下慎重地开满了花/朵朵都是我前世的盼望”。诗中女子，在意中人“必经的路旁”“慎重地开满了花”，是爱的宣言，是积极成就与其意中人缘份的举动。“慎重”一词更细腻地刻画了女子努力完善自我，用一颗真心去眺望爱情的心理活动。

“在你身后落了一地的/朋友啊/那不是花瓣/是我凋零的心”。诗的最后一节表达了这位少女一片痴心、空自调零的失落之情。全诗富有真情美，娓娓道来，感情真挚。

## 名　作

### 当你老了

[爱尔兰] 威廉·巴特勒·叶芝

当你老了，头发白了，睡思昏沉，
炉火旁打盹，请取下这部诗歌，
慢慢读，回想你过去眼神的柔和，
回想它们昔日浓重的阴影；

多少人爱你青春欢畅的时光，
爱慕你的美丽，假意或真心，
只有一个人爱你那朝圣者的灵魂，
爱你衰老了的脸上痛苦的皱纹；

垂下头来，在红光闪耀的炉子旁，
凄然地轻轻诉说那爱情的消逝，
在头顶的山上它缓缓踱着步子，
在一群星星中间隐藏着脸庞。

## 作者简介

威廉·巴特勒·叶芝（1865—1939），亦译“叶慈”“耶茨”，爱尔兰诗人、剧作家，神秘主义者，是“爱尔兰文艺复兴运动”的领袖，也是艾比剧院的创建者之一，被诗人艾略特誉为“当代最伟大的诗人”。叶芝曾于1923年获得诺贝尔文学奖，获奖的理由是“以其高度艺术化且洋溢着灵感的诗作表达了整个民族的灵魂”。1934年，他和拉迪亚德·吉卜林共同获得古腾堡诗歌奖。

## 作品赏析

1889年1月30日，23岁的叶芝遇见了美丽的女演员茅德·冈，诗人对她一见钟情。尽管这段一直纠结在诗人心中的爱情几经曲折，没有什么结果，但诗人对她的强烈爱慕之情却给诗人带来了真切无穷的灵感。此后诗人创作了许多有关这方面的诗歌，《当你老了》就是这些诗歌中的一首。创作这首诗歌时，诗人对爱情还充满着希望，对于感伤还只是一种假设和隐隐的感觉。

“当你老了”是一种对时间的假设。叶芝写这首诗时才29岁，而“你”所指的茅德·冈才27岁。但这种假设却因为“头发白了”“睡思昏沉”“炉火旁打盹”这些意象而具体起来。“老了”的那一刻似乎已经来到了我们面前。它是朦胧的、昏暗的，几乎是静止的，就像墙上的一幅画，然而又是那么生动，让人触目惊心。站在时间的彼岸，“回想你过去眼神的柔和”，与昔日的自己遥遥相望，读来让人回味无穷。

虽然整篇诗都是用第二人称，我们却依然能感觉得到诗人也在场。在第一、二节里，诗人的语气平缓、节制，仿佛是一位老朋友，站在“老了”的“你”面前，请“你”取出这部诗作，不动声色地揭露一个秘密。而“你”在出场时，依然懵然无知，心满意足地“睡思昏沉，炉火旁打盹”。正是由于“你”多年的（直到“取出这部诗作”前的）无知和冷漠，才造成了诗人的隐忍和节制。

在诗的第三节，秘密揭露了“你”的冷漠与诗人的隐忍形成的平衡被打破。炉火闪耀起来，你“凄然地”低下头去。关于诗人依然只字不提，然而我们可以想象他在看“你”表现出痛苦时加倍的痛苦。

“轻轻诉说那爱情的消逝”这句最为凄切，整篇诗的声调跌至谷底。时间创造了爱情，又带走了爱情。时间证明了一切，袒露了真相，又早已将你愚弄。而你，只剩下叹息、凄然和喃喃自语。至此，我们仿佛可以感受到“你创造的，你毁灭”“一切都是虚空，都是捕风”的幻灭。

接下来是一个奇峰突起的句子。“在头顶的山上它缓缓踱着步子，在一群星星中间隐藏着脸庞。”爱情并没有烟消云散，而是在头顶的山上，在众神居住的地方，在一群星星之间隐藏了自己。“星星”与“众神”，这个高度会让我们想起永恒、不朽、神圣，同时又充满寒意。和众神、星星在一起，赋予了爱情永恒、不朽，甚至神圣的含义。也正是在这个意义上，这首诗才不同凡响，让人恍然醒悟，“爱”自身蕴含着这种凛然的高度和高贵的品质。但是，爱情并没有因此远离尘世、高不可攀——因为它“隐藏”了自己，“缓缓踱着步子”。“隐藏”是出于悲悯，它不愿以自身的光，去刺痛那已经在岁月里沉沦的心灵。“缓缓踱着步子”，是因为流连于往昔不忍离去。这“隐藏”和“踱步”也让我们感受到，即使在那样的高度，诗人依然是一往情深，从而抵消了因“高处”而带来的寒意。

叶芝写这首诗时，茅德·冈已明确地拒绝过诗人的求婚。因此，诗人当时满怀着对爱情的绝望。这种绝望是巨大的，对有的人来说甚至是具有摧毁性的。然而诗人却始终以一种平静的、娓娓的、朴素的语调来叙说，即使到最伤情处，也没有流于倾诉的滥觞。全诗以“当你老了”这一假定的时间为开始，用“一部诗作”召回、昭示爱情，继而哀叹爱情的消逝。最后，在“头顶的山上”“星星之间”让爱重生并且升华，具有感人的力量。

## 名　作

### 假如生活欺骗了你

［俄］普希金

假如生活欺骗了你，
不要悲伤，不要心急！
忧郁的日子里须要镇静，
相信吧，快乐的日子将会来临！

心儿永远向往着未来，

现在却常是忧郁。

一切都是瞬息，一切都将会过去；

而那过去了的，就会成为亲切的怀恋。

## 作者简介

亚历山大·谢尔盖耶维奇·普希金（1799—1837），俄国著名的文学家、诗人、小说家及现代俄国文学的创始人。19世纪俄国浪漫主义文学主要代表人，同时也是现实主义文学的奠基人，现代标准俄语的创始人，被誉为“俄国文学之父”“俄国诗歌的太阳”。他诸体皆擅，创立了俄国民族文学和文学语言，在诗歌、小说、戏剧乃至童话等文学各个领域都给俄罗斯文学提供了典范。普希金还被高尔基誉为“一切开端的开端”。普希金的作品除了诗歌以外，还有长篇小说《上尉的女儿》，诗体小说《叶甫盖尼·奥涅金》，中篇小说《杜布罗夫斯基》《别尔金小说集》等。



## 作品赏析

该诗写于1825年，正是诗人在流放南俄敖德萨同当地总督发生冲突后，被押送到其父亲的领地米哈伊洛夫斯科耶村幽禁期间所作。从1824年8月至1826年9月，这是作者一段极为孤独寂寞的生活。面对十二月党人起义前后剧烈动荡的社会风云，普希金不仅同火热的斗争相隔绝，而且与众多亲密无间的挚友亲朋相分离。幸亏有终生挚爱的奶妈相陪伴，为他讲故事以消愁解闷。白天，他到集市上去，与纯朴的农人为友，和他们谈话，听他们唱歌。孤寂之中，除了读书、写作，邻近庄园奥西波娃一家也给诗人愁闷的幽禁生活带来了温暖和慰藉。这首诗就是为奥西波娃15岁的女儿姬姬所写的，题写在她的纪念册上。

普希金自言，要“用诗歌唤起人们善良的感情”，别林斯基也曾说过：“普希金天性是可亲可爱的人，他是诚心诚意愿意向每一个他觉得是‘人’的人伸手的……他内心有着许多赤子似的和善、温良和柔顺的成分。”因而在普希金的任何感情中永远有一些特别高贵的、温和的、柔情的、馥郁的、优雅的东西。《假如生活欺骗了你》这首诗就典型地体现了这种思想特征。该诗以一个假设句破题，劈头就是一个“假如”，此时26岁的普希金，面对的是一个纯真的女孩，他宛如一位饱经风霜而又无比温厚的长者，仿佛生怕碰伤这棵稚嫩的幼苗，于是从未来着笔，使用一种带有预言的口吻叮咛、勉励涉世未深的少女。实际上，这个对于无知的对话者所作的带有推测性假定意义的假说，正是变幻莫测的人生中的一种必然现象，即生活中不可能没悲伤、烦恼，但是你要克制、忍耐，因为“快乐的日子”就要来临。这欢乐是针对悲伤而言的，不是现在时，而是属于未来的。紧跟其后，在第二个诗节中，诗人进一步指出，这未来，并非现实生活中、漫漫长夜后或是在遥远的明天，而是心灵生活中的未来，这就引出了下面的富有深刻哲理的诗句。显然，在这里，诗人并未一般地开出常人司空见惯的用时间医治心灵创伤的这贴“药方”，而是要人面向内心世界，放眼于未来，实行一种自我精神调节法。这是一种情绪的转换，它可以是在一瞬间完成，这就是要用希望去救治现实的痛苦。这同现代心理医生的看法可以说是不谋而合，然而，普希金毕竟不是心理学家，而是诗人。他进一步指出，痛苦一旦过去，人就会更加成熟，对于成熟的人来说，这过去了的，即便是痛苦，也会成为人生的一段标志，而令人感到无比亲切。保持对生活的信心，即使在逆境之中，也不要陷入绝望而不能自拔。这种乐观向上的人生态度，加上亲切自然而又热情深沉的语调，使诗歌朴素流畅，言简意深，耐人回味。

与普希金早期引吭高歌赞颂自由、嬉笑怒骂、讽刺权贵、批判专制的抒情诗不同，这首小诗，明显表现出诗人后期抒情诗创作趋向含蓄、富于哲理的特点。用普希金自己的话说，从1825年开始，他走上了“现实的诗人”的道路。这首诗即是一个佐证。

## 本章小结

本章从诗歌的起源、发展说起，再到诗歌的功用，从不同侧面对诗歌做了一个较为详细的介绍。此外，在介绍一些诗歌欣赏的技巧的同时融合大量古今中外优秀诗歌作品的介绍，以及对这些作品的赏析，力图客观、明确地把握诗歌的内涵。

## 能力训练

一、名词解释

1. 诗歌
2. 诗歌的特征
3. 赋比兴

二、简答题

1. 体会《蒹葭》的艺术特色。
2. 简析“山鬼”这一艺术形象。
3.《龟虽寿》表达了诗人什么样的人生态度？
4. 分析《春江花月夜》这首诗歌的艺术特点。
5.《宣州谢朓楼饯别校书叔云》这首诗体现了李白的什么思想？
6.《相见欢·林花谢了春红》表现了词人怎样的心情？
7. 简述苏轼在《念奴娇·赤壁怀古》中所表达的思想情感。
8. 简述《声声慢·寻寻觅觅》中词人表达的思想感情。
9.《关山月》中诗人描写了哪些意象？
10. 简述《摸鱼儿·更能消几番风雨》的艺术特色。
11. 分析《死水》中所表达出的诗人的思想感情。
12.《再别康桥》是如何体现诗人对美的追求的？
13. 联系时代背景分析《雨巷》表达的思想感情。
14.《乡愁》有什么艺术特色？
15.《致橡树》在艺术表现上有哪些特点？
16. 席慕容的诗表现了诗人什么样的情怀？
17. 普希金的诗表现了一种什么精神？

三、论述题

1. 请仔细分析《丽人行》的艺术手法，并与学过的杜甫的其他诗歌加以比较。

2. 叶芝的诗表达了怎样的爱情观？对传统的爱情观有什么突破？

# 第三章 散文欣赏

## 本章导读

中国是个散文大国，有着悠久灿烂的散文历史。尤其是“五四”新文学运动兴起之后，现代散文应运而生，名家辈出，佳作连篇。其中鲁迅、周作人、冰心、朱自清、林语堂、郁达夫、丰子恺、何其芳、王力、钱锺书等人的散文创作成就颇高，他们用种种的样式，种种的流派，表现着、批评着、解释着人生的各面，迁流曼衍。本章先对散文的相关概念和欣赏方法作简单讲述，并精选古今中外优秀的散文，具体剖析不同风格、不同流派作家作品的文体特征和语言风格。

## 学习目标

1. 了解散文的含义、分类和特点。
2. 掌握欣赏散文的一般方法。
3. 培养欣赏散文、写作散文的兴趣和能力。



# 第一节 散文概述

## 一、散文的含义

散文是与诗歌、小说、戏剧并称的一种文学体裁，指不讲究韵律的散体文章，包括杂文、随笔、游记等。它是最自由的文体，不讲究音韵，不讲究排比，没有任何的束缚及限制，也是中国最早出现的行文体例。通常一篇散文具有一个或多个中心思想，以抒情、记叙、论理等方式表达。

广义的散文，是指诗歌、小说、戏剧以外的所有具有文学性的散行文章。除以议论抒情为主的散文外，还包括通讯、报告文学、随笔杂文、回忆录、传记等文体。随着写作学科的发展，许多文体自立门户，散文的范围日益缩小。

狭义的散文是指文艺性散文，它是一种以记叙或抒情为主，取材广泛、笔法灵活、篇幅短小、情文并茂的文学样式。

## 二、散文的古今概况

扫一扫

散文的古今概况

### （一）古代散文

我国古代散文为区别于韵文、骈文，凡不押韵、不重排偶的散体文章，包括经、传、史书在内，一律称为散文。

我国古代散文经历了先秦散文、两汉散文、唐宋散文、明清散文的发展阶段，伴随不同时代的需求，产生了很多描述现实的优秀作品。

### （二）现代散文

现代散文是与诗歌、小说、戏剧并称的文学样式，其特点是通过对现实生活中某些片段或生活事件的描述，表达作者的观点、感情，并揭示其社会意义。它可以在真人真事的基础上加工创造，不一定具有完整的故事情节和人物形象，而是着重于表现作者对生活的感受，具有选材、构思的灵活性和较强的抒情性。散文中的“我”通常是作者自己，语言不受韵律的限制，表达方式多样，可将叙述、议论、抒情、描写融为一体，也可以有所侧重；根据内容和主题的需要，可以像小说那样，通过对典型性的生活片段，作形象描写、心理刻画、环境渲染、气氛烘托等；也可像诗歌那样运用象征等艺术手法，创设一定的艺术意境。散文的表现形式多种多样，杂文、短评、小品、随笔、速写、特写、游记、通讯、书信、日记、回忆录等都属于散文。总之，散文篇幅短小、形式自由、取材广泛、写法灵活、语言优美，能比较迅速地反映生活，深受人们喜爱。

## 三、散文的分类

散文根据其内容和性质可分为以下几类。

### （一）叙事散文

叙事散文是指以写人记事为主的散文。这类散文对人和事的叙述和描绘较为具体、突出，既表现作者的认识和感受，还带有浓厚的抒情成分，字里行间充满饱满的感情。叙事散文侧重于从叙述人物和事件的发展变化过程中反映事物的本质，包含时间、地点、人物、事件等因素，从一个角度选取题材，表现作者的思想感情。例如鲁迅的《藤野先生》、吴伯箫的《记一辆纺车》、朱德的《回忆我的母亲》。根据该类散文内容的侧重点不同，又可将它区分为记事散文和写人散文。

偏重于记事的散文以事件发展为线索，偏重对事件的叙述。它可以是一个有头有尾的故事，如许地山的《落花生》；也可以是几个片断的剪辑，如鲁迅的《从百草园到三味书屋》。在叙事中倾注作者真挚的感情，这是与小说叙事最显著的区别。

偏重于记人的散文全篇以人物为中心。它往往抓住人物的性格特征作粗线条勾勒，着重表现人物的基本气质、性格和精神面貌。人物形象是否真实是它与小说的区别。

### （二）抒情散文

抒情散文是指注重表现作者的思想感受，抒发作者的思想感情的散文。这类散文有对具体事物的记叙和描绘，但通常没有贯穿全篇的情节，其突出的特点是强烈的抒情性。它或直抒胸臆，或触景生情，洋溢着浓烈的诗情画意，即使描写的是自然风物，也赋予了深刻的社会内容和思想感情。优秀的抒情散文感情真挚，语言生动，还常常运用象征和比拟的手法，把思想寓于形象之中，具有强烈的艺术感染力。例如茅盾的《白杨礼赞》、魏巍的《依依惜别的深情》、朱自清的《荷塘月色》、冰心的《樱花赞》。

### （三）写景散文

写景散文是指以描绘景物为主的散文。这类文章多是在描绘景物的同时抒发感情，或借景抒情，或寓情于景，抓住景物的特征，按照空间的变换顺序，运用移步换景的方法，把观察的变化作为全文的脉络。生动的景物描绘，不但可以交代背景、渲染气氛，而且可以烘托人物的思想感情，更好地表现主题。例如刘白羽的《长江三峡》。

### （四）哲理散文

哲理，是感悟的渗透，思想的火花，理念的凝聚，睿智的结晶。它纵贯古今，横亘中外，包容大千世界，穿透人生社会，寄寓于人生百态、家长里短，闪现在思维领域万千景观。高明的作者，善于抓住哲理闪光的瞬间，形诸笔墨，写出内涵丰厚、耐人寻味的美文。哲理散文以种种形象来揭示生命的真理，从而揭露万物之间的永恒相似，它因其深邃性和心灵透辟的整合，给我们一种透过现象深入本质、揭示事物的底蕴和观念，具有震撼性的审美效果。

学习哲理散文，要把握哲理散文体现出的思维方式，去体悟哲理散文所蕴藏的深厚的文化底蕴和文化积淀。首先，哲理散文中具有象征思维。哲理散文因为超越日常经验的意义和自身的自然物理性质，构成了本体的象征表达。它摒弃的是浅薄，而达到一种与人的思想情性相通、生命交感、灵气往来的境界，我们从象征中获得理性的醒悟和精神的畅快，由心灵的平静转到灵魂的震颤，超越一般情感反应而居于精神的顶端。其次，哲理散文具有联想思维。由于哲理散文是个立体的、综合的思维体系，经过联想，文章拥有更丰富的内涵，把自然、社会、人生多个角度进行了融合，不至于显得单薄。最后，哲理散文中还有情感思维。哲理散文在本质意义上是思想表达对情感的一种依赖。“外师造化，中得心源”，由于作者对生活的感悟过程中有情感参与，理解的结果有情感及想象的融入，所以哲理散文中的思想，就不是干巴巴的议论，而是寓含了生活情感的思想，是蘸满了审美情感液汁的思想。从哲理散文的字里行间去读解人生哲理，理解生命的本义，这就是哲理散文艺术美之所在。



# 第二节 散文欣赏要领

## 一、散文的主要特点

扫一扫

散文的主要特点

### （一）形散而神不散

“形散”主要是说散文取材十分广泛自由，不受时间和空间的限制，表现手法不拘一格：可以叙述事件的发展，可以描写人物形象，可以托物抒情，可以发表议论，而且作者可以根据内容需要自由调整、随意变化。“神不散”主要是从散文的立意方面说的，即散文所要表达的主题必须明确而集中，无论散文的内容多么广泛，表现手法多么灵活，无不为了更好地表达主题服务。

为了做到形散而神不散，散文在选材上注意材料与中心思想的内在联系，在结构上借助一定的线索把材料贯穿成一个有机整体。散文中常见的线索有：以含有深刻意义或象征意义的事物为线索；以作品中的“我”为线索，由于写的都是“我”的所见所闻所思所感，自由畅达，因此使读者觉得更加真实可信、亲切感人。

### （二）意境深邃，抒情性强

散文注重表现作者的生活感受，作者借助想象与联想，由此及彼，由浅入深，由实而虚地依次写来，可以融情于景、寄情于事、寓情于物、托物言志，表达作者的真情实感，实现物我的统一，展现出更深远的思想，使读者领会更深刻的道理。

### （三）语言优美凝练，富于文采

所谓优美，就是指散文的语言清新明丽，生动活泼，富于音乐感，行文如涓涓流水，叮咚有声，娓娓道来，情真意切。所谓凝练，是说散文的语言简洁质朴，自然流畅，寥寥数语就可以描绘出生动的形象，勾勒出动人的场景，显示出深远的意境。散文力求写景如在眼前，写情沁人心脾。

散文素有“美文”之称，它除了有精神的见解、优美的意境外，还有清新隽永、质朴无华的文采。经常读一些好的散文，不仅可以丰富知识、开阔眼界，培养高尚的思想情操，还可以从中学习选材立意、谋篇布局和遣词造句的技巧，提高自己的语言表达能力。

## 二、散文欣赏的技巧

散文欣赏的重点是把握其“形”与“神”的关系。

### （一）读散文要识得“文眼”

凡是构思精巧、富有意境或写得含蓄的诗文，往往都有“眼”的安置。鉴赏散文时，要全力找出能揭示全篇旨趣和有画龙点睛妙用的“文眼”，以便领会作者行文的缘由与目的。“文眼”的设置因文而异，可以是一个字、一句话、一个细节、一缕情丝，乃至一景一物。并非每篇散文都有必要的“文眼”。

### （二）读散文要抓住线索，准确把握文章的立意

结构是文章的骨架，线索是文章的脉络，二者是紧密联系的。抓住散文中的线索，理清作者思路，便可对文章的思路了然于胸，这不仅有助于理解作者的写作意图，而且也是对作者谋篇布局本领的鉴赏，从而透过散文“形散”的表象抓住其传神的精髓，遵循作者的思路，分析文章的立意。线索通常有以下几种：

以事物的形象为线索，如巴金的《灯》。

以感情的发展为线索，如杨朔的《荔枝蜜》。

以时间顺序为线索，如刘白羽的《长江三日》。

以空间顺序为线索，如朱自清的《绿》。

以人物活动为线索，如鲁迅的《从百草园到三味书屋》。

以事理为线索，如唐弢的《琐忆》。

### （三）注意散文表现手法的特点，深入体会文章的内容

散文常常托物寄意，为了使读者具体感受到所寄寓的丰富内涵，作者常常对所写的事物作细致的描绘和精心的刻画，就是所谓的“形得而神自来焉”。读散文要抓住“形”的特点，由“形”见“神”，深入体会文章内容。

### （四）注意展开联想，领会文章的神韵

联想的方式有以下几种：

串联式，如《猎户》的“尚二叔—百中老人—董昆”。

辐射式，如《土地》以“土地”为中心生发开去，写“热爱生活，保卫土地，建设土地”。

假托式，如《白杨礼赞》以“北方的白杨树”为中心，进而联想到“北方的人民、祖国千

万的人民”。

屏风式，如《风景谈》由“见到的风景”—“人生的风景”。

运用丰富的联想，由此及彼，由浅入深，由实到虚，这样才能体会到文章的神韵，领会到更深刻的道理。

### （五）品味散文的语言

散文的另一大特色是语言美。优秀的散文语言凝练优美，又自由灵活，接近口语。优美的散文更是富于哲理，诗情画意。杰出的散文家的语言各具不同的语言风格，如鲁迅的散文语言精练深邃，茅盾的散文语言细腻深刻，郭沫若的散文语言气势磅礴，巴金的散文语言朴素优美，朱自清的散文语言清新隽永，冰心的散文语言委婉明丽，孙犁的散文语言质朴，刘白羽的散文语言奔放，杨朔的散文语言精巧，何为的散文语言雅致。一些散文大家的语言，又常常因内容而异。如鲁迅的《纪念刘和珍君》的语言，锋利如匕首；《好的故事》的语言，绚丽如云锦；《风筝》的语言，凝重如深潭。体味散文的语言风格，就可以对散文的内容体味得更加深刻。

### （六）了解情技

了解情技即弄清楚抒情散文的写作技巧，以便更好地掌握鉴赏作品的表达技巧。因此掌握诸如渲染、铺垫、象征、伏笔、照应、悬念、衬托、过渡等技巧有利于欣赏散文，把握美文实质。



## 三、散文欣赏的方法

### （一）从整体入手，理清文章脉络

材料丰富、思路灵活是散文的主要特点之一，阅读散文时一定要着眼于文章的整体，注意理清内部的相互关系，从宏观上驾驭文章，体察作者寄寓其中的意和倾注其中的情。如《长城》一文，从深秋晚景写起，引入对历史的回顾与反思，再从历史回到现实，在历史与现实的对比中深化主旨，卒章显志，含蓄而又深沉。在这种整体阅读的基础上，再来欣赏文章，就会洞若观火，游刃有余。

### （二）了解背景，透视创作历程

作品是社会的折射，内容是背景的产物。有不少作者进行散文创作时，往往受环境的影响。因此，了解文章的相关背景，是阅读欣赏散文的一把钥匙。如阅读《兽·人·鬼》，就必须认真阅读注释，分析背景材料。抗战胜利后，国统区人民掀起了反内战运动，国民党当局却大行不义，倒行逆施，制造了臭名昭著的“一二·一”惨案。闻一多十分悲愤，坚决主张声援学生的爱国运动，对个别教授“畏首畏尾，保全小我”的做法极为不满，于是写了这篇文章。透视创作历程，了解作者的创作意图和思想感情，再对照原文，就不难找到作品的主旨了。

### （三）借助想象，体察作者情感

散文属于文学范畴，阅读散文时必须发挥联想和想象，结合个人生活体验和作者情感产生强烈共鸣。读《长城》，如果能联想到余秋雨在《都江堰》一文中对“长城”的议论，能联想到长城上狼烟四起，民族斗争的惨烈，联想到中华民族的屈辱历史，就不难触摸到作者那颗希望中华民族走出封闭与落后、走向繁荣与强大的赤诚滚烫的心。

### （四）辨识手法，找准突破口

托物言志是散文常用的主要表现手法之一。如《报秋》，这是一篇章法严谨而又情文并茂的散文，蕴含着生活的哲理。作者通过玉簪花这个载体，提醒人们要珍惜光阴，抓住现在，抓住人生的每时每刻，有所作为，不能虚度年华。这就是“玉簪花精神”。抓住这个精神，也就等于找准了欣赏的突破口。

### （五）明确技巧，提高欣赏效率

掌握一些常见的修辞手法和表达技巧，可以提高散文欣赏的效率和准确度，以下是一些常见的修辞手法和表达技巧的使用范例。

比喻：如《兽·人·鬼》中用“兽”来比喻国民党当局，用“鬼”来比喻个别胆小怕事、保全小我的教授。

反衬：如《报秋》中用太阳花反衬玉簪花生命力之强。

对比：如《青菜》中“高高翘起的狗尾巴草”“自我炫耀的灯笼草”“凌空悬挂的黄瓜”与“紧紧依靠大地，朴素沉着的青菜”形成了鲜明的对比。

象征：如《门》中的“门”象征隐秘的人生哲理。其中的“开门”象征了人生的开始、神秘；“关门”象征了人生的结束、庇护。

排比：如《报秋》中“领取秋，领取冬，领取四季，领取生活”，层层铺开，逐步扩大，对点明主旨起到了强化作用。

变换人称：散文中不同的人称使用有不同的效果，如用“我”常是为了增强文章的真实性；用“你”是为了便于抒情，便于对话，拉近与读者的距离；用“他”或“她”是为了写不同人的感受。

### （六）“瞻前顾后”，分析句段关系

阅读散文时还要“瞻前顾后”，注意句与句之间、段与段之间的前后勾连。如《话说知音》中，为什么说“知音的传说已经成为中国传统文化的一部分”呢？要回答这个问题，就必须理清前四段之间的关系。第一段写自从有了关于知音的传说后，人们对知音的神往和渴求；第二、三、四段写了关于知音的传说在历代典籍中的记载。综合这两部分，才能回答以上问题。二者缺其一，都不能对文章完成准确无误的欣赏。

最后需要指出的是，欣赏散文还需注意文体特点。如叙事散文讲求以小见大，形与神的关系是重点；写景散文注意情景交融，情与景的契合是关键；咏物散文托物言志，应尽可能体味象征手法。但有一点更重要，那就是欣赏散文要用自己的“心”去发现“散文的心”，用自己的人生体验和智慧去解读作者心灵弹奏的歌声。

## 拓展阅读

**散文写作——构思、联想、语言**

散文，往往通过生活中偶发的、片断的事象，去反映其复杂的背景和深广的内涵，做到“一粒沙里见世界，半瓣花上说人情”。要达到这种境界，构思是关键。

构思，是作者对一篇作品的整个认识过程，从他对外界事物的最初感受到成篇的全

过程。散文写作即使进入下笔阶段，也仍然需要再思考，再探索，再继续认识所要描写的对象，深入发掘其底蕴和内涵。散文写作要善于由表及里，从纷繁错综的联系里，发现其独特而奥妙的联系点，才能够从“引心”到“会心”，由“迎意”到“立意”。

一篇优秀的散文，几乎难以离开联想。所谓联想，是指对事物由此及彼、由表及里的想象活动，是由一种事物过渡到另一种事物的心理过程。当人们由当前事物回忆起相关的另一事物，或者由想起的一件事物又联系到另一件事物时，都离不开联想。在这种联想活动中，事物的特征和本质，更鲜明、突出，作者的思想认识也能不断提高和深化。回忆常以联想的形式出现，联想还有助于举一反三。特别是在散文创作及其他样式的文艺创作中，联想有着增强作品艺术魅力的效果。

散文笔调的魅力，固然来自作家的真知、真见、真性、真情。但要将其化作文学和谐的色彩、自然的节奏、隽永的韵味，还必须依靠驾驭文字的娴熟、笔墨的高度凝练。

散文作者要有特别敏锐的眼光和洞察力，能看到和发现别人所没有看到的事物，还需有深厚的文字功夫。创作时不能心浮气躁，要静下心来，挖空心思找到准确的词句，并把它们排列得能用很少的话表达较多的意思，这就是古人所说的“言简意繁”。要使语言能表现出一幅生动的画面，简洁地描绘出人物的音容笑貌和主要特征，让读者一下子就牢牢记住被描写人物的动作、步态和语气。

如杜牧《阿房宫赋》开头写道：“六王毕，四海一。蜀山兀，阿房出。”仅仅十二字，就写出了六国王朝的覆灭。秦始皇统一天下后，把蜀山的树木砍光了，山顶上光秃秃的，就在这里修建起了阿房宫。短短十二个字，写出了这么丰富的历史内容，时空跨度又很大，真可谓“言简意繁”了。

## 第三节　名作欣赏

### 名　作

扫一扫

郑伯克段于鄢

### 郑伯克段于鄢[1]

《左　传》

初[2]，郑武公[3]娶于申[4]，曰武姜[5]。生庄公及共叔段[6]。庄公寤生[7]，惊姜氏，故名曰寤生，遂恶之[8]。爱共叔段，欲立之，亟请于武公[9]，公弗许[10]。

及庄公即位[11]，为之请制[12]。公曰：“制，岩邑[13]也，虢叔死焉[14]，佗邑唯命[15]。”请京[16]，使居之，谓之京城大叔[17]。祭仲[18]曰：“都城[19]过百雉[20]，国[21]之害也。先王之制[22]，大都，不过参国之一[23]；中，五之一；小，九之一。今京不度[24]，非制[25]也，君将不堪[26]。”公曰：“姜氏欲之，焉辟害[27]？”对曰：“姜氏何厌之有[28]！不如早为之所[29]，无使滋蔓[30]。蔓，难图[31]也。蔓草犹不可除，况君之宠弟乎！”公曰：“多行不义必自毙[32]，子[33]姑[34]待之！”

既而[35]大叔命西鄙[36]北鄙贰于己[37]。公子吕[38]曰：“国不堪贰，君将若之何[39]？欲与大叔[40]，臣请事之[41]；若[42]弗与，则请除之[43]，无生民心[44]。”公曰：“无庸[45]，将自及[46]。”大叔又收贰以为己邑[47]，至于廪延[48]。子封曰：“可矣。厚将得众[49]。”公曰：“不义不暱[50]，厚将崩[51]。”

大叔完聚[52]，缮甲兵[53]，具卒乘[54]，将袭郑。夫人将启之[55]。公闻其期[56]，曰：“可矣。”命子封帅车二百乘[57]以伐京。京叛大叔段，段入于鄢[58]，公伐诸[59]鄢。五月辛丑[60]，大叔出奔共[61]。

书曰：“郑伯克段于鄢。”段不弟，故不言弟；如二君，故曰克；称郑伯，讥失教也；谓之郑志。不言出奔，难之也。

遂置姜氏于城颍[62]，而誓之[63]曰：“不及黄泉[64]，无相见也！”既而悔之。颍考叔[65]为颍谷封人[66]，闻之，有献于公[67]。公赐之食[68]，食舍肉[69]。公问之，对曰：“小人[70]有母，皆尝小人之食[71]矣，未尝君之羹[72]，请以遗[73]之。”公曰：“尔有母遗，繄[74]我独无！”颍考叔曰：“敢[75]问何谓[76]也？”公语之故[77]，且告之悔[78]。对曰：“君何患焉[79]？若阙[80]地及泉，隧而相见[81]，其谁曰不然[82]？”公从之。公入而赋[83]：“大隧之中，其乐也融融[84]！”姜出而赋：“大隧之外，其乐也泄泄！”遂为母子如初[85]。

君子曰：颍考叔，纯孝也。爱其母，施[86]及庄公。《诗》曰：“孝子不匮，永锡尔类。”其是之谓乎！

## 注释

① 选自《左传·隐公元年》。郑伯，指郑庄公。郑属伯爵，所以称郑伯。郑，春秋时国名，姬姓，在现在河南省新郑县一带。克，战胜。段，郑庄公之弟。鄢（yān），郑地名，在现在河南省鄢陵县境内。

② 初：当初。《左传》追述以前的事情常用这个词，这里指郑伯克段于鄢以前。

③ 郑武公：名掘突，郑桓公的儿子，郑国第二代君主。

④ 娶于申：从申国娶妻。申，春秋时国名，姜姓，在现在河南省南阳市北。后为楚所灭。

⑤ 曰武姜：叫武姜。武姜，郑武公之妻，“姜”是她娘家的姓，“武”是她丈夫武公的谥号。

⑥ 共（gōng）叔段：郑庄公的弟弟，名段。他在兄弟之中年岁小，因此称“叔段”。失败后出奔共，因此又称“共叔段”。共，春秋时国名，在现在河南省辉县。叔，排行在末的兄弟。

⑦ 寤生：难产的一种，胎儿的脚先生出来。寤，通“牾”，逆，倒着。

⑧ 遂恶（wù）之：因此厌恶他。遂，连词，因而。恶，厌恶。

⑨ 亟（qì）请于武公：屡次向武公请求。亟，屡次。于，介词，向。

⑩ 公弗许：武公不答应她。弗，不。

⑪ 及庄公即位：到了庄公做国君的时候。及，介词，到。即位，君主登上君位。

⑫ 制：地名，即虎牢，在现在河南省荥（xíng）阳县西北。

⑬ 岩邑：险要的城镇。岩，险要。邑，人所聚居的地方。

⑭ 虢（guó）叔死焉：东虢国的国君死在那里。虢，指东虢，古国名，为郑国所灭。焉，相当于“于是”“于此”。

⑮ 佗邑唯命：别的地方，听从您的吩咐。佗，同“他”，指示代词，别的，另外的。唯命，只听从您的命令。

⑯ 京：地名，在现在河南省荥阳县东南。

⑰ 大（tài）叔：太叔，是对段的尊称。

⑱ 祭（zhài）仲：郑国的大夫。

⑲ 都城：都邑的城墙。

⑳ 雉（zhì）：古代城墙长三丈、高一丈为“一雉”。

㉑ 国：国家。

㉒ 制：制度。

㉓ 大都，不过参国之一：大的城不能超过国都城的三分之一。参，同“三”。国，国都。

㉔ 不度：不合制度。

㉕ 非制：不是（先王的）制度。

㉖ 不堪：受不了。

㉗ 焉辟害：怎能躲开这种祸害？焉，疑问代词，哪里，怎么。辟，同“避”。

㉘ 何厌之有：等于说“有何厌”，有什么可以满足的。厌，同“餍”，满足。

㉙ 早为（wéi）之所：早点给他安排个地方。意思是早点给共叔段换个便于控制的地方。为，动词，这里有“安排”的意思。

㉚ 滋蔓：滋生，蔓延。这里指势力发展壮大。

㉛ 图：对付。

㉜ 毙：跌倒，这里指失败。

㉝ 子：您。古时对男子的尊称。

㉞ 姑：姑且、暂且。

㉟ 既而：不久。

㊱ 鄙：边疆，边远的地方。

㊲ 贰于己：贰属于自己。使西鄙、北鄙一方面属于庄公，一方面属于自己，即同时向双方纳贡赋。贰，两属，属二主。

㊳ 公子吕：字子封，郑国的大夫。

㊴ 若之何：怎么办？若，如。之，指“大叔命西鄙北鄙贰于己”这件事。

㊵ 欲与（yǔ）大叔：打算把郑国送给太叔。与，给予。

㊶ 臣请事之：我请求去服侍他。事，动词，侍奉。

㊷ 若：如果。

㊸ 则请除之：就请除掉他。则，就。

㊹ 无生民心：不要使民众（因为有两个政权并存而）生二心。无，同“毋”，不要。

㊺ 无庸：不用（管他）。庸，用。

㊻ 将自及：将要自己走到毁灭的地步。及，至。

㊼ 收贰以为己邑：收取两属的西鄙北鄙（完全）作为自己的领地。贰，指原来贰属的西鄙北鄙。

㊽ 至于廪延：扩张到了廪延。廪延，地名，在现在河南省延津县北。

㊾ 厚将得众：土地扩大了，将要得到百姓的拥护。厚，指所占的土地扩大。众，指百姓。

㊿ 不义不暱（nì）：对君不义，对兄不亲。暱，同“昵”，亲近。

51 崩：山塌，这里指垮台、崩溃。

52 完聚：修治（城郭），聚集（百姓）。完，修葺（qì）。

53 缮甲兵：修整作战用的甲衣和兵器。缮，修理。甲，铠甲。兵，兵器。

㊴ 具卒乘（shèng）：准备步兵和兵车。具，准备。卒，步兵。乘，四匹马拉的战车。

㊵ 夫人将启之：武姜将要为共叔段作内应。夫人，指武姜。启之，给段开城门，即作内应。启，开门。

㊶ 期：指段袭郑的日期。

㊷ 帅车二百乘：率领二百辆战车。帅，率领。古代每辆战车配备甲士三人，步卒七十二人。二百乘，共甲士六百人，步卒一万四千四百人。

㊸ 入于鄢：进入鄢地，意思是逃到鄢地。

㊹ 诸："之于"的合音字，其中"之"为代词，代共叔段。

㊺ 五月辛丑：古时用天干地支记日，鲁隐公元年五月辛丑是五月二十三日。

㊻ 出奔共：出逃到共国（避难）。奔，逃亡。

㊼ 置（zhì）姜氏于城颍（yǐng）：把姜氏安置在城颍。置，安置，这里有"放逐"的意思。城颍，地名，在现在河南省临颍县西北。

㊽ 誓之：向她发誓。之，代武姜。

㊾ 黄泉：地下的泉水，这里指墓穴。

㊿ 颍考叔：郑国大夫。

(66) 为颍谷封人：担任颍谷管理疆界的官吏。为，担任。颍谷，郑国边邑。封人，管理边界的小吏。封，疆界。

(67) 有献于公：有什么东西要献给庄公。

(68) 赐之食：赏给他吃的东西。之，代词，代颍考叔。

(69) 食舍肉：吃的时候把肉放在一旁。舍，放。

(70) 小人：谦称自己。

(71) 皆尝小人之食：我的食物她都吃过。尝，品尝，这里是"吃"的意思。

(72) 羹（gēng）：有汁的肉。

(73) 遗（wèi）：赠，送给。

(74) 繄（yī）：语气助词，用在句首。

(75) 敢：表谦敬的词。

(76) 何谓：即"谓何"，说的是什么意思。

(77) 语之故：把原因告诉他。语，告诉。之，代词，代颍考叔。

(78) 告之悔：告诉他自己已经后悔了。

(79) 君何患焉：您忧虑什么呢？患，担心，忧虑。

(80) 阙（jué）：同"掘"，挖。

(81) 隧而相见：挖个地道，在那里见面。隧，隧道，这里用作动词，指挖隧道。

(82) 其谁曰不然：那谁能说不是这样呢？其，语气助词，加强反问的语气。然，代词，代庄公对姜氏发的誓言。

(83) 入而赋：走进隧道，唱着诗。赋，歌吟，唱着。

(84) 融融：同下文的"泄（yì）泄"都是形容和乐自得的心情。

(85) 遂为母子如初：于是姜氏和庄公作为母亲和儿子跟从前一样。也就是恢复了母子关系。

(86) 施（yì）：延伸，推及。

## 作者简介

《左传》是《春秋左氏传》的简称，相传是左丘明为解析《春秋》而作。左丘明（前556—前451），春秋末期史学家、文学家、思想家、散文家。中国传统史学的创始人。

《左传》是一部编年体历史著作。它按照鲁国先后12个国君在位的年代编年记事，起于鲁隐公元年（前722），止于鲁哀公二十七年（前468），共254年。它比较全面地反映了从奴隶制向封建制社会转变过程中，各诸侯国的内政、外交、军事、文化等情况，以及一些代表人物活动的事迹，具有很高的史学价值。《左传》又是一部有很高文学价值的历史散文著作。它善于叙事，能把历史的真实性、倾向的鲜明性和表达的形象性结合起来，通过叙写具体的人物活动去展现历史画面，富有故事性。它叙写战争尤为出色，总是围绕战争的起因和性质，把军事和政治结合起来写。《左传》还善于在叙事中写人，能通过人物的语言和行动表现人物的性格。《左传》的语言简练而丰润，含蕴而畅达，曲折而尽情，极富表现力。尤其是外交辞令，十分委婉，富有情趣。《左传》的这些叙事方法、人物刻画技巧和精美纯熟的语言，都为后世史传文学和小说创作提供了艺术借鉴，有着深远的影响。其中，《郑伯克段于鄢》记叙了郑庄公同其胞弟共叔段之间为了夺国君权位而进行的一场你死我活的斗争。春秋时期，周王室逐渐衰微，各诸侯国之间开始了互相兼并的战争，各国内部统治者之间争夺权势的斗争也加剧起来。为了争夺王位，骨肉至亲成为殊死仇敌。本文反映了这一社会现实。



## 作品赏析

本文记叙了春秋时期发生在郑国的一次争权之争，斗争的焦点是王位继承问题。事情的起因是郑庄公的母亲武姜因厌恶庄公，偏爱小儿子共叔段，于是帮助共叔段谋取王位。共叔段暗中积蓄力量，阴谋发动叛乱，夺取君位。郑庄公欲擒故纵，以退为进，等待时机，最后一举打败共叔段，最终共叔段逃离郑国。这一历史事件，客观上反映了春秋初期周王室逐渐衰微，各诸侯国内部争夺权势的斗争也加剧起来的社会现实。本文在写作上有以下特点。

### （一）人物个性鲜明

**1. 郑庄公老谋深算，阴险狡猾**

这一点主要表现在郑庄公对自己的同胞兄弟“纵其欲而使之放，养其恶而使其成”（宋人吕祖谦语，见《东莱博议》），充分暴露共叔段的“不义”。所以当姜氏“请京”，太叔“收贰”时，他都尽量满足，并驳回大臣们的建议。但当共叔段“将袭郑”时，他先发制人，一举把他赶到了“共”，绝除后患。庄公的阴险，还表现在对待母亲明显违反原则的请求（如“请京”），也不劝阻；对待弟弟的越轨行为（如“收贰”等），从不进行教育。他是有意养成共叔段的恶习。

**2. 共叔段恃宠恣肆，贪婪愚蠢**

共叔段在母亲的溺爱下，恣意妄为。在得到京城后，肆意扩大势力范围，并发展到举兵起事，想夺取整个郑国。他的愚蠢表现在他只知“贪”而无一点“谋”。他丝毫不了解庄公已为他布下了天罗地网，让他“自及”，结果只落得“出奔共”的下场。

**3. 姜氏毫无原则观念，任性偏心**

姜氏生庄公时难产，就视若仇人，并且置立嫡立长的宗法制度原则于不顾，想废长立幼。没有达到目的，又为共叔段“请制”“请京”，甚至做共叔段的内应，企图灭掉庄公，与庄公毫无母子之情。

### （二）叙事线索清晰

作者紧紧抓住郑庄公一方，以姜氏、共叔段为另一方的矛盾冲突这一线索，围绕争夺权力这一焦点安排叙事线索。第一部分（第一段）交代人物和矛盾的起因；第二部分（第二～四段）叙述矛盾冲突的发生和发展；第三部分（第五～六段）写矛盾的高潮和结局。在叙述事件经过时，又以庄公一方为主，省去了许多笔墨，使得文章不但线索清晰，而且文字简洁。

### （三）内容详略得当

本文详写的地方有两处。一处是庄公一方商讨对付共叔段。庄公与祭仲、公子吕的对话写得很详细，这是为了展示庄公的老谋深算，阴险狡猾；同时也交代了共叔段“举事”的经过。另一处是“掘地见母”，这是作者为了宣扬儒家的“孝”道。本文略写的地方是姜氏为共叔段“请制”“请京”和共叔段被打败的过程。详略安排，有利于突出主题。

## 名　作

### 五代史伶官传序[①]

欧阳修

呜呼！盛衰之理[②]，虽曰天命，岂非人事哉[②]！原庄宗之所以得天下[④]，与其所以失之者，可以知之矣。

世言晋王之将终也[⑤]，以三矢[⑥]赐庄宗而告之曰：“梁[⑦]，吾仇也；燕王[⑧]，吾所立。契丹[⑨]与吾约为兄弟。而皆背晋以归梁。此三者，吾遗恨[⑩]也。与尔[⑪]三矢，尔其无忘乃父之志[⑫]！”庄宗受而藏之于庙[⑬]，其后用兵，则遣从事以一少牢告[⑭]庙，请[⑮]其矢，盛以锦囊[⑯]，负而前驱[⑰]，及凯旋而纳之[⑱]。

方其系燕父子以组[⑲]，函梁君臣之首[⑳]，入于太庙，还矢先王[㉑]，而告以成功，其意气[㉒]之盛，可谓壮哉！及仇雠[㉓]已灭，天下已定，一夫夜呼，乱者四应[㉔]，仓皇东出，未及见贼而士卒离散。君臣相顾，不知所归，至于誓天断发，泣下沾襟[㉕]，何其衰也！岂得之难而失之易欤？抑本[㉖]其成败之迹，而皆自于人欤？

《书》[㉗]曰：“满招损，谦得益。[㉘]”忧劳可以兴国，逸豫[㉙]可以亡身，自然之理也。故方其盛也，举[㉚]天下之豪杰，莫能与之争；及其衰也，数十伶人困之，而身死国灭[㉛]，为天下笑。夫祸患常积于忽微[㉜]，而智勇多困于所溺[㉝]，岂独[㉞]伶人也哉！作《伶官传》。

## 注　释

① 本文是欧阳修所著《新五代史》七十四卷中《伶官传》的序文。伶官，古代的乐官，这里指供奉内廷，授有官职的伶人。《伶官传》记载后唐庄宗李存勖宠幸的伶官景进、史彦琼、郭

门高等败政乱国的史实。

② 盛衰之理：兴盛和衰败的道理。

③“虽曰”二句：虽说与天命有关，难道与人无关？

④ 原：推究。庄宗：五代后唐庄宗李存勖，是当时西域突厥族沙陀部族的首领，于923年灭掉后梁，统一中国北方，建立后唐王朝。所以：表原因。

⑤ 世言：世人传说。晋王：指庄宗的父亲李克用，原名朱邪赤心，唐王朝赐他李姓。因镇压黄巢起义有功，封为晋王，唐末割据今山西省一带。庄宗即位后，尊他为武皇帝，庙号太祖。

⑥ 矢：箭。

⑦ 梁：指后梁太祖朱全忠（温）。他本是黄巢起义军的叛将，一直想消灭李克用，两人互相争夺，有深仇大恨。唐王朝封他为梁王，后来篡夺了唐朝政权，建国为梁，定都洛阳。

⑧ 燕王：指燕王刘守光的父亲刘仁恭。刘借李克用的力量夺得幽州（今北京市一带），李保举他为卢龙军节度使，后来却不服从于李克用。刘守光为燕王时，李克用已死，这里以“燕王”称刘仁恭，乃是作者笼统的说法。

⑨ 契丹：即辽国。当时契丹族的首领耶律阿保机曾与李克用结盟约为兄弟，共同举兵攻击梁王朱全忠，后来阿保机背约，反同朱全忠通好，共同攻李。

⑩ 遗恨：留下的仇恨。

⑪ 尔：你。

⑫ 其：这里表示期望。乃：你的。志：这里指消灭梁、燕、契丹的愿望。

⑬ 庙：指祖庙。

⑭ 从事：官名，这里泛指一般属吏。少牢：古代祭祀时用一猪一羊作祭品，称少牢。告：祭告。

⑮ 请：请出。

⑯ 盛：装。锦囊：丝织的袋子。

⑰ 负：背着。前驱：在前面跑。

⑱ 凯旋：胜利回军。纳之：把箭仍送回藏在祖庙里。

⑲“方其”句：公元913年，李存勖攻破幽州，生擒刘仁恭父子，先斩了刘守光，又将刘仁恭血祭于李克用的墓前，然后斩杀。方，当。系，捆绑。燕父子，指刘仁恭和刘守光。组，绳索。

⑳“函梁君臣”句：公元923年，李存勖攻破大梁，朱友贞自知与李世仇，不免于死，命部将皇甫麟杀死自己，皇甫麟杀朱后也自杀了。函，用木匣封装。君，指梁末帝朱友贞（朱全忠的儿子）。臣，指梁将皇甫麟。

㉑ 先王：指李克用。

㉒ 意气：气势。

㉓ 仇雠：仇敌。

㉔“一夫夜呼”句：公元926年，贝州（今河北省清河县）军士皇甫晖作乱，攻入邺都（今河南省安阳市），邢州、沧州等地驻军起兵响应。李存勖派李嗣源率兵平乱，李嗣源也叛变称帝，向京城洛阳进攻。一夫，指皇甫晖。

㉕“君臣相顾”四句：李存勖在众叛亲离的情况下仓皇出奔开封，到后来只剩下少数人跟随他。这些人拔刀断发以示忠心，君臣相对，痛哭流涕。

㉖ 抑：还。本：推究，追本溯源。

㉗《书》：指《尚书》。

㉘“满招损”二句：这是《尚书·大禹谟》里的话。意思是自满必然招致损失，谦虚必定带来益处。

㉙ 逸豫：贪图安逸。

㉚ 举：全部。

㉛“数十伶人”句：李存勖嗜好音乐，常与伶人杂戏于庭，并重用伶人郭门高等，让他们统领军队，后来郭门高等作乱，李存勖死于乱军之手。

㉜ 忽微：极细小的事情或现象。忽，一寸的十万分之一。微，一寸的百万分之一。

㉝ 所溺：所溺爱的人或事。

㉞ 独：只。

## 作者简介

欧阳修（1007—1072），字永叔，自号醉翁、六一居士，吉州庐陵（今江西吉安）人，谥号“文忠”。仁宗天圣八年（1030 年）中进士，官至枢密副使、参知政事。欧阳修为人耿直，敢于谏诤，早年支持范仲淹政治革新，屡遭贬谪；晚年趋于保守，曾对王安石推行新法有所不满。

欧阳修是北宋著名文学家、史学家，北宋诗文革新运动的领袖。主张文章应“明道”“致用”“事信言文”“穷而后工”，反对宋初浮艳文风，倡导效法韩愈。欧阳修在散文、诗、词、评论诸方面皆有很高成就，尤其是散文，说理畅达，抒情委婉，为“唐宋八大家”之一，对宋代散文的繁荣有重大影响。曾与宋祁合修《新唐书》，独撰《新五代史》，有《欧阳文忠公集》。

## 作品赏析

本文是《伶官传》的序文。《伶官传》记载了后唐庄宗宠幸的伶官景进、史彦琼、郭门高等败政乱国的史实。这篇文章是把“庄宗之所以得天下，与其所以失之者”作为教训，说明“忧劳可以兴国，逸豫可以亡身”“祸患常积于忽微，而智勇多困于所溺”，指出一个王朝的盛衰兴亡主要取决于人事，而非天命。这一观点具有普遍的警戒意义，反映了作者清醒的历史意识。

本文采用对比手法，层层深入地展开论证。先极赞庄宗创业时意气之“盛”，再感叹其失败时形势之“衰”，盛与衰形成鲜明的对比和映衬，突现出其根由所在，发人深思。作者感叹兴衰，融入了浓厚的抒情意味，行文跌宕顿挫，文笔抑扬低昂，使得这篇史论具有较强的艺术感染力。

文中所议论的后唐庄宗李存勖是沙陀族人李克用之长子，是五代的风云人物。李克用临终之时，以三矢付庄宗，要他报仇。李克用死后，李存勖嗣位称晋王，他谨记父亲遗言，讨刘仁恭，伐契丹，灭后梁，建立了后唐政权。然而他称帝后，却沉迷于奢侈享乐的生活中，宠信伶人，不问国事。四方藩镇见伶人被宠爱，纷纷贿以财物，谋取私利，而那些正直的臣僚因不肯行贿，为伶人谗言所诬陷，竟无辜被杀。后唐国政于是日趋衰败，动乱接连而生，李存勖本人最终也死在他极为宠信的伶人郭门高的手中。欧阳修目睹国家积弱不振的现实和当权者的骄奢淫逸，忧心忡忡。正是出于以古鉴今的考虑，欧阳修在这篇史论中，提出了“忧劳可以兴国，逸豫可以亡身”的见解，意在为当时的统治者敲响警钟，可谓寄语深长，发人深省。

# 雅 舍

梁实秋

到四川来，觉得此地人建造房屋最是经济。火烧过的砖，常常用来做柱子，孤零零地砌起四根砖柱，上面盖上一个木头架子，看上去瘦骨嶙嶙，单薄得可怜；但是顶上铺了瓦，四面编了竹篦墙，墙上敷了泥灰，远远地看过去，没有人能说不像是座房子。我现在住的“雅舍”正是这样一座典型的房子。不消说，这房子有砖柱，有竹篦墙，一切特点都应有尽有。讲到住房，我的经验不算少，什么“上支下摘”，“前廊后厦”，“一楼一底”，“三上三下”，“亭子间”，“茅草棚”，“琼楼玉宇”和“摩天大厦”各式各样，我都尝试过。我不论住在哪里，只要住得稍久，对那房子便发生感情，非不得已我还舍不得搬。这“雅舍”，我初来时仅求其能蔽风雨，并不敢存奢望，现在住了两个多月，我的好感油然而生。

虽然我已渐渐感觉它并不能蔽风雨，因为有窗而无玻璃，风来则洞若凉亭，有瓦而空隙不少，雨来则渗如滴漏。纵然不能蔽风雨，“雅舍”还是自有它的个性。有个性就可爱。

“雅舍”的位置在半山腰，下距马路约有七八十层的土阶。前面是阡陌螺旋的稻田。再远望过去是几抹葱翠的远山，旁边有高粱地，有竹林，有水池，有粪坑，后面是荒僻的榛莽未除的土山坡。若说地点荒凉，则月明之夕，或风雨之日，亦常有客到，大抵好友不嫌路远，路远乃见情谊。客来则先爬几十级的土阶，进得屋来仍须上坡，因为屋内地板乃依山势而铺，一面高，一面低，坡度甚大，客来无不惊叹，我则久而安之，每日由书房走到饭厅是上坡，饭后鼓腹而出是下坡，亦不觉有大不便处。

“雅舍”共是六间，我居其二。篦墙不固，门窗不严，故我与邻人彼此均可互通声息。邻人轰饮作乐，咿唔诗章，喁喁细语，以及鼾声，喷嚏声，吮汤声，撕纸声，脱皮鞋声，均随时由门窗户壁的隙处荡漾而来，破我岑寂。入夜则鼠子瞰灯，才一合眼，鼠子便自由行动，或搬核桃在地板上顺坡而下，或吸灯油而推翻烛台，或攀援而上帐顶，或在门框棹脚上磨牙，使得人不得安枕。但是对于鼠子，我很惭愧地承认，我“没有法子”。“没有法子”一语是被外国人常常引用着的，以为这话最足代表中国人的懒惰隐忍的态度。其实我对付鼠子并不懒惰。窗上糊纸，纸一戳就破；门户关紧，而相鼠有牙，一阵咬便是一个洞洞。试问还有什么法子？洋鬼子住到“雅舍”里，不也是“没有法子”？比鼠子更骚扰的是蚊子。“雅舍”的蚊虱之盛，是我前所未见的。“聚蚊成雷”真有其事！每当黄昏时候，满屋里磕头碰脑的全是蚊子，又黑又大，骨骼都像是硬的。当别处蚊子早已肃清的时候，在“雅舍”则格外猖獗，来客偶不留心，则两腿伤处累累隆起如玉蜀黍，但是我仍安之。冬天一到，蚊子自然绝迹，明年夏天——谁知道我还是住在“雅舍”！

“雅舍”最宜月夜——地势较高，得月较先。看山头吐月，红盘乍涌，一霎间，清光四射，天空皎洁，四野无声，微闻犬吠，坐客无不悄然！舍前有两株梨树，等到月升中天，清光从树间筛洒而下，地上阴影斑斓，此时尤为幽绝。直到兴阑人散，归房就寝，月光仍然逼进窗来，助我凄凉。细雨蒙蒙之际，“雅舍”亦复有趣。推窗展望，俨然米氏章法，若云若雾，一片弥漫。但若大雨滂沱，我就又惶悚不安了，屋顶湿印到处都有，起初如碗大，俄而扩大如盆，继则滴水乃不绝，终乃屋顶灰泥突然崩裂，如奇葩初绽，素然一声而泥水下注，此刻满室狼藉，抢救无及。此种经验，已数见不鲜。

“雅舍”之陈设，只当得简朴二字，但洒扫拂拭，不使有纤尘。我非显要，故名公巨卿之照片不得入我室；我非牙医，故无博士文凭张挂壁间；我不业理发，故丝织西湖十景以及电影明星之照片亦均不能张我四壁。我有一几一椅一榻，酣睡写读，均已有着，我亦不复他求。但是陈设虽简，我却喜欢翻新布置。西人常常讥笑妇人喜欢变更桌椅位置，以为这是妇人天性喜变之一征。诬否且不论，我是喜欢改变的。中国旧式家庭，陈设千篇一律，正厅上是一条案，前面一张八仙桌，一旁一把靠椅，两旁是两把靠椅夹一只茶几。我以为陈设宜求疏落参差之致，最忌排偶。“雅舍”所有，毫无新奇，但一物一事之安排布置俱不从俗。人入我室，即知此是我室。笠翁《闲情偶寄》之所论，正合我意。

“雅舍”非我所有，我仅是房客之一。但思“天地者万物之逆旅”，人生本来如寄，我住“雅舍”一日，“雅舍”即一日为我所有。即使此一日亦不能算是我有，至少此一日“雅舍”所能给予之苦辣酸甜我实躬受亲尝。刘克庄词：“客里似家家似寄。”我此时此刻卜居“雅舍”，“雅舍”即似我家。其实似家似寄，我亦分辨不清。

长日无俚，写作自遣，随想随写，不拘篇章，冠以“雅舍小品”四字，以示写作所在，且志因缘。

## 作者简介

梁实秋（1903—1987），名治华，字实秋，北京人，原籍浙江杭县。他一生著作甚丰，散文集代表作为《雅舍小品》，著有文学批评论文集多部，独立完成翻译《莎士比亚全集》第一人。他是中国现当代著名的散文家、学者、文学批评家和翻译家。

## 作品赏析

文章开篇简洁自然，像是闲来之笔，但在读到“砖柱”“木头架子”“瓦”“竹篦墙”“泥灰”时，我们能从“孤零零”“瘦骨嶙嶙”“单薄”“可怜”等词语中体会到作者不满的情绪。既不满却又对它的“好感油然而生”，可见其文风之幽默。由此我们便能理解作者为什么评价四川人造房子用“经济”一词，为什么在写到“雅舍”的时候用了引号。

在作者眼中，“雅舍”自有它的个性和风格。其一，“雅舍”筑在半山腰，前临稻田，后接榛莽，围以竹林、水池等，是亦俗亦雅之地。由此，作者得出为友之道，“好友不嫌路远，路远乃见情谊”。其二，“屋内地板乃依山势而铺，一面高，一面低，坡度甚大”“每日由书房走到饭厅是上坡，饭后鼓腹而出是下坡。”这样的句子用词生动、细腻，真实地再现了房子的简陋和不方便，字里行间又表现出作者处之泰然的幽默感。居此陋室本已无限辛酸，而他却以旷达超然的胸襟从容视之，以宽缓舒和的语气予以调侃，自具雅人情致，别有况味。其三，和人共一套房，常有“隔壁戏”：“邻人轰饮作乐，咿唔诗章，喁喁细语，以及鼾声，喷嚏声，吮汤声，撕纸声，脱皮鞋声，均随时由门窗户壁的隙处荡漾出来，破我岑寂。”陋室多有不便，但作者却以审美的眼光，从中挖掘出它的许多可爱之处，听话听声，言外之意也很有分寸地表现着作者闲适、散淡、不与人争的生活态度。其四，居此“雅舍”，又有鼠、蚊相扰，我们看到作者用了“骚扰”“猖獗”等词语，这或可理解为作者内心的不满，对生活、对战争的不满，却没有直抒胸臆的愤怒和反抗，所有的语句仍然是对“月夜”“细雨”的欣赏，对“简朴”之风的追求，对“似我”“非我”境界的陶醉。其五，尽管条件简朴，但“一物一事之安排布置俱不从俗”。文中以戏谑的语言说壁间不挂显要的照片，也没有牙医的博士文凭，更不需要张贴电影明星照片等，表明作者对物质需求不存奢望，坚守独立的人格，不攀附权贵，不随意从俗。

怀着淡泊豁达的生死观，梁实秋的生活方式是“一切只要随缘”。《雅舍》一文，可以说是他以乐写苦、离世独善的心态的极致展现。能做到这一点，是因为他相信“快乐是在心里，不假外求，求即往往不得，转为烦恼”。这正反映了他清高而又修养有致的个性。

## 名作

### 桨声灯影里的秦淮河

俞平伯

我们消受得秦淮河上的灯影，当圆月犹皎的仲夏之夜。

在茶店里吃了一盘豆腐干丝，两个烧饼之后，以歪歪的脚步趄上夫子庙前停泊着的画舫，就懒洋洋躺到藤椅上去了。好郁蒸的江南，傍晚也还是热的。“快开船罢！”桨声响了。

小的灯舫初次在河中荡漾；于我，情景是颇朦胧，滋味是怪羞涩的。我要错认它作七里的山塘；可是，河房里明窗洞启，映着玲珑入画的曲栏干，顿然省得身在何处了。佩弦呢，他已是重来，很应当消释一些迷惘的。但看他太频繁地摇着我的黑纸扇。胖子是这个样怯热的吗？

又早是夕阳西下，河上妆成一抹胭脂的薄媚。是被青溪的姊妹们所薰染的吗？还是匀得她们脸上的残脂呢？寂寂的河水，随双桨打它，终是没言语。密匝匝的绮恨逐老去的年华，已都如蜜饧似的融在流波的心窝里，连呜咽也将嫌它多事，更哪里论到哀嘶。心头，宛转的凄怀；口内，徘徊的低唱；留在夜夜的秦淮河上。

在利涉桥边买了一匣烟，荡过东关头，渐荡出大中桥了。船儿悄悄地穿出连环着的三个壮阔的涵洞，青溪夏夜的韶华已如巨幅的画豁然而抖落。哦！凄厉而繁的弦索，颤岔而涩的歌喉，杂着吓哈的笑语声，劈拍的竹牌响，更能把诸楼船上的华灯彩绘，显出火样的鲜明，火样的温煦了。小船儿载着我们，在大船缝里挤着，挨着，抹着走。它忘了自己也是今宵河上的一星灯火。

既踏进所谓“六朝金粉气”的销金锅，谁不笑笑呢！今天的一晚，且默了滔滔的言说，且舒了恻恻的情怀，暂且学着，姑且学着我们平时认为在醉里梦里的他们的憨痴笑语。看！初上的灯儿们一点点掠剪柔腻的波心，梭织地往来，把河水都皴得微明了。纸薄的心旌，我的，尽无休息地跟着它们飘荡，以致于怦怦而内热。这还好说什么的！如此说，诱惑是诚然有的，且于我已留下不易磨灭的印记。至于对榻的那一位先生，自认曾经一度摆脱了纠缠的他，其辨解又在何处，这实在非我所知。

我们，醉不以涩味的酒，以微漾着，轻晕着的夜的风华。不是什么欣悦，不是什么慰藉，只感到一种怪陌生，怪异样的朦胧。朦胧之中似乎胎孕着一个如花的笑——这么淡，那么淡的倩笑。淡到已不可说，已不可拟，且已不可想；但我们终久是眩晕在它离合的神光之下的。我们没法使人信它是有，我们不信它是没有。勉强哲学地说，这或近于佛家的所谓“空”，既不当鲁莽说它是“无”，也不能径直说它是“有”，或者说“有”是有的，只因无可比拟形容那“有”的幻景；故从表面看，与“没有”似不生分别。若定要我再说得具体些：譬如东风初劲时，直上高翔的纸鸢，牵线的那人儿自然远得很了，知她是那一家呢？但凭那鸢尾一缕飘绵的彩线，便容易揣知下面的人寰中，必有微红的一双素手，卷起轻绡的广袖，牢担荷小纸鸢儿的命根的。

飘翔岂不是东风的力，又岂不是纸鸢的含德，但其根株却将另有所寄。请问，这和纸鸢的省悟与否有何关系？故我们不能认笑是非有，也不能认朦胧即是笑。我们定应当如此说，朦胧里胎孕着一个如花的幻笑，和朦胧又互相混融着的；因它本来是淡极了，淡极了这么一个。

漫题那些纷烦的话，船儿已将泊在灯火的丛中去了。对岸有盏跳动的汽油灯，佩弦便硬说它远不如微黄的灯火。我简直没法和他分证那是非。

时有小小的艇子急忙忙打桨，向灯影的密流里横冲直撞。冷静孤独的油灯映见黯淡久的画船头上，秦淮河姑娘们的靓妆。茉莉的香，白兰花的香，脂粉的香，纱衣裳的香……微波泛滥出甜的暗香，随着她们那些船儿荡，随着我们这船儿荡，随着大大小小一切的船儿荡。有的互相笑语，有的默然不响，有的衬着胡琴亮着嗓子唱。一个，三两个，五六七个，比肩坐在船头的两旁，也无非多添些淡薄的影儿葬在我们的心上——太过火了，不至于罢，早消失在我们的眼皮上。谁都是这样急忙忙的打着桨，谁都是这样向灯影的密流里冲着撞；又何况久沉沦的她们，又何况飘泊惯的我们俩。当时浅浅的醉，今朝空空的惆怅；老实说，咱们萍泛的绮思不过如此而已，至多也不过如此而已。你且别讲，你且别想！这无非是梦中的电光，这无非是无明的幻相，这无非是以零星的火种微炎在大欲的根苗上。扮戏的咱们，散了场一个样，然而，上场锣，下场锣，天天忙，人人忙。看！吓！载送女郎的艇子才过去，货郎旦的小船不是又来了？一盏小煤油灯，一舱的什物，他也忙得来像手里的摇铃，这样丁冬而郎当。

杨枝绿影下有条华灯璀璨的彩舫在那边停泊。我们那船不禁也依傍短柳的腰肢，欹侧地歇了。游客们的大船，歌女们的艇子，靠着。唱的拉着嗓子；听的歪着头，斜着眼，有的甚至于跳过她们的船头。如那时有严重些的声音，必然说："这哪里是什么旖旎风光！"咱们真是不知道，只模糊地觉着在秦淮河船上板起方正的脸是怪不好意思的。咱们本是在旅馆里，为什么不早早入睡，掂着牙儿，领略那"卧后清宵细细长"；而偏这样急急忙忙跑到河上来无聊浪荡？

还说那时的话，从杨柳枝的乱鬓里所得的境界，照规矩，外带三分风华的。况且今宵此地，动荡着有灯火的明姿。况且今宵此地，又是圆月欲缺未缺，欲上未上的黄昏时候。叮当的小锣，伊轧的胡琴，沉填的大鼓……弦吹声腾沸遍了三里的秦淮河。喳喳嚷嚷的一片，分不出谁是谁，分不出那儿是那儿，只有整个的繁喧来把我们包填。仿佛都抢着说笑，这儿夜夜尽是如此的，不过初上城的乡下老是第一次呢。真是乡下人，真是第一次。

穿花蝴蝶样的小艇子多到不和我们相干。货郎担式的船，曾以一瓶汽水之故而拢近来，这是真的。至于她们呢，即使偶然灯影相偎而切掠过去，也无非瞧见我们微红的脸罢了，不见得有什么别的。可是夸口早哩！——来了，竟向我们来了！不但是近，且拢着了。船头傍着，船尾也傍着；这不但是拢着，且并着了。厮并着倒还不很要紧，且有人扑冬地跨上我们的船头了。这岂不大吃一惊！幸而来的不是姑娘们，还好。（她们正冷冰冰地在那船头上。）来人年纪并不大，神气倒怪狡猾，把一扣破烂的手折，摊在我们眼前，让细瞧那些戏目，好好儿点个唱。他说："先生，这是小意思。"诸君，读者，怎么办？

好，自命为超然派的来看榜样！两船挨着，灯光愈皎，见佩弦的脸又红起来了。那时的我是否也这样？这当转问他。（我希望我的镜子不要过于给我下不去。）老是红着脸终久不能打发人家走路的，所以想个法子在当时是很必要。说来也好笑，我的老调是一味的默，或干脆说个"不"，或者摇摇头，摆摆手表示"决不"。如今都已使尽了。佩弦便进了一步，他嫌我的方术太冷漠了，又未必中用，摆脱纠缠的正当道路惟有辩解。好吗！听他说："你不知道？这事我们是不能做的。"这是诸辩解中最简洁，最漂亮的一个。可惜他所说的"不知道？"来人倒真有些

“不知道！”辜负了这二十分聪明的反语。他想得有理由，你们为什么不能做这事呢？因这“为什么？”佩弦又有进一层的曲解。那知道更坏事，竟只博得那些船上人的一哂而去。他们平常虽不以聪明名家，但今晚却又怪聪明，如洞彻我们的肺肝一样的。这故事即我情愿讲给诸君听，怕有人未必愿意哩。“算了罢，就是这样算了罢！”恕我不再写下了，以外的让他自己说。

叙述只是如此，其实那时连翩而来的，我记得至少也有三五次。我们把它们一个一个的打发走路。但走的是走了，来的还正来。我们可以使它们走，我们不能禁止它们来。我们虽不轻被摇撼，但已有一点杌陧了。况且小艇上总载去一半的失望和一半的轻蔑，在桨声里仿佛狠狠地说，“都是呆子，都是吝啬鬼！”还有我们的船家（姑娘们卖个唱，他可以赚几个子的佣金。）眼看她们一个一个的去远了，呆呆的蹲踞着，怪无聊赖似的。碰着了这种外缘，无怒亦无哀，惟有一种情意的紧张，使我们从颓弛中体会出挣扎来。这味道倒许很真切的，只恐怕不易为倦鸦似的人们所喜。

曾游过秦淮河的到底乖些。佩弦告船家：“我们多给你酒钱，把船摇开，别让他们啰嗦。”自此以后，桨声复响，还我以平静了，我们俩又渐渐无拘无束舒服起来，又滔滔不断地来谈谈方才的经过。今儿是算怎么一回事？我们齐声说，欲的胎动无可疑的。正如水见波痕轻婉已极，与未波时究不相类。微醉的我们，洪醉的他们，深浅虽不同，却同为一醉。接着来了第二问，既自认有欲的微炎，为什么艇子来时又羞涩地躲了呢？在这儿，答语参差着。佩弦说他的是一种暗昧的道德意味，我说是一种似较深沉的眷爱。我只背诵岂君的几句诗给佩弦听，望他曲喻我的心胸。可恨他今天似乎有些发钝，反而追着问我。

前面已是复成桥。青溪之东，暗碧的树梢上面微耀着一桁的清光。我们的船就缚在枯柳桩边待月。其时河心里晃荡着的，河岸头歇泊着的各式灯船，望去，少说点也有十廿来只。惟不觉繁喧，只添我们以幽甜。虽同是灯船，虽同是秦淮，虽同是我们；却是灯影淡了，河水静了，我们倦了，——况且月儿将上了。灯影里的昏黄，和月下灯影里的昏黄原是不相似的，又何况入倦的眼中所见的昏黄呢。灯光所以映她的秾姿，月华所以洗她的秀骨，以蓬腾的心焰跳舞她的盛年，以饧涩的眼波供养她的迟暮。必如此，才会有圆足的醉，圆足的恋，圆足的颓弛，成熟了我们的心田。

犹未下弦，一丸鹅蛋似的月，被纤柔的云丝们簇拥上了一碧的遥天。冉冉地行来，冷冷地照着秦淮。我们已打桨而徐归了。归途的感念，这一个黄昏里，心和境的交萦互染，其繁密殊超我们的言说。主心主物的哲思，依我外行人看，实在把事情说得太嫌简单，太嫌容易，太嫌分明了。实有的只是浑然之感。就论这一次秦淮夜泛罢，从来处来，从去处去，分析其间的成因自然亦是可能；不过求得圆满足尽的解析，使片段的因子们合拢来代替刹那间所体验的实有，这个我觉得有点不可能，至少于现在的我们是如此的。凡上所叙，请读者们只看作我归来后，回忆中所偶然留下的千百分之一二，微薄的残影。若所谓“当时之感”，我决不敢望诸君能在此中窥得。即我自己虽正在这儿执笔构思，实在也无从重新体验出那时的情景。说老实话，我所有的只是忆。我告诸君的只是忆中的秦淮夜泛。至于说到那“当时之感”，这应当去请教当时的我。而他久飞升了，无所存在。

凉月凉风之下，我们背着秦淮河走去，悄默是当然的事了。如回头，河中的繁灯想定是依然。我们却早已走得远，“灯火未阑人散”；佩弦，诸君，我记得这就是在南京四日的酣嬉，将分手时的前夜。

## 作者简介

俞平伯（1900—1990），原名俞铭衡，字平伯。浙江湖州人，现代诗人、散文家、红学家。1919 年毕业于北京大学，曾在燕京大学、北京大学、清华大学等校任教，中国社会科学院文学研究所研究员。与胡适并称“新红学派”的创始人。主要作品有诗集《冬夜》《古槐书屋间》，散文集《燕知草》《杂拌儿》，古典诗词研究著作《读诗札记》《读词偶得》《清真词释》，红学著作《红楼梦辨》。

## 作品赏析

这篇散文写于“五四”新文化运动刚刚过去三四年的时候。当时，随着革命的深入，“五四”新文化运动的统一战线进一步分化，“有的高升，有的退隐，有的前进”。比之“五四”进行时，整个文化领域显得比较冷落。由于新的革命高潮还没有到来，一些知识分子感到前途茫茫，正如茅盾所指出的那样：“到了‘五卅’的前夜为止，苦闷彷徨的空气支配了整个文坛，即使外形上有冷观苦笑与要求享乐和麻醉的分别，但内心是同一苦闷彷徨。走向十字街头的当时的文坛只在十字街头徘徊。”（《中国新文学大系小说一集》）我们从文章中不难看出，无论是俞平伯还是朱自清，他们都有所不满，有所追求，但是又感到十分迷惘，因而文中就有着一种怅惘之感。他们不掩饰自己思想上的苦闷。俞平伯写道：“其实同被因袭的癖趣所沉浸。”他们都有着一种精神的渴求，想借秦淮之游来滋润心灵的干枯，慰藉一下寂寞的灵魂，但是山水声色之乐，毕竟不能解除他们精神上的苦闷，他们也不能像古代一些文人那样放浪形骸，因而在灯月交辉、笙歌彻夜的秦淮河上，他们处处显得拘谨，显得与环境很不协调。结果自然是乘兴而去，惆怅而归。

俞平伯作文，喜欢在抒情写景之中，阐发“哲思”，置身在秦淮河这所谓“六朝金粉”的销金窟里，他虽然被这“轻晕着的夜的风华”所陶醉，但是所感到的“不是什么欣悦，不是什么慰藉；只感到一种怪陌生，与怪样的朦胧”。俞平伯在文章中极力要营造一种空灵、朦胧的意境，就像水中月、镜中花，使人捉摸不定。因而文中有些段落，不仅有一种淡淡的苦涩之感，更使读者感到有些玄妙。

俞平伯写散文追求一种“独特的风致”，遣词造句方面，他吸收了明人小品的某些长处，比较古朴、凝练。在整个格局方面，他又喜欢在细腻柔婉的描写中，插入一些哲理的分析，因此他的散文就有着一种情与思、热与冷的结合。虽然有些地方显得比较繁缛，但也不乏机智的、富有情味的描写，比如“小船儿载着我们，在大船缝里挤着，挨着，抹着走，它忘了自己也是今宵河上的一星灯火”。这“挤着”“挨着”“抹着”，很有生活实感，写出了秦淮河上一派喧哗的景象。特别是“它忘了自己也是今宵河上的一星灯火”，更有哲理的意味。任何事物都不是孤立存在的，它们之间有着有形或无形的联系。坐在小船上看风光，殊不知这一叶小舟本身也是河上的风光，每一个赏灯玩景之人，都成了秦淮河风光的组成部分。在这里，情与思有机地交融在一起。

俞平伯是谙熟古典小说词曲的，因此在这篇散文中，随处可见他在这方面的功力。他把这些文艺样式的用词融汇在一起，并不显得突兀或错杂，反而增添了文章的生气和风采。比如“今天的一晚，且默了滔滔的言说，且舒了恻恻的情怀，暂且学着，姑且学着我们平时认为在醉里梦里的他们的憨痴笑话。”这一段颇像古典词曲的句式，用在这儿，却也显得自然而风趣。“时有小小的艇子急忙忙打桨，向灯影的密流里横冲直撞。冷静孤独的油灯映见黯淡久的画船头上，秦淮河姑娘们的靓妆。茉莉的香，白兰花的香，脂粉的香，纱衣裳的香……”整整这一段，不仅读起来琅琅上口，而且有着一种诗词的韵律美。从它的句式和韵律来看，这一段无异是一段散曲，看得出来，作者在这些地方是着意经营的，但又不使人感到前后不协调，反而使文章平添了不少风采，增加了读者许多兴味，应该说，这些地方都是得力于作者古典文学修养的深厚。

## 拓展阅读

### 桨声灯影里的秦淮河

朱自清

一九二三年八月的一晚，我和平伯同游秦淮河；平伯是初泛，我是重来了。我们雇了一只“七板子”，在夕阳已去，皎月方来的时候，便下了船。于是桨声汩——汩，我们开始领略那晃荡着蔷薇色的历史的秦淮河的滋味了。

秦淮河里的船，比北京万生园、颐和园的船好，比西湖的船好，比扬州瘦西湖的船也好。这几处的船不是觉着笨，就是觉着简陋、局促；都不能引起乘客们的情韵，如秦淮河的船一样。秦淮河的船约略可分为两种：一是大船；一是小船，就是所谓“七板子”。大船舱口阔大，可容二三十人。里面陈设着字画和光洁的红木家具，桌上一律嵌着冰凉的大理石面。窗格雕镂颇细，使人起柔腻之感。窗格里映着红色蓝色的玻璃；玻璃上有精致的花纹，也颇悦人目。“七板子”规模不及大船，但那淡蓝色的栏杆，空敞的舱，也足系人情思，而最出色处却在它的舱前。舱前是甲板上的一部，上面有弧形的顶，两边用疏疏的栏杆支着。里面通常放着两张藤的躺椅。躺下，可以谈天，可以远望，可以顾盼两岸的河房。大船上也有这个，但在小船上更觉清隽罢了。舱前的顶下，一律悬着灯彩；灯的多少，明暗，彩苏的精粗，艳晦，是不一的，但好歹总还你一个灯彩。这灯彩实在是最能勾人的东西。夜幕垂垂地下来时，大小船上都点起灯火。从两重玻璃里映出那辐射着的黄黄的散光，反晕出一片朦胧的烟霭；透过这烟霭，在黯黯的水波里，又逗起缕缕的明漪。在这薄霭和微漪里，听着那悠然的间歇的桨声，谁能不被引入他的美梦去呢？只愁梦太多了，这些大小船儿如何载得起呀？我们这时模模糊糊的谈着明末的秦淮河的艳迹，如《桃花扇》及《板桥杂记》里所载的。我们真神往了。我们仿佛亲见那时华灯映水，画舫凌波的光景了。于是我们的船便成了历史的重载了。我们终于恍然秦淮河的船所以雅丽过于他处，而又有奇异的吸引力的，实在是许多历史的影像使然了。

秦淮河的水是碧阴阴的；看起来厚而不腻，或者是六朝金粉所凝么？我们初上船的时候，天色还未断黑，那漾漾的柔波是这样恬静，委婉，使我们一面有水阔天空之想，一面又憧憬着纸醉金迷之境了。等到灯火明时，阴阴的变为沉沉的了：黯淡的水光，像梦一般；那偶然闪烁着的光芒，就是梦的眼睛了。我们坐在舱前，因了那隆起的顶棚，仿佛总是昂着首向前走着似的；于是飘飘然如御风而行的我们，看着那些自在的湾泊着的船，船里走马灯般的人物，便像是下界一般，迢迢的远了，又像在雾里看花，尽朦朦胧胧的。这时我们已过了利涉桥，望见东关头了。沿路听见断续的歌声：有从沿河的妓楼飘来的，有从河上船里度来的。我们明知那些歌声，只是些因袭的言词，从生涩的歌喉里机械地发出来的；但它们经了夏夜的微风的吹漾和水波的摇拂，袅娜着到我们耳边的时候，已经不单是她们的歌声，而是混着歌声和河水的密语了。于是我们不得不被牵惹着，震撼着，相与浮沉于这歌声里了。从东关头转湾，不久就到大中桥。大中桥共有三个桥拱，都很阔大，俨然是三座门儿；使我们觉得我们的船和船里的我们，在桥下过去时，真是太无颜色了。桥砖是深褐色，表明它的历史的长久；但都完好无缺，令人太息于古昔工程的坚美。桥上两旁都是木壁的房子，中间应该有街路？这些房子都破旧了，多年烟熏的迹，遮没了当年的美丽。我想象秦淮河的极盛时，在这样宏阔的桥上，特地盖了房子，必然是髹漆得富富丽丽的，晚间必然是灯火通明的，现在却只剩下一片黑沉沉！但是桥上造着房子，毕竟使我们多少可以想见往日的繁华；这也慰情聊胜无了。过了大中桥，便到了灯月交辉，笙歌彻夜的秦淮河，这才是秦淮河的真面目哩。

大中桥外，顿然空阔，和桥内两岸排着密密的人家的景象大异了。一眼望去，疏疏的林，淡淡的月，衬着蓝蔚的天，颇像荒江野渡光景；那边呢，郁丛丛的，阴森森的，又似乎藏着无边的黑暗：令人几乎不信那是繁华的秦淮河了。但是河中眩晕着的灯光，纵横着的画舫，悠扬着的笛韵，夹着那吱吱的胡琴声，终于使我们认识绿如茵陈如酒的秦淮水了，此地天裸露着的多些，故觉夜来的独迟些；从清清的水影里，我们感到的只是薄薄的夜——这正是秦淮河的夜。大中桥外，本来还有一座复成桥，是船夫们口中的我们的游踪尽处，或也是秦淮河繁华的尽处了。我的脚曾踏过复成桥的脊，在十三四岁的时候。但是两次游秦淮河，却都不曾见着复成桥的面；明知总在前途的，却常常觉得有些虚无缥缈似的。我想，不见倒也好。这时正是盛夏。我们下船后，借着新生的晚凉和河上的微风，暑气已渐渐销散；到了此地，豁然开朗，身子顿然轻了——习习的清风荏苒在面上，手上，衣上，这便又感到了一缕新凉了。南京的日光，大概没有杭州猛烈；西湖的夏夜老是热蓬蓬的，水像沸着一般，秦淮河的水却尽是这样冷冷地绿着。任你人影的憧憧，歌声的扰扰，总像隔着一层薄薄的绿纱面幕似的；它尽是这样静静的，冷冷的绿着。我们出了大中桥，走不上半里路，船夫便将船划到一旁，停了桨由它宕着。他以为那里正是繁华的极点，再过去就是荒凉了；所以让我们多多赏鉴一会儿。他自己却静静的蹲着。他是看惯这光景了，大约只是一个无可无不可。这无可无不可，无论是升的沉的，总之，都比我们高了。

那时河里闹热极了；船大半泊着，小半在水上穿梭似的来往。停泊着的都在近市的那一边，我们的船自然也夹在其中。因为这边略略的挤，便觉得那边十分的疏了。在每一只船从那边过去时，我们能画出它的轻轻的影和曲曲的波，在我们的心上；这显着是空，且显着是静了。那时处处都是歌声和凄厉的胡琴声，圆润的喉咙，确乎是很少的。但那生涩的，尖脆的调子能使人有少年的，粗率不拘的感觉，也正可快我们的意。况且多少隔开些儿听着，因为想象与渴慕的做美，总觉得更有滋味；而竞发的喧嚣，抑扬的不齐，远近的杂沓，和乐器的嘈嘈切切，合成另一意味的谐音，也使我们无所适从，如随着大风而走。这实在因为我们的心枯涩久了，变为脆弱；故偶然润泽一下，便疯狂似的不能自主了。但秦淮河确也腻人。即如船里的人面，无论是和我们一堆儿泊着的，无论是从我们眼前过去的，总是模模糊糊的，甚至渺渺茫茫的，任你张圆了眼睛，揩净了眦垢，也是枉然。这真够人想呢。在我们停泊的地方，灯光原是纷然的；不过这些灯光都是黄而有晕的。黄已经不能明了，再加上了晕，便更不成了。灯越多，晕就越甚；在繁星般的黄的交错里，秦淮河仿佛笼上了一团光雾。光芒与雾气腾腾的晕着，什么都只剩了轮廓了；所以人面的详细的曲线，便消失于我们的眼底了。但灯光究竟夺不了那边的月色；灯光是浑的，月色是清的。在混沌的灯光里，渗入一派清辉，却真是奇迹！那晚月儿已瘦削了两三分。她晚妆才罢，盈盈的上了柳梢头。天是蓝得可爱，仿佛一汪水似的；月儿便更出落得精神了。岸上原有三株两株的垂杨树，淡淡的影子，在水里摇曳着。它们那柔细的枝条浴着月光，就像一支支美人的臂膊，交互的缠着，挽着；又像是月儿披着的发。而月儿偶尔也从它们的交叉处偷偷窥看我们，大有小姑娘怕羞的样子。岸上另有几株不知名的老树，光光的立着；在月光里照起来，却又俨然是精神矍铄的老人。远处——快到天际线了，才有一两片白云，亮得现出异彩，像是美丽的贝壳一般。白云下便是黑黑的一带轮廓；是一条随意画的不规则的曲线。这一段光景，和河中的风味大异了。但灯与月竟能并存着，交融着，使月成了缠绵的月，灯射着渺渺的灵辉，这正是天之所以厚秦淮河，也正是天之所以厚我们了。

这时却遇着了难解的纠纷。秦淮河上原有一种歌妓，是以歌为业的。从前都在茶舫上，唱些大曲之类。每日午后一时起；什么时候止，却忘记了。晚上照样也有一回，也在黄晕的灯光里。我从前过南京时，曾随着朋友去听过两次。因为茶舫里的人脸太多了，觉得不大适意，终于听不出所以然。前年听说歌妓被取缔了，不知怎的，颇涉想了几次——却想不出什么。这次到南京，先到茶舫上去看看，觉得颇是寂寥，令我无端的怅怅了。不料她们却仍在秦淮河里挣扎着，不料她们竟会纠缠到我们，我于是很张皇了。她们也乘着"七板子"，她们总是坐在舱前的。舱前点着石油汽灯，光亮眩人眼目：坐在下面的，自然是纤毫毕见了——引诱客人们的力量，也便在此了。舱里躲着乐工等人，映着汽灯的余辉蠕动着；他们是永远不被注意的。每船的歌妓大约都是二人；天色一黑，她们的船就在大中桥外往来不息的兜生意。无论行着的船，泊着的船，都要来兜揽的。这都是我后来推想出来的。那晚不知怎样，忽然轮着我们的船了。我们的船好好的停着，一只歌舫划向我们来了；渐渐和我们的船并着了。烁烁的灯光逼得我们皱起了眉头；我们的风尘色全给它托出来了，这使我踧踖不安了。那时一个伙计跨过船来，拿着摊开的歌折，就近塞向我的手里，说，"点几出吧！"他跨过来的时候，我们船上似乎有许多眼光跟着。同时相近的别的船上也似乎有许多眼睛炯炯的向我们船上看着。我真窘了！我也装出大方的样子，向歌妓们瞥了一眼，但究竟是不成的！我勉强将那歌折翻了一翻，却不曾看清了几个字；便赶紧递还那伙计，一面不好意思他说，"不要。我们……不要。"他便塞给平伯，平伯掉转头去，摇手说，"不要！"那人还腻着不走。平伯又回过脸来，摇着头道，"不要！"于是那人重到我处，我窘着再拒绝了他。他这才有所不屑的走了。我的心立刻放下，如释了重负一般。我们就开始自由了。

我说我受了道德律的压迫，拒绝了她们；心里似乎很抱歉的。这所谓抱歉，一面对于她们，一面对于我自己。她们于我们虽然没有很奢的希望；但总是有些希望的。我们拒绝了她们，无论理由如何充足，却使她们的希望受了伤；这总有几分不做美了。这是我觉得很怅怅的。至于我自己，更有一种不足之感。我这时被四面的歌声诱惑了，降伏了；但是远远的，远远的歌声总仿佛隔着重衣搔痒似的，越搔越搔不着痒处。我于是憧憬着贴耳的妙音了。在歌舫划来时，我的憧憬，变为盼望；我固执的盼望着，有如饥渴。虽然从浅薄的经验里，也能够推知，那贴耳的歌声，竟剥去了一切的美妙；但一个平常的人像我的，谁愿凭了理性之力去丑化未来呢？我宁愿自己骗着了。不过我的社会感性是很敏锐的；我的思力能拆穿道德律的西洋镜，而我的感情却终于被它压服着。我于是有所顾忌了，尤其是在众目昭彰的时候。道德律的力，本来是民众赋予的；在民众的面前，自然更显出它的威严了。我这时一面盼望，一面却感到了两重的禁制：一，在通俗的意义上，接近妓者总算一种不正当的行为；二，妓是一种不健全的职业，我们对于她们，应有哀矜勿喜之心，不应赏玩的去听她们的歌。在众目睽睽之下，这两种思想在我心里最为旺盛。她们暂时压倒了我的听歌的盼望，这便成就了我的灰色的拒绝。那时的心实在异常状态中，觉得颇是昏乱。歌舫去了，暂时宁静之后，我的思绪又如潮涌了。两个相反的意思在我心头往复：卖歌和卖淫不同，听歌和狎妓不同，又干道德甚事？——但是，但是，她们既被逼的以歌为业，她们的歌必无艺术味的；况她们的身世，我们究竟该同情的。所以拒绝倒也是正办。但这些意思终于不曾撇开我的听歌的盼望。它力量异常坚强；它总想将别的思绪踏在脚下。从这重重的争斗里，我感到了浓厚的不足之感。这不足之感使我的心盘旋不安，起坐都不安宁了。唉！我承认我是一个自私的人！平伯呢，却与我不同。他引周启明先生的诗，“因为我有妻子，所以我爱一切的女人；因为我有子女，所以我爱一切的孩子。”他的意思可以想见了。他因为推及的同情，爱着那些歌妓，并且尊重着她们，所以拒绝了她们。在这种情形下，他自然以为听歌是对于她们的一种侮辱。但他也是想听歌的，虽然不和我一样。所以在他的心中，当然也有一番小小的争斗；争斗的结果，是同情胜了。至于道德律，在他是没有什么的；因为他很有蔑视一切的倾向，民众的力量在他是不大觉着的。这时他的心意的活动比较简单，又比较松弱，故事后还怡然自若；我却不能了。这里平伯又比我高了。

在我们谈话中间，又来了两只歌舫。伙计照前一样的请我们点戏，我们照前一样的拒绝了。我受了三次窘，心里的不安更甚了。清艳的夏夜也为之减色。船夫大约因为要赶第二趟生意，催着我们回去；我们无可无不可地答应了。我们渐渐和那些晕黄的灯光远了，只有些月色冷清清的随着我们的归舟。我们的船竟没个伴儿，秦淮河的夜正长哩！到大中桥近处，才遇着一只来船。这是一只载妓的板船，黑漆漆的没有一点光。船头上坐着一个妓女；暗里看出，白地小花的衫子，黑的下衣。她手里拉着胡琴，口里唱着青衫的调子。她唱得响亮而圆转；当她的船箭一般驶过去时，余音还袅袅的在我们耳际，使我们倾听而向往。想不到在弩末的游踪里，还能领略到这样的清歌！这时船过大中桥了，森森的水影，如黑暗张着巨口，要将我们的船吞了下去。我们回顾那渺渺的黄光，不胜依恋之情；我们感到了寂寞了！这一段地方夜色甚浓，又有两头的灯火招邀着；桥外的灯火不用说了，过了桥另有东关头疏疏的灯火。我们忽然仰头看见依人的素月，不觉深悔归来之早了！走到东关头，有一两只大船湾泊着，又有几只船向我们来着，嚣嚣的一阵歌声人语，仿佛笑我们无伴的孤舟哩。东关头转湾，河上的夜色更浓了；临水的妓楼上，时时从帘缝里射出一线一线的灯光；仿佛黑暗从酣睡里眨了一眨眼，我们默然的对着，静听那汩——汩的桨声，几乎要入睡了；朦胧里却温寻着适才的繁华的余味。我那不安的心在静里越显活跃了！这时我们都有了不足之感，而我的更其浓厚。我们又不愿回去，于是只能由懊悔而怅惘了。船里便满载着怅惘了。直到利涉桥下，微微嘈杂的人声，才使我豁然一惊；那光景却又不同。右岸的河房里，都大开了窗户，里面亮着晃晃的电灯，电灯的光射到水上，蜿蜒曲折，闪闪不息，正如跳舞着的仙女的臂膀。我们的船已在她的臂膊里了；如睡在摇篮里一样，倦了的我们便又入梦了。那电灯下的人物，只觉得像蚂蚁一般，更不去萦念。这里最后的梦；可惜的是最短的梦！黑暗重复落在我们面前，我们看见傍岸的空船上一星两星的，枯燥无力又摇摇不定的灯光。我们的梦醒了，我们知道就要上岸了；我们心里充满了幻灭的情思。

1923年10月11日作完，于温州。

**注：**

1923年夏天，作者同友人俞平伯夜游秦淮河。旧中国的夜秦淮，是灯红酒绿、纸醉金迷、富人们追逐声色犬马之所。两个年轻的知识分子登舟来寻历史的旧梦，感受到的却是“腻人”的诱惑和“不健全”的现实的重压。当他们“梦醒”时分上岸，“心里充满了幻灭的情思”。这是一篇脍炙人口的名作，因其细致入微、鲜明如画的描写，始终贯穿着主人公们复杂微妙的心理活动，达到了“形神兼备”的境界，被鲁迅誉为中国现代文学史上“白话美术文的模范”。



## 名 作

### 天才梦

张爱玲

我是一个古怪的女孩，从小被目为天才，除了发展我的天才外别无生存的目标。然而，当童年的狂想逐渐褪色的时候，我发现我除了天才的梦之外一无所有——所有的只是天才的乖僻缺点。世人原谅瓦格涅[①]的疏狂，可是他们不会原谅我。

加上一点美国式的宣传，也许我会被誉为神童。我三岁时能背诵唐诗。我还记得摇摇摆摆地立在一个满清遗老的藤椅前朗吟“商女不知亡国恨，隔江犹唱后庭花”，眼看着他的泪珠滚下来。七岁时我写了第一部小说，一个家庭悲剧。遇到笔画复杂的字，我常常跑去问厨子怎样写。第二部小说是关于一个失恋自杀的女郎。我母亲批评说：如果她要自杀，她决不会从上海乘火车到西湖去自溺，可是我因为西湖诗意的背景，终于固执地保存了这一点。

我仅有的课外读物是《西游记》与少量的童话，但我的思想并不为它们所束缚。八岁那年，我尝试过一篇类似乌托邦的小说，题名《快乐村》。快乐村人是一好战的高原民族，因克服苗人有功，蒙中国皇帝特许，免征赋税，并予自治权。所以快乐村是一个与外界隔绝的大家庭，自耕自织，保存着部落时代的活泼文化。

我特地将半打练习簿缝在一起，预期写一本洋洋大作，然而不久我就对这伟大的题材失去了兴趣。现在我仍旧保存着我所绘的插画多帧，介绍这种理想社会的服务，建筑，室内装修，包括图书馆，“演武厅”，巧克力店，屋顶花园。公共餐室是荷花池里一座凉亭。我不记得那里有没有电影院与社会主义——虽然缺少这两样文明产物，他们似乎也过得很好。

九岁时，我踌躇着不知道应当选择音乐或美术作我终身的事业。看了一张描写穷困的画家的影片后，我哭了一场，决定做一个钢琴家，在富丽堂皇的音乐厅里演奏。

对于色彩，音符，字眼，我极为敏感。当我弹奏钢琴时，我想象那八个音符有不同的个性，穿戴了鲜艳的衣帽携手舞蹈。我学写文章，爱用色彩浓厚、音韵铿锵的字眼，如“珠灰”“黄昏”“婉妙”“splendour”[②]“melancholy”[③]，因此常犯了堆砌的毛病。直到现在，我仍然爱看《聊斋志异》与俗气的巴黎时装报告，便是为了这种有吸引力的字眼。

在学校里我得到自由发展。我的自信心日益坚强，直到我十六岁时，我母亲从法国回来，将她睽隔多年的女儿研究了一下。“我懊悔从前小心看护你的伤寒症，”她告诉我，“我宁愿看你死，不愿看你活着使你自己处处受痛苦。”

我发现我不会削苹果。经过艰苦的努力我才学会补袜子。我怕上理发店，怕见客，怕给裁缝试衣裳。许多人尝试过教我织绒线，可是没有一个成功。在一间房里住了两年，问我电铃在哪儿我还茫然。我天天乘黄包车上医院去打针，接连三个月，仍然不认识那条路。总而言之，在现实的社会里，我等于一个废物。

我母亲给我两年的时间学习适应环境。她教我煮饭；用肥皂粉洗衣；练习行路的姿势；看人的眼色；点灯后记得拉上窗帘；照镜子研究面部神态；如果没有幽默天才，千万别说笑话。

在待人接物的常识方面，我显露出惊人的愚笨。我的两年计划是一个失败的试验。除了使我的思想失去均衡外，我母亲的沉痛警告没有给我任何的影响。

生活的艺术，有一部分我不是不能领略。我懂得怎么看“七月巧云”，听苏格兰兵吹 bagpipe[④]，享受微风中的藤椅，吃盐水花生，欣赏雨夜的霓虹灯，从双层公共汽车上伸出手摘树巅的绿叶。在没有人与人交接的场合，我充满了生命的欢悦。可是我一天不能克服这种咬啮性的小烦恼，生命是一袭华美的袍，爬满了蚤子。

## 注 释

① 瓦格涅：通译为瓦格纳（Richard Wagner，1813—1883），德国作曲家、文学家，一生致力于歌曲创作，代表作有《尼伯龙根指环》等。

② splendour：辉煌，壮丽。

③ melancholy：忧郁。

④ bagpipe：风笛。

## 作者简介

张爱玲（1920—1995），原名张瑛，祖籍河北丰润，生于上海。童年在北京、天津度过，1929 年回到上海生活，中学毕业后到香港读书。凭借在《西风》杂志上发表的散文《天才梦》在文坛崭露头角。1943 年，她在《紫罗兰》杂志上发表小说《沉香屑·第一炉香》，随后陆续发表《倾城之恋》《金锁记》《沉香屑·第二炉香》等代表作。张爱玲主要成就在于文学创作，是中国现代文学史上具有自己独特艺术风格并带有传奇色彩的作家，拓展了女性批判新视野和女性文学的新天地，其他代表作品有小说集《传奇》，散文集《流言》，长篇小说《十八春》《秧歌》《赤地之恋》《怨女》，评论集《红楼梦魇》等。

## 作品赏析

《天才梦》是张爱玲18岁时在《西风》杂志的征文赛中所创作的一篇散文，因其卓尔不群的才华，使她在文坛崭露头角，一些人还把它视为张爱玲的处女作。张爱玲的散文，差不多篇篇尽言自己，谈自己的所见所闻所感，谈自己的衣食住行、喜怒哀乐。此篇展现在我们面前的是个平凡的、琐屑的、亲近的张爱玲的世界。

本篇散文中，张爱玲用轻缓的笔触，平淡地叙述她的天才梦，语言朴质、平易、干脆，具有高度的概括性与感染力，但时不时又会冒出几句奢华、睿智、生动、深邃的话，将大俗与大雅、华美与冷寂糅合在一起，恰到好处。文中巧妙的譬喻、形象的描画、鲜明的对比、随意的嘲弄，无处不在。如写自己3岁诵诗时的“摇摇摆摆”，听诗的满清遗老“滚下来的泪珠”，虽是简笔勾勒，不事雕琢，但人物形象却栩栩如生。在写弹奏钢琴时，“那八个音符有不同的个性，穿戴了鲜艳的衣帽携手舞蹈”。此处的拟人手法，将孩童世界丰富的想象力展现得淋漓尽致。而结尾“生命是一袭华美的袍，爬满了蚤子”的比喻，又让读者大吃一惊，怔忡不已——18岁风华正茂的岁月，为何会如此沧桑，如此悲凉？但这就是张爱玲的语言——独特的、极富个性化的语言。

## 名　作

### 我的四个假想敌

余光中

二女幼珊在港参加侨生联考，以第一志愿分发台大外文系。听到这消息，我松了一口气，从此不必担心四个女儿通通嫁给广东男孩了。

我对广东男孩当然并无偏见，在港六年，我班上也有好些可爱的广东少年，颇讨老师的欢心，但是要我把四个女儿全都让那些“靓仔”“呖仔”掳掠了去却舍不得。不过，女儿要嫁谁，说得洒脱些，是她们的自由意志，说得玄妙些呢，是姻缘，做父亲的又何必患得患失呢？何况在这件事上，做母亲的往往位居要冲，自然而然成了女儿的亲密顾问，甚至亲密战友，作战的对象不是男友，却是父亲。等到做父亲的惊醒过来，早已腹背受敌，难挽大势了。

在父亲的眼里，女儿最可爱的时候是在十岁以前，因为那时她完全属于自己。在男友的眼里，她最可爱的时候却在十七岁以后，因为这时她正像毕业班的学生，已经一心向外了。父亲和男友，先天上就有矛盾。对父亲来说，世界上没有东西比稚龄的女儿更完美的了，唯一的缺点就是会长大，除非你用急冻术把她久藏，不过这恐怕是违法的，而且她的男友迟早会骑了骏马或摩托车来，把她吻醒。

我未用太空舱的冻眠术，一任时光催迫，日月轮转，再揉眼时，怎么四个女儿都已依次长大，昔日的童话之门砰地一关，再也回不去了。四个女儿，依次是珊珊、幼珊、佩珊、季珊。简直可以排成一条珊瑚礁。珊珊十二岁的那年，有一次，未满九岁的佩珊忽然对来访的客人说：“喂，告诉你，我姐姐是一个少女了！”在座的大人全笑了起来。

曾几何时，惹笑的佩珊自己，甚至最幼稚的季珊，也都在时光的魔杖下，点化成“少女”了。冥冥之中，有四个“少男”正偷偷袭来，虽然蹑手蹑足，屏声止息，我却感到背后有四双眼睛，像所有的坏男孩那样，目光灼灼，心存不轨，只等时机一到，便会站到亮处，装出伪善的笑容，叫我岳父。我当然不会应他。哪有这么容易的事！我像一棵果树，天长地久在这里立了多年，风霜雨露，样样有份，换来果实累累，不胜负荷。而你，偶尔过路的小子，竟然一伸手就来摘果子，活该蟠地的树根绊你一跤！

而最可恼的，却是树上的果子，竟有自动落入行人手中的样子。树怪行人不该擅自来摘果子，行人却说是果子刚好掉下来，给他接着罢了。这种事，总是里应外合才成功的。当初我自己结婚，不也是有一位少女开门揖盗吗？"堡垒最容易从内部攻破"，说得真是不错。不过彼一时也，此一时也。同一个人，过街时讨厌汽车，开车时却讨厌行人。现在是轮到我来开车。

好多年来，我已经习于和五个女人为伍，浴室里弥漫着香皂和香水气味，沙发上散置皮包和发卷，餐桌上没有人和我争酒，都是天经地义的事。戏称吾庐为"女生宿舍"，也已经很久了。做了"女生宿舍"的舍监，自然不欢迎陌生的男客，尤其是别有用心的一类。但是自己辖下的女生，尤其是前面的三位，已有"不稳"的现象，却令我想起叶慈的一句诗：

一切已崩溃，失去重心。

我的四个假想敌，不论是高是矮，是胖是瘦，是学医还是学文，迟早会从我疑惧的迷雾里显出原形，一一走上前来，或迂回曲折，嗫嚅其词，或开门见山，大言不惭，总之要把他的情人，也就是我的女儿，对不起，从此领去。无形的敌人最可怕，何况我在亮处，他在暗里，又有我家的"内奸"接应，真是防不胜防。只怪当初没有把四个女儿及时冷藏，使时间不能拐骗，社会也无由污染。现在她们都已大了，回不了头；我那四个假想敌，那四个鬼鬼祟祟的地下工作者，也都已羽毛丰满，什么力量都阻止不了他们了。先下手为强，这件事，该乘那四个假想敌还在襁褓的时候，就予以解决的。至少美国诗人纳什（Ogden Nash，1902－1971）劝我们如此。他在一首妙诗《由女婴之父来唱的歌》之中，说他生了女儿吉儿之后，惴惴不安，感到不知什么地方正有个男婴也在长大，现在虽然还浑浑噩噩，口吐白沫，却注定将来会抢走他的吉儿。于是做父亲的每次在公园里看见婴儿车中的男婴，都不由神色一变，暗暗想道："会不会是这家伙？"想着想着，他"杀机陡萌"，便要解开那男婴身上的别针，朝他的爽身粉里撒胡椒粉，把盐撒进他的奶瓶，把沙撒进他的菠菜汁，再扔头优游的鳄鱼到他的婴儿车里陪他游戏，逼他在水深火热之中挣扎而去，去娶别人的女儿。足见诗人以未来的女婿为假想敌，早已有了前例。

不过一切都太迟了。当初没有当机立断，采取非常措施，像纳什诗中所说的那样，真是一大失策。如今的局面，套一句史书上常见的话，已经是"寇入深矣"！女儿的墙上和书桌的玻璃垫下，以前的海报和剪报之类，还是披头，拜丝，大卫·凯西第的形象，现在纷纷都换上男友了。至少，滩头阵地已经被入侵的军队占领了去，这一仗是必败的了。记得我们小时，这一类的照片仍被列为机密要件；不是藏在枕头套里，贴着梦境，便是夹在书堆深处，偶尔翻出来神往一番，哪有这么24小时眼前供奉的？

这一批形迹可疑的假想敌，究竟是哪年哪月开始入侵厦门街余宅的，已经不可考了。只记得六年前迁港之后，攻城的军事便换了一批口操粤语的少年来接手。至于交战的细节，就得问名义上是守城的那几个女将，我这位"昏君"是再也搞不清的了。只知道敌方的炮火，起先是瞄准我家的信箱，那些歪歪斜斜的笔迹，久了也能猜个七分；继而是集中在我家的电话，"落弹点"就在我书桌的背后，我的文苑就是他们的沙场，一夜之间，总有十几次脑震荡。那些粤音平上去入，有九声之多，也令我难以研判敌情。现在我带幼珊回了厦门街，那头的广东部队轮到我太太去抵挡，我在这头，只要留意台湾健儿，任务就轻松多了。

信箱被袭，只如战争的默片，还不打紧。其实我宁可多情的少年勤写情书，那样至少可以练习作文，不致在视听教育的时代荒废了中文。可怕的还是电话中弹，那一串串警告的铃声，把战场从门外的信箱扩至书房的腹地，默片变成了身历声，假想敌在实弹射击了。更可怕的，却是假想敌真的闯进了城来，成了有血有肉的真敌人，不再是假想了好玩的了，就像军事演习到中途，忽然真的打起来了一样。真敌人是看得出来的。在某一女儿的接应之下，他占领了沙发的一角，从此两人呢喃细语，嗫嚅密谈，即使脉脉相对的时候，那气氛也浓得化不开，窒得全家人都透不过气来。这时几个姐妹早已回避得远远的了，任谁都看得出情况有异。万一敌人留下来吃饭，那空气就更为紧张，好像摆好姿势，面对照相机一般。平时鸭塘一般的餐桌，四姐妹这时像在演哑剧，连筷子和调羹都似乎得到了消息，忽然小心翼翼起来。明知这僭越的小子未必就是真命女婿，（谁晓得宝贝女儿现在是十八变中的第几变呢?）心里却不由自主升起一股淡淡的敌意。也明知女儿正如将熟之瓜，终有一天会蒂落而去，却希望不是随眼前这自负的小子。

当然，四个女儿也自有不乖的时候，在恼怒的心情下，我就恨不得四个假想敌赶快出现，把她们统统带走，但是那一天真要来到时，我一定又会懊悔不已。我能够想象，人生的两大寂寞，一是退休之日，一是最小的孩子终于也结婚之后。宋淇有一天对我说："真羡慕你的女儿全在身边!"真的吗？至少目前我并不觉得，自己有什么可羡之处。也许真要等到最小的季珊也跟着假想敌度蜜月去了，才会和我存并坐在空空的长沙发上，翻阅她们小时相簿，追忆从前，六人一车长途壮游的盛况，或是晚餐桌上，热气蒸腾，大家共享的灿烂灯光。人生有许多事情，正如船后的波纹，总要过后才觉得美的。这么一想，又希望那四个假想敌，那四个生手笨脚的小伙子，还是多吃几口闭门羹，慢一点出现吧。

袁枚写诗，把生女儿说成"情疑中副车"，这书袋掉得很有意思，却也流露了重男轻女的封建意识。照袁枚的说法，我是连中了四次副车，命中率够高的了。余宅的四个小女孩现在变成了四个小妇人，在假想敌环伺之下，若问我择婿有何条件，一时倒恐怕答不上来。沉吟半晌，我也许会说："这件事情，上有月下老人的婚姻谱，谁也不能窜改，包括韦固，下有两个海誓山盟的情人，'二人同心，其利断金'，我凭什么要逆天拂人，梗在中间？何况终身大事，神秘莫测，事先无法推理，事后不能悔棋，就算交给廿一世纪的电脑，恐怕也算不出什么或然率来。倒不如故示慷慨，伪作轻松，博一个开明父亲的美名，到时候带颗私章，去做主婚人就是了。"

问的人笑了起来，指着我说："什么叫做'伪作轻松'？可见你心里并不轻松。"

我当然不很轻松，否则就不是她们的父亲了。例如人种的问题，就很令人烦恼。万一女儿发痴，爱上一个耸肩摊手口香糖嚼个不停的小怪人，该怎么办呢？在理性上，我愿意"有婿无类"，做一个大大方方的世界公民。但是在感情上，还没有大方到让一个臂毛如猿的小伙子把我的女儿抱过门槛。现在当然不再是"严夷夏之防"的时代，但是一任单纯的家庭扩充成一个小型的联合国，也大可不必。问的人又笑了，问我可曾听说混血儿的聪明超乎常人。我说："听过，但是我不稀罕抱一个天才的'混血孙'。我不要一个天才儿童叫我 Grandpa，我要他叫我外公。"问的人不肯罢休："那么省籍呢?"

"省籍无所谓，"我说，"我就是苏闽联姻的结果，还不坏吧？当初我母亲从福建写信回武进，说当地有人向她求婚。娘家大惊小怪，说'那么远！怎么就嫁给南蛮！'后来娘家发现，除了言语不通之外，这位闽南姑爷并无可疑之处。这几年，广东男孩锲而不舍，对我家的压力很大，有一天闽粤结成了秦晋，我也不会感到意外。如果有个台湾少年特别巴结我，其志又不在跟我谈文论诗，我也不会怎么为难他的。至于其他各省，从黑龙江直到云南，口操各种方言的少年，只要我女儿不嫌他，我自然也欢迎。”

“那么学识呢?”

“学什么都可以。也不一定要是学者，学者往往不是好女婿，更不是好丈夫。只有一点：中文必须精通。中文不通，将祸延吾孙!”

客又笑了。“相貌重不重要?”他再问。

“你真是迂阔之至!”这次轮到我发笑了。“这种事，我女儿自己会注意，怎么会要我来操心?”

笨客还想问下去，忽然门铃响起。我起身去开大门，发现长发乱处，又一个假想敌来掠余宅。

## 作者简介

余光中（1928—2017)，祖籍福建永春，1928年10月21日生于江苏南京。余光中的作品风格极不统一，一般来说，他的诗风是因题材而异的。表达意志和理想的诗，一般都显得壮阔铿锵，而描写乡愁和爱情的作品，一般都显得细腻而柔绵。著有诗集《舟子的悲歌》《蓝色的羽毛》《钟乳石》《万圣节》《白玉苦瓜》等。

## 作品赏析

《我的四个假想敌》是余光中的散文代表作，最初被收入作者的散文集《记忆像铁轨一样长》中。从类型上看，本文属于“学者散文”或者“智性散文”。尽管本文的亲情题材并不新鲜，可是在学贯中西的作者笔下，却极具情趣，将人之常情“雅化”“陌生化”了，给读者一种新鲜感和冲击力。

本文精细地自剖了一个父亲微妙、矛盾的心态，充分渲染和发挥了一种“人人心中有”却“个个笔下无”的人生况味。在父亲的眼里，女儿就是自己心爱的宝贝。父亲舍不得女儿们一个个离开自己，嫁为人妇。但是，女儿们的终身大事，又是他无法阻拦也不应该阻拦的。女儿的男友正蠢蠢欲动地准备从父亲手里夺走女儿，妻子又往往充当女儿的顾问，这样的里应外合，使得慈祥的老父亲感受到难以言喻的孤单落寞。“我像是一棵果树，天长地久在这里立了多年，风霜雨露，样样有份，换来果实累累，不胜负荷。而你（四个假想敌)，偶尔路过的小子，竟然一伸手就来摘果子，活该蟠地的树根绊你一跤!”

在阅读中，始终有一种审美快感支配着我们的心情，我们仿佛看到一个慈祥、和善、睿智的白发长者娓娓道来的情形。这种审美快感首先来自作者别开生面的比喻。为了准确地表达他的复杂心绪，他创造了一个核心意象——假想敌。将自己未来的女婿比作假想敌，在古今中外恐怕都很少见，可是余光中却别出心裁地运用了这样一种新鲜生动的说法。从这个意象出发，种种想象、种种描述、种种议论，全都自然而然地涌现、生发。“位居要冲”“腹背受敌”“信箱被袭”“电话中弹”等叙述和描写，便丝毫不显得生硬、做作。值得注意的是，军事术语和提法的运用，在本文之中是非常突出的。余光中一向善于从各个不同的学科和领域借用名词、术语，充实到他的文学创作之中，从而增强语言的“密度”和“弹性”，这在其他作家那里是不多见的。

余光中“语不惊人死不休”的文字锤炼功夫，也是使读者产生审美快感的原因之一。余光中早年以诗人名世，语言的推敲已臻炉火纯青之境。文笔圆熟明快，文势跌宕迂回。特别值得称道的是妙语连珠的比喻遍布文中，如“战争”“内奸”“开门揖盗”“机密要件”等，花样繁多，琳琅满目，不入俗流，让人感到有一种“乱花渐欲迷人眼”的赏心悦目。这一点与现代作家钱锺书十分相似。词汇丰富，是余光中散文另外一个重要特点。他运用的词语，涵盖范围甚广，涉及古今中外。这在本文也有突出的表现，如“太空舱”“急冻术”“脑震荡”“魔杖”“地下工作者”“落弹点”“敌情”“健儿”“昏君”等。

## 名 作

扫一扫

我有一个梦想

### 我有一个梦想

［美］马丁·路德·金

今天，我高兴地同大家一起，参加这次将成为我国历史上为了争取自由而举行的最伟大的示威集会。

100 年前，一位伟大的美国人——今天我们就站在他象征性的身影下——签署了《解放宣言》。这项重要法令的颁布，对于千百万灼烤于非正义残焰中的黑奴，犹如带来希望之光的硕大灯塔，恰似结束漫漫长夜禁锢的欢畅黎明。

然而，100 年后，黑人依然没有获得自由。100 年后，黑人依然悲惨地蹒跚于种族隔离和种族歧视的枷锁之下。100 年后，黑人依然生活在物质繁荣瀚海的贫困孤岛上。100 年后，黑人依然在美国社会中间向隅而泣，依然感到自己在国土家园中流离漂泊。所以，我们今天来到这里，要把这骇人听闻的情况公之于众。

从某种意义上说，我们来到首都是为了兑现一张支票。我们共和国的缔造者在拟写宪法和独立宣言的辉煌篇章时，就签署了一张每一个美国人都能继承的期票。这张期票向所有人承诺——不论白人还是黑人——都享有不可让渡的生存权、自由权和追求幸福权。

然而，今天美国显然对她的有色公民拖欠着这张期票。美国没有承兑这笔神圣的债务，而是开始给黑人一张空头支票——一张盖着“资金不足”的印戳被退回的支票。但是，我们决不相信正义的银行会破产。我们决不相信这个国家巨大的机会宝库会资金不足。因此，我们来兑现这张支票。这张支票将给我们以宝贵的自由和正义的保障。我们来到这块圣地还为了提醒美国：现在正是万分紧急的时刻。现在不是从容不迫悠然行事或服用渐进主义镇静剂的时候。现在是实现民主诺言的时候。现在是走出幽暗荒凉的种族隔离深谷，踏上种族平等的阳关大道的时候。现在是使我们国家走出种族不平等的流沙，踏上充满手足之情的磐石的时候。现在是使上帝所有孩子真正享有公正的时候。

忽视这一时刻的紧迫性，对于国家将会是致命的。自由平等的朗朗秋日不到来，黑人顺情合理哀怨的酷暑就不会过去。1963 年不是一个结束，而是一个开端。如果国家依然我行我素，那些希望黑人只需出出气就会心满意足的人将大失所望。在黑人得到公民权之前，美国既不会安宁，也不会平静。反抗的旋风将继续震撼我们国家的基石，直至光辉灿烂的正义之日来临。

但是，对于站在通往正义殿堂艰辛门槛上的人们，有一些话我必须要说。在我们争取合法地位的过程中，切不可错误行事导致犯罪。我们切不要吞饮仇恨辛酸的苦酒，来解除对于自由的饥渴。

我们应该永远得体地、纪律严明地进行斗争。我们不能容许我们富有创造性的抗议沦为暴力行动。我们应该不断升华到用灵魂力量对付肉体力量的崇高境界之中。现代黑人社会充满着了不起的新的战斗精神，但是不能因此对所有白人不信任——因为许多白人兄弟已经认识到，他们的命运同我们的命运紧密相连，他们的自由同我们的自由休戚相关。他们今天来到这里参加集会就是明证。

我们不能单独行动。当我们行动时，我们必须保证勇往直前。我们不能后退。有人问热心民权运动的人："你们什么时候会感到满意?"只要黑人依然是不堪形容的警察暴行恐怖的牺牲品，我们就决不会满意。只要我们在旅途劳顿后，却被公路旁汽车游客旅社和城市旅馆拒之门外，我们就决不会满意。只要黑人的基本活动范围只限于从狭小的黑人居住区到较大的黑人居住区，我们就决不会满意。只要我们的孩子被"仅供白人"的牌子剥夺个性，损毁尊严，我们就决不会满意。只要密西西比州的黑人不能参加选举，纽约州的黑人认为他们与选举毫不相干，我们就决不会满意。不，不，我们不会满意，直至公正似水奔流，正义如泉喷涌。

我并非没有注意到你们有些人历尽艰难困苦来到这里。你们有些人刚刚走出狭小的牢房。有些人来自因追求自由而遭受迫害风暴袭击和警察暴虐狂飙摧残的地区。你们饱经风霜，历尽苦难。继续努力吧，要相信：无辜受苦终得拯救。

回到密西西比去吧；回到亚拉巴马去吧；回到南卡罗来纳去吧；回到佐治亚去吧；回到路易斯安那去吧；回到我们北方城市中的贫民窟和黑人居住区去吧。要知道，这种情况能够而且将会改变。我们切不要在绝望的深渊里沉沦。

朋友们，今天我要对你们说，尽管眼下困难重重，但我依然怀有一个梦。这个梦深深植根于美国梦之中。

我梦想有一天，这个国家将会奋起，实现其立国信条的真谛："我们认为这些真理不言而喻，人人生而平等。"

我梦想有一天，在佐治亚州的红色山冈上，昔日奴隶的儿子能够同昔日奴隶主的儿子同席而坐，亲如手足。

我梦想有一天，甚至连密西西比州这个正义匿迹，压迫成风的热浪逼人的荒漠之州，也会改造成为自由和公正的青青绿洲。

我梦想有一天，我的四个小女儿将生活在一个不是以皮肤的颜色，而是以品格的优劣作为评判标准的国家里。

我今天怀有一个梦。

我梦想有一天，亚拉巴马州会有所改变——尽管该州州长现在仍滔滔不绝地说什么要对联邦法令提出异议和拒绝执行——在那里，黑人儿童能够和白人儿童兄弟姐妹般地携手并行。

我今天怀有一个梦。

我梦想有一天，深谷弥合，高山夷平，歧路化坦途，曲径成通衢，上帝的光华再现，普天下生灵共谒。

这是我们的希望。这是我将带回南方去的信念。有了这个信念，我们就能从绝望之山开采出希望之石。有了这个信念，我们就能把这个国家的嘈杂刺耳的争吵声，变为充满手足之情的悦耳交响曲。有了这个信念，我们就能一同工作，一同祈祷，一同斗争，一同入狱，一同维护自由，因为我们知道，我们终有一天会获得自由。

到了这一天，上帝的所有孩子都能以新的含义高唱这首歌：我的祖国，可爱的自由之邦，我为您歌唱。这是我祖先终老的地方，这是早期移民自豪的地方，让自由之声，响彻每一座山岗。

如果美国要成为伟大的国家，这一点必须实现。因此，让自由之声响彻新罕布什尔州的巍峨高峰！

让自由之声响彻纽约州的崇山峻岭！

让自由之声响彻宾夕法尼亚州的阿勒格尼高峰！

让自由之声响彻科罗拉多州冰雪皑皑的洛基山！

让自由之声响彻加利福尼亚州的婀娜群峰！

不，不仅如此；让自由之声响彻佐治亚州的石山！

让自由之声响彻田纳西州的望山！

让自由之声响彻密西西比州的一座座山峰，一个个土丘！

让自由之声响彻每一个山冈！

当我们让自由之声轰响，当我们让自由之声响彻每一个大村小庄，每一个州府城镇，我们就能加速这一天的到来。那时，上帝的所有孩子，黑人和白人，犹太教徒和非犹太教徒，耶稣教徒和天主教徒，将能携手同唱那首古老的黑人灵歌：“终于自由了！终于自由了！感谢全能的上帝，我们终于自由了！”

## 作者简介

马丁·路德·金（1929—1968），美国牧师、社会活动家、黑人民权运动领袖。马丁·路德·金毕生致力于用非暴力手段追求种族平等，1964年被授予诺贝尔和平奖。1968年4月4日，马丁·路德·金在田纳西州一家汽车旅馆遇刺。马丁·路德·金所倡导的民权运动影响深远，死后被追赠“总统自由勋章”和“国会金质奖章”。

## 作品赏析

《我有一个梦想》是马丁·路德·金于1963年8月23日在华盛顿林肯纪念堂发表的著名演讲，内容是关于种族平等的问题，对美国甚至世界影响很大。本文大量运用含有层递性的排比句、段，合理运用比喻，这两点无疑是本文最大的艺术特点，使全文气势磅礴，增色不少。

首先，大量运用层递性的排比句、段，使得演讲的感情波涛一浪高过一浪。开篇以“100年后”为首句的排比，淋漓尽致地揭露了黑人的生活现实，是对黑人奴隶制的猛烈抨击。第五段连用4个“现在是……的时候”的排比句，突出了为自由平等而战的重要性。在作者阐述梦想时，一连用了6个由“我梦想有一天”开头的段落，充分展示了作者对斗争胜利后的美好前景的憧憬。

其次，比喻手法的妙用也是全文的一大亮点。如“物质繁荣瀚海的贫困孤岛上”这个比喻把黑人悲惨的生活现状生动鲜明地揭示了出来，“空头支票”“正义的银行”等比喻更是对美国政府的讽刺。

多种艺术手法的运用使作者的梦想跃然纸上，使演讲的激情飞扬到人群中。文采斐然，气势恢弘。

## 本章小结

散文，特点之一就是以抒发作者个人感受为主。现代散文风格多彩多姿，体式多种多样，成就卓越。本章首先介绍了散文的含义、古今概况以及分类，接着分析了散文欣赏的要领，最后通过对一些名家散文作品的赏析，使读者能更好地欣赏散文，从而提高散文的欣赏能力。

## 能力训练

1. 如何理解《郑伯克段于鄢》的结尾“遂为母子如初”？
2. 以俞平伯的《桨声灯影里的秦淮河》为例，说说你对文章含蓄之美的体会。
3. 怎样理解张爱玲《天才梦》里的“生命是一袭华美的袍，爬满了蚤子”？
4. 体会《我的四个假想敌》中的幽默情趣，并举例说说这样落笔的好处。
5.《我有一个梦想》体现了马丁·路德·金的什么思想？

# 第四章 小说欣赏

## 本章导读

小说是一个发展的概念，在不同的历史时期有不同的内涵。小说的出现，比其名称的出现要早很多。正是由于小说的特殊性，使得人们在欣赏小说的过程中往往会采用不同的方法。那么究竟该如何欣赏小说呢？本章将对此做简单的介绍。

## 学习目标

1. 了解小说的起源、分类及发展的过程。
2. 掌握小说的含义、三要素以及表现方法。
3. 培养阅读小说、欣赏小说的能力。

# 第一节 小说概述

## 一、小说的含义

小说是文学体裁四分法中的一大样式。它是通过塑造人物、叙述故事、描写环境来反映生活、表达思想的一种文学体裁。小说可以说是延展思想和表达感情的另一种形式。

小说的价值本质是以时间为序列、以某一人物为主线，详细、全面地反映社会生活中各种角色的价值关系（政治关系、经济关系和文化关系）的产生、发展与消亡过程，细致、综合地展示各种价值关系的相互作用，比如爱情小说的价值本质就是反映两性之间恋爱、婚姻与家庭关系的演变过程。

扫一扫

小说的起源

## 二、小说的起源

“小说”一词最早见于《庄子·外物》：“夫揭竿累，趣灌渎，守鲵鲋，其于得大鱼难矣；饰小说以干县令，其于大达亦远矣。”“县”乃古“悬”字，高也；“令”，美也；“干”，追求。这段话是说举着细小的钓竿钓绳，奔走于灌溉用的沟渠之间，只能钓到泥鳅之类的小鱼，而想获得大鱼可就难了。靠修饰琐碎的言论以求高名美誉，那和玄妙的大道相比，可就差得远了。春秋战国时，学派林立，百家争鸣，许多学人策士为说服王侯接受其思想学说，往往设譬取喻，征引史事，巧借神话，多用寓言，以便修饰言说以增强文章效果。庄子认为此皆微不足道，故谓之“小说”，即“琐屑之言，非道术所在”“浅识小道”，也就是琐屑浅薄的言论与小道理之意，这正是小说的本来含义。

东汉桓谭在其所著的《新论》中，对小说如是说：“若其小说家，合丛残小语，近取譬论，以作短书，治身理家，有可观之辞。”他认为小说仍然是“治身理家”的短书，而不是为政化民的“大道”。

东汉班固编著了我国第一部纪传体断代史《汉书》，他在《汉书·艺文志》中写道：“小说家者流，盖出于稗官。街谈巷语，道听涂说者之所造也。孔子曰：‘虽小道，必有可观者焉，致远恐泥，是以君子弗为也。’然亦弗灭也。闾里小知者之所及，亦使缀而不忘。如或一言可采，此亦刍荛狂夫之议也。”这是史家和目录学家对小说所作的具有权威性的解释和评价。班固认为小说是“街谈巷语、道听涂（同“途”）说者之所造也”，虽然认为小说仍然是小知、小道，但从另一角度触及了小说讲求虚构、根植于生活的特点。

至清末民初，维新派梁启超等大力倡导“小说界革命”，小说理论面目一新。小说的地位空前提高，乃至被奉为“国民之魂”“正史之根”“文学之最上乘”，再不是无足轻重的“街谈巷语”“琐屑之言”。

追溯小说的起源，有以下几个方面：

首先是神话传说。尽管古代文献对神话传说的记载十分简略，我们仍然可以从中看到故事情节和人物性格这两种重要的小说因素。传说原先在口头流传，有的被采入正史，遂逐渐固定；有的继续在口头流传并不断丰富发展，分化出一些新的神和英雄，增添了新的故事情节。这些继续活在人们口头上的传说一旦记录下来，就成为具有浓厚小说意味的逸史。从神话传说到小说的这根链条中，逸史是最关键的一环，甚至可以说逸史是中国小说直接的源头，逸史中最接近小说或可视为早期小说的，莫过于《穆天子传》和《燕丹子》。

其次是寓言故事。例如《孟子》《庄子》《韩非子》《战国策》等书中都有不少人物性格鲜明的寓言故事，它们已经带有小说的意味。

再次是史传。例如《左传》《战国策》《史记》《三国志》，描写人物性格，叙述故事情节，或为小说提供了素材，或为小说积累了叙事的经验。

## 三、小说的发展

我国古代的小说萌芽于先秦，发展于两汉魏晋南北朝，当时被称为笔记小说，主要有志人小说和志怪小说两种，这是鲁迅在《中国小说史略》中提到过的名字。不论神话还是志怪或是志人，都是用史记的方式流传下来的。比如《穆天子传》就是神话，可史书却把他归为帝王起居一类；《山海经》也是神话传说，《汉书》却把它归为地理志。但不管如何，它都可被认为是中国小说的最初形式。唐代是小说的成熟期，当时的小说被称作传奇，标志性的著作是陈鸿的《长恨歌传》和白行简的《李娃传》。宋金时期流行话本小说。元末与明清时期小说发展至巅峰，出现了类似近代小说的小说作品，如《三国演义》《水浒传》《西游记》等，大部分都是文人根据民间的话本改写的。从这里再发展，文人们再也拿不出民间的东西来加工了，从而出现了《金瓶梅》，它是第一部写民间人物生活的书，在小说的发展史上起着决定性的作用。在《金瓶梅》之后诞生了被誉为中国古典小说顶峰之作——《红楼梦》，它意味着中国小说走向了成熟。

## 四、小说的三要素

小说三要素，即人物形象、故事情节、环境（自然环境和社会环境）。

### （一）人物形象

小说反映社会生活的主要手段是塑造人物形象。小说中的人物，我们称为典型人物。这个人物一般是作者根据现实生活创作出来的，“杂取种种，合成一个”，通过典型的人物形象反映生活。小说塑造人物的手段可以是概括性的介绍，可以是具体的描写；可以写人物的外貌，也可以刻画人物的心理活动；可以用人物的行动对话，也可以适当插入作者的议论；既可以正面起笔，也可以侧面烘托。

### （二）故事情节

小说主要是通过故事情节来展现人物性格、表现中心思想的。故事来源于生活，但它通过整理、提炼和安排，就比现实生活中发生的真事更集中、更完整、更具有代表性。

### （三）环境

小说的环境描写和人物的塑造与中心思想有极其重要的关系。在环境描写中，社会环境是重点，它揭示了种种复杂的社会关系，如人物的身份、地位、成长的历史背景等。自然环境包括人物活动的地点、时间、季节、气候以及景物等。自然环境描写有助于表达人物的心情、渲染气氛。

总而言之，小说就是以塑造人物形象为中心，通过完整的故事情节的叙述和深刻的环境描写反映社会生活的一种文体。



## 五、小说的特点

虚构性与捕捉人物生活的感觉经验，都是小说的特点。虚构性是小说的本质；捕捉人物生活的感觉经验，是小说竭力要挖掘的艺术内容，感觉经验越是新鲜、细微、独特、准确、深刻，就越是小说化。小说塑造人物，可以以某一真人为原型，综合其他人的一些事迹创作出来的，就如鲁迅所说：“人物的模特儿，没有专用过一个人，往往嘴在浙江，脸在北京，衣服在山西，是一个拼凑起来的角色。”任何一部优秀的小说，总有使人难忘的典型人物。人们可以通过这些艺术典型，看到和理解许多人和事。故事情节来源于生活，它是现实生活的提炼，它比现实生活中发生的事更集中、更有代表性。现实生活中的事件和矛盾是有始有终、有起有伏，并有一定发展过程的，因而小说情节的展开，也是有段落、有过程的。这个过程一般分为开端、发展、高潮、结局四个部分，有时还有序幕和尾声。在小说作品中，情节的安排取决于作者的艺术构思，并不一定按照现实生活中事件的发生、发展的自然顺序，有时可以省略某一部分，有时也可颠倒或交错。小说与作文一样，也注重描写和选材。一部好的小说总能让人身临其境，而不像科学报告那样枯燥。小说作者总是能以优美的文笔、生动的描写和不可思议的想象把这个故事牢牢地刻印在读者的脑海里。

## 六、小说的分类

小说的体系异常庞大，以不同方式分类可以分出众多的类别。

### （一）按篇幅分类

**1. 微型小说**

微型小说是比短篇更短的小说，它完全符合瞬息万变的现代社会中忙碌的人们的阅读习惯。几乎每天都可以看到人们为这类小说赋予一个个新名词和新定义，例如极短篇小说、精短小说、超短篇小说、微信息小说、一分钟小说、一袋烟小说、袖珍小说、焦点小说、瞳孔小说、拇指小说、迷你小说等，种类繁多，连专门的文学研究者也很难如数家珍分叙其定义，一般人更容易混淆。一般认为小小说的篇幅应在两千字以下，因为题材常是生活经验的片段，因此可以有头无尾、有尾无头，甚至无头无尾。高潮放在结尾，高潮一出马上完结，营造余音绕梁的意境。由于它比短篇更短，字句也需要更加精练，题材能见微知著者为佳。一个意外的结局虽然能吸引眼球，但还是要有伏笔呼应，比起给予读者意外，更应该重视能否带给读者感动。

**2. 短篇小说**

一般将字数在两万字以下的小说划归为短篇小说。短篇小说通常遵循“三一律”——一人一地一时，也就是减少角色、缩小舞台、短化故事中流动的时间。另外，虽然短篇小说篇幅较短，但仍应符合小说的基本定义——也就是对细节有足够的刻画，绝非长篇故事的节略或纲要。

**3. 中篇小说**

一般将字数在两万字至十万字的小说划归为中篇小说。对初涉创作领域的人来说，创作长篇小说易陷入因情节过多造成的凌乱难收的困境，而写作短篇不是转折太少而单调、就是转折太多而显得拥挤，此时可以选择从创作中篇小说入门。

**4. 长篇小说**

一般将字数在十万字以上的小说划归为长篇小说。长篇小说反映的事情很多，内容很丰富。长篇小说字数最为不定，字数差距最大。有十多万字的，也有上百万字甚至数百万字的长篇小说。因此长篇小说还可细分为小长篇、中长篇、大长篇、超长篇和巨长篇。

### （二）按题材分类

从题材上，可将小说分为武侠小说、推理小说、历史小说、言情小说、科幻小说、奇幻小说、游戏小说、玄幻小说、探险小说、恐怖小说、冶艳小说、讽刺小说、神怪小说、电影小说、轻小说、军事小说等。例如金庸的武侠小说、琼瑶的言情小说等都被大家所熟知。

### （三）按写作手法分类

从写作手法上看，小说可分为第一人称小说、第二人称小说、第三人称小说、书信体小说、日记体小说、意识流小说。

### （四）按流派分类

按小说流派的不同，可分为古典主义小说、现实主义小说、浪漫主义小说、形式主义小说、表现主义小说、存在主义小说、意识流小说、黑色幽默小说、魔幻现实主义小说等。

### （五）按年代分类

按出现的时代不同，小说可分为古代小说、现代小说和后现代小说。

### （六）按进程分类

从小说的出版进程来说，可以分为连载小说和全本小说。

拓展阅读

字数的多少，是区别长篇、中篇、短篇、微型小说的其中一个标准，但不是唯一的标准。其实，长、中、短篇小说的区别，主要是由作品反映的生活范围、作品的容量来决定的。长篇小说容量最大、最广阔，篇幅也比较长，具有比较复杂的结构，它一般是通过比较多的人物和纷繁的事件来表现社会生活的，如《红楼梦》。中篇小说反映的生活范围虽不像长篇那样广阔，但也能反映出一定广度的生活面，它的人物的多寡、情节的繁简介于长篇与短篇之间，如《人到中年》。短篇小说的特点是紧凑、短小精悍，它往往只写一个或很少几个人物，描写生活的一个片段或插曲。短篇小说所反映的生活虽不及长篇、中篇广阔，但也同样是完整的，有些还具有深刻、丰富的社会意义。

# 第二节 小说欣赏要领



## 一、小说的表现手法

小说的表现手法主要有人物描写和环境景物描写。

### （一）人物描写

人物描写包括肖像描写、行动描写、语言描写和心理描写。

**1. 肖像描写**

肖像描写指对人物的外在特征，比如容貌、服饰、姿态、气质的描写。生动的肖像描写可以做到“以形传神”。因为人物的外表展现着人物的内心世界，体现了人物的内在思想活动。肖像描写在记叙文和小说里运用较多。比如《卖火柴的小女孩》中有这样一段：

“小女孩只好赤着脚走路，一双小脚冻得红一块青一块的。她的旧围裙里兜着许多火柴，手里还拿着一把。”

这一片段描写了小女孩最突出的特征就是“赤着脚”，其次是身上带着许多火柴。这段肖像描写抓住了人物的主要特点，也形象地反映了小女孩的悲惨境遇。

**2. 行动描写**

行动描写指对人物行为动作的描写，它是刻画人物的重要手段。比如《红楼梦》中《椿龄画蔷痴及局外》的一段：

“宝玉拿眼随着簪子的起落，一直到底，一画、一点、一勾的看了去，数一数，十八笔，自己又在手心里拿指头按着他方才下笔的规矩写了，猜是个什么字，写成一想，原来就是蔷薇花的‘蔷’字……”

这段文字描写了宝玉偷看椿龄画“蔷”的经过，文笔之细腻，令人感叹。用宝玉一系列模仿画字的动作，表现了宝玉对于女孩的关心与怜爱，给读者以身临其境的感觉。

**3. 语言描写**

语言描写指对人物语言的描写。俗话说，言为心声。人物语言是其思想的直接体现，所以语言描写是表现人物的重要手段。比如孙犁的《荷花淀》有一段精彩的人物对话：

“听说他们还在这里没走。我不拖尾巴，可是忘下了一件衣裳。”

“我有句要紧的话，得和他说说。”

“听他说，鬼子要在同口安据点。……”水生的女人说。

“哪里就碰得那么巧？我们快去快回来。”

“我本来不想去，可是俺婆婆非叫我再去看看他……有什么看头啊！”

这段出自于《荷花淀》里几位妇女之口。他们的丈夫离开了家，准备去往前线，她们的内心都想见自己的丈夫，但是，迫于社会环境和当时人们的思想局限，不敢大胆表露自己的心声，每个人都不直接说是自己想见丈夫，而是找出其他各种各样的理由和借口，为自己遮掩。这五句话真切地反映了五位妇女的思想活动和内心世界，也从侧面反映了她们的聪明可爱，而且每一句话都代表了不同的性格。这段语言描写对表现文中人物的性格特点起到了重要作用。

**4. 心理描写**

心理描写指对人物的思想活动的描写，它可以直接揭示人物的内心世界。心理描写也要注意描写角度，在第一人称及全知叙事的情况下才可以有心理描写，第二人称及第三人称都不能有心理描写。比如《卖火柴的小女孩》中的一段心理描写：

“她又擦了一根。火柴燃起来了，发出亮光来了。亮光落在墙上，那儿忽然变得像薄纱那么透明，她可以一直看到屋里。桌上铺着雪白的白布，摆着精致的盘子和碗，肚子里填满了苹果和梅子的烤鹅正冒着香气。”

这种幻觉是一种心理活动，也正是小女孩的心愿。这篇小说用的是全知叙事。如果在小说写作过程中是以第一人称描写，但是文中又有第二个人物时，就不能以“我”的口气去写第二个人物的心理活动，只能写“我”的心理活动。

### （二）环境景物描写

环境景物描写又分自然景物描写和社会环境描写。

**1. 自然景物描写**

自然景物描写主要有烘托人物、渲染气氛、传达感情等作用。比如老舍写的《林海》中有一段：

“目之所及，哪里都是绿的。的确是林海。群岭起伏是林海的波浪。多少种绿颜色呀：深的，浅的，明的，暗的，绿得难以形容，恐怕只有画家才能够写下这么多的绿颜色来呢！”

这是一段自然景物描写，主要展示了林海之绿。这段描写在渲染气氛的同时，也传达了作者对祖国壮丽山河的热爱之情。在运用自然景物描写时，要注意它与文中人物或事件的关系，不要为描写而描写，要有明确的目的性。

**2. 社会环境描写**

所谓社会环境包括时代风貌、民俗风情、城乡建筑、住所陈设等。比如《少年闰土》（鲁迅小说《故乡》的节选）中有这样一段：

"这祭祀，说是三十多年才能轮到一回，所以很郑重；正月里供祖像，供品很多，祭器很讲究，拜的人也很多，祭器也很要防偷去。"

这一段就属于民风民俗的社会环境描写。这段描写是很有必要的，因为只有在准备这种盛大的祭祀活动时，因人手不够，才会叫闰土来帮忙。这段民俗的描写成了少年闰土出场的缘由。因此我们可以发现，这段社会环境的描写目的非常明确。

### （三）人物描写与环境景物描写的关系

从文章总体上说，人物描写、环境景物描写都要服从主题的需要。在这个大前提下，如果是写人的文章，环境景物描写当然应该服从于人物描写的需要，环境景物描写应该是为人物描写起一种烘托的作用，如前面提到的《少年闰土》中的民风民俗的描写；如果文章本身就是以写环境景物为主，当然环境景物是主角，如前面提到的《林海》。当两种描写同时存在的时候，人物描写与环境景物描写应该是相辅相成、相互映衬的。

## 二、小说人物形象与语言的欣赏

扫一扫

小说人物形象与语言的欣赏

### （一）从解读故事到理解人物

小说的故事情节实际上是小说人物的性格、言行和发生的一件件事情的有序组合。有什么样的人物性格和人物命运，小说就会有什么样的故事和情节。

小说鉴赏者在了解了故事轮廓和故事类型的基础上，就要进一步把握小说人物，理解小说人物的性格和命运。小说家常常把他主观上对人物的感悟以及想确立的作品主题，通过栩栩如生的人物性格和曲折多变的人物命运含蓄地传达出来，因此，小说欣赏是在欣赏故事的同时欣赏人物形象。

### （二）从体味细节到把握情节

在对每一个情节进行分析时，可以根据情节中的细节描写，了解细节所体现的人物的行为内容。同一件事情，不同性格的人会有不同的做法。小说读者要能从一个写人细节上看出不同人物的行为方式，并由此把握人物独特的性格特征。小说情节中的巧合、误会、悬念、对比、重复等技法，都是为了把读者熟悉的生活用新奇、陌生的形态来表现，实现小说情节既出人意料又入情入理的审美境界。

### （三）从分析主题到欣赏技巧

小说的主题是小说家在描写叙述人物性格、人物命运时显示出的对生活的理解和认识。

小说家组合细节和情节是有意的、有设计的，选择哪些细节有序地组合为情节链，将哪些没有时空联系的事情连接在一起，完全受他的创作意图和作品中表现的主题的制约。读者在把握有因果关系的细节和事件时，要由此推断出小说家对生活事件的理解和认识。某一小说家的作品中反复出现同一主题，就形成文学中提及的小说母题。发现和品鉴某一小说家或某一时代的小说创作共同出现的小说母题，并将其与其他小说进行比较、分析、鉴赏，就会在比较高的层次上欣赏小说主题。

在小说欣赏活动中，欣赏者如果不投入自己的感情，就难以和欣赏对象产生情感交流和情感共鸣。但是，感情如果投入太多，到了没有节制的地步，这样的小说欣赏也会偏了方向。

## 拓展阅读

### 细节描写的要点

一是要以小见大。细节描写所关照的对象很小，虽然看上去不起眼，但是却能表现大的主题，即用最微小的事情来表现最丰富的内涵。细节描写的目的性很强，如果不能达到这个目的，就不能叫细节描写，所谓的细节也就没有存在的必要。比如《儒林外史》中第五回写到的严监生，他在临死前三天已经不能讲话，但是他总是向人伸出两个手指，许多人都猜不出其中的意思，最后还是他的妾猜到了他的想法。对他说："……你是为那灯盏里点的是两茎灯草，不放心，恐费了油。我如今挑掉一茎就是了。"果不其然，灯草刚被挑掉，他就合上眼了。这个细节把这个土财主的守财奴丑态表现得淋漓尽致。像这样的细节描写，可以强化人物的性格特点，虽然寥寥数笔，但是事半功倍，给读者留下了深刻的印象，这便是成功的细节描写。

二是要典型。所谓典型就是要选择那些有较强表现力的细节，而不是那些一般化的、琐碎的、平庸的内容。为什么要强调典型呢？因为如果细节描写不够典型的话，这样的内容就只能起相反的作用，会给人一种冗赘的感觉。像上面提到的《儒林外史》的片段就是一个非常典型的细节描写，有两茎灯草同时点着，严监生甚至都不能闭眼，苦苦熬了三天，这把守财奴的本性刻画得入木三分。

三是要真实。细节描写是为了表现人物，使写景状物更生动、更富有表现力。如果所写的细节不真实，不但达不到预期的目的，反而还会给读者留下不好的印象。

# 第三节 名作欣赏

## 名 作

### 黛玉葬花

曹雪芹

话说林黛玉正自悲泣，忽听院门响处，只见宝钗出来了，宝玉袭人一群人送了出来。待要上去问着宝玉，又恐当着众人问羞了宝玉不便，因而闪过一旁，让宝钗去了，宝玉等进去关了门，方转过来，犹望着门洒了几点泪。自觉无味，方转身回来，无精打采的卸了残妆。

紫鹃雪雁素日知道林黛玉的情性：无事闷坐，不是愁眉，便是长叹，且好端端的不知为了什么，常常的便自泪道不干的。先时还有人解劝，怕他思父母，想家乡，受了委曲，只得用话宽慰解劝。谁知后来一年一月的竟常常的如此，把这个样儿看惯，也都不理论了。所以也没人理，由他去闷坐，只管睡觉去了。那林黛玉倚着床栏杆，两手抱着膝，眼睛含着泪，好似木雕泥塑的一般，直坐到二更多天方才睡了。一宿无话。

至次日乃是四月二十六日，原来这日未时交芒种节。尚古风俗：凡交芒种节的这日，都要设摆各色礼物，祭饯花神，言芒种一过，便是夏日了，众花皆卸，花神退位，须要饯行。然闺中更兴这件风俗，所以大观园中之人都早起来了。那些女孩子们，或用花瓣柳枝编成轿马的，或用绫锦纱罗叠成干旄旌幢的，都用彩线系了。每一颗树上，每一枝花上，都系了这些物事。满园里绣带飘飖，花枝招展，更兼这些人打扮得桃羞杏让，燕妒莺惭，一时也道不尽。

且说宝钗、迎春、探春、惜春、李纨、凤姐等并巧姐、大姐、香菱与众丫鬟们在园内玩耍，独不见林黛玉。迎春因说道："林妹妹怎么不见？好个懒丫头！这会子还睡觉不成?"宝钗道："你们等着，我去闹了他来。"说着便丢下了众人，一直往潇湘馆来。正走着，只见文官等十二个女孩子也来了，上来问了好，说了一回闲话。宝钗回身指道："他们都在那里呢，你们找他们去罢。我叫林姑娘去就来。"说着便逶迤往潇湘馆来。

忽然抬头见宝玉进去了，宝钗便站住低头想了想：宝玉和林黛玉是从小儿一处长大，他兄妹间多有不避嫌疑之处，嘲笑喜怒无常，况且林黛玉素习猜忌，好弄小性儿的。此刻自己也跟了进去，一则宝玉不便，二则黛玉嫌疑。罢了，倒是回来的妙。想毕抽身回来。

刚要寻别的姊妹去，忽见前面一双玉色蝴蝶，大如团扇，一上一下迎风翩跹，十分有趣。宝钗意欲扑了来玩耍，遂向袖中取出扇子来，向草地下来扑。只见那一双蝴蝶忽起忽落，来来往往，穿花度柳，将欲过河去了。倒引的宝钗蹑手蹑脚的，一直跟到池中滴翠亭上，香汗淋漓，娇喘细细。宝钗也无心扑了，刚欲回来，只听滴翠亭里边嘁嘁喳喳有人说话。原来这亭子四面俱是游廊曲桥，盖造在池中水上，四面雕镂窗子糊着纸。

宝钗在亭外听见说话，便煞住脚往里细听，只听说道："你瞧瞧这手帕子，果然是你丢的那块，你就拿着，要不是，就还芸二爷去。"又有一人说话："可不是我那块！拿来给我罢。"又听道："你拿什么谢我呢？难道白寻了来不成。"又答道："我既许了谢你，自然不哄你。"又听说道："我寻了来给你，自然谢我，但只是拣的人，你就不拿什么谢他?"又回道："你别胡说。他是个爷们家，拣了我的东西，自然该还的。我拿什么谢他呢?"又听说道："你不谢他，我怎么回他呢？况且他再三再四的和我说了，若没谢的，不许我给你呢。"半晌，又听答道："也罢，拿我这个给他，算谢他的罢。——你要告诉别人呢？须说个誓来。"又听说道："我要告诉一个人，就长一个疔，日后不得好死!"又听说道："嗳呀！咱们只顾说话，看有人来悄悄在外头听见。不如把这槅子都推开了，便是有人见咱们在这里，他们只当我们说顽话呢。若走到跟前，咱们也看的见，就别说了。"

宝钗在外面听见这话，心中吃惊，想道："怪道从古至今那些奸淫狗盗的人，心机都不错。这一开了，见我在这里，他们岂不臊了。况才说话的语音，大似宝玉房里的红儿的言语。他素昔眼空心大，是个头等刁钻古怪东西。今儿我听了他的短儿，一时人急造反，狗急跳墙，不但生事，而且我还没趣。如今便赶着躲了，料也躲不及，少不得要使个'金蝉脱壳'的法子。"犹未想完，只听"咯吱"一声，宝钗便故意放重了脚步，笑着叫道："颦儿，我看你往那里藏!"一面说，一面故意往前赶。

那亭内的红玉坠儿刚一推窗，只听宝钗如此说着往前赶，两个人都唬怔了。宝钗反向他二人笑道："你们把林姑娘藏在那里了?"坠儿道："何曾见林姑娘了。"宝钗道："我才在河那边看着林姑娘在这里蹲着弄水儿的。我要悄悄的唬他一跳，还没有走到跟前，他倒看见我了，朝东一绕就不见了。别是藏在这里头了。”一面说一面故意进去寻了一寻，抽身就走，口内说道：“一定是又钻在山子洞里去了。遇见蛇，咬一口也罢了。”一面说一面走，心中又好笑：这件事算遮过去了，不知他二人是怎样。

谁知红玉听了宝钗的话，便信以为真，让宝钗去远，便拉坠儿道：“了不得了！林姑娘蹲在这里，一定听了话去了！”坠儿听说，也半日不言语。红玉又道：“这可怎么样呢?”坠儿道：“便是听了，管谁筋疼，各人干各人的就完了。”红玉道：“若是宝姑娘听见，还倒罢了。林姑娘嘴里又爱刻薄人，心里又细，他一听见了，倘或走露了风声，怎么样呢?”二人正说着，只见文官、香菱、司棋、待书等上亭子来了。二人只得掩住这话，且和他们顽笑。

只见凤姐儿站在山坡上招手叫，红玉连忙弃了众人，跑至凤姐跟前，堆着笑问：“奶奶使唤作什么事?”凤姐打谅了一打谅，见他生的干净俏丽，说话知趣，因笑道：“我的丫头今儿没跟进我来。我这会子想起一件事来，要使唤个人出去，不知你能干不能干，说的齐全不齐全?”红玉笑道：“奶奶有什么话，只管吩咐我说去。若说的不齐全，误了奶奶的事，凭奶奶责罚就是了。”凤姐笑道：“你是那位小姐房里的？我使你出去，他回来找你，我好替你说的。”红玉道：“我是宝二爷房里的。”凤姐听了笑道：“嗳哟！你原来是宝玉房里的，怪道呢。也罢了，等他问，我替你说。你到我们家，告诉你平姐姐：外头屋里桌子上汝窑盘子架儿底下放着一卷银子，那是一百六十两，给绣匠的工价，等张材家的来要，当面称给他瞧了，再给他拿去。再里头床头间有一个小荷包拿了来。”

红玉听说撤身去了，回来只见凤姐不在这山坡子上了。因见司棋从山洞里出来，站着系裙子，便赶上来问道：“姐姐，不知道二奶奶往那里去了?”司棋道：“没理论。”红玉听了，抽身又往四下里一看，只见那边探春宝钗在池边看鱼。红玉上来陪笑问道：“姑娘们可知道二奶奶那去了?”探春道：“往你大奶奶院里找去。”红玉听了，才往稻香村来，顶头见晴雯、绮霞、碧痕、紫绡、麝月、待书、入画、莺儿等一群人都来了。晴雯一见了红玉，便说道：“你只是疯罢！院子里花儿也不浇，雀儿也不喂，茶炉子也不弄，就在外头逛。”红玉道：“昨儿二爷说了，今儿不用浇花，过一日浇一回罢。我喂雀儿的时候，姐姐还睡觉呢。”碧痕道：“茶炉子呢?”红玉道：“今儿不该我的班儿，有茶没茶别问我。”绮霞道：“你听听他的嘴！你们别说了，让他逛去罢。”红玉道：“你们再问问我逛了没有。二奶奶使唤我说话取东西的。”说着将荷包举给他们看，方没言语了，大家分路走开。晴雯冷笑道：“怪道呢！原来爬上高枝儿去了，把我们不放在眼里。不知说了一句话半句话，名儿姓儿知道了不曾呢，就把他兴的这样！这一遭半遭儿的算不得什么，过了后儿还得听呵！有本事从今儿出了这园子，长长远远的在高枝儿上才算得。”一面说着去了。

这里红玉听说，不便分证，只得忍着气来找凤姐儿。到了李氏房中，果见凤姐儿在这里和李氏说话儿呢。红玉上来回道：“平姐姐说，奶奶刚出来了，他就把银子收了起来，才张材家的来讨，当面称了给他拿去了。”说着将荷包递了上去，又道：“平姐姐教我回奶奶：才旺儿进来讨奶奶的示下，好往那家子去。平姐姐就把那话按着奶奶的主意打发他去了。”凤姐笑道：“他怎么按我的主意打发去了?”红玉道：“平姐姐说：我们奶奶问这里奶奶好。原是我们二爷不在家，虽然迟了两天，只管请奶奶放心。等五奶奶好些，我们奶奶还会了五奶奶来瞧奶奶呢。五奶奶前儿打发了人来说，舅奶奶带了信来了，问奶奶好，还要和这里的姑奶奶寻两丸延年神验万全丹。若有了，奶奶打发人来，只管送在我们奶奶这里。明儿有人去，就顺路给那边舅奶奶带去的。”

话未说完，李氏道：“嗳哟哟！这些话我就不懂了。什么‘奶奶’‘爷爷’的一大堆。”凤姐笑道：“怨不得你不懂，这是四五门子的话呢。”说着又向红玉笑道：“好孩子，难为你说的齐全。别像他们扭扭捏捏的蚊子似的。嫂子你不知道，如今除了我随手使的几个丫头老婆之外，我就怕和他们说话。他们必定把一句话拉长了作两三截儿，咬文咬字，拿着腔儿，哼哼唧唧的，急的我冒火，他们那里知道！先时我们平儿也是这么着，我就问着他：难道必定装蚊子哼哼就是美人了？说了几遭才好些儿了。”李宫裁笑道：“都像你泼皮破落户才好。”凤姐又道：“这一个丫头就好。方才两遭，说话虽不多，听那口声就简断。”说着又向红玉笑道：“你明儿伏侍我去罢。我认你作女儿，我一调理你就出息了。”

红玉听了，扑哧一笑。凤姐道：“你怎么笑？你说我年轻，比你能大几岁，就作你的妈了？你还作春梦呢！你打听打听，这些人头比你大的，赶着我叫妈，我还不理。今儿抬举了你呢！”红玉笑道：“我不是笑这个，我笑奶奶认错了辈数了。我妈是奶奶的女儿，这会子又认我作女儿。”凤姐道：“谁是你妈？”李宫裁笑道：“你原来不认得他？他是林之孝之女。”凤姐听了十分诧异，说道：“哦！原来是他的丫头。”又笑道：“林之孝两口子都是锥子扎不出一声儿来的。我成日家说，他们倒是配就了的一对夫妻，一个天聋，一个地哑。那里承望养出这么个伶俐丫头来！你十几岁了？”红玉道：“十七岁了。”又问名字，红玉道：“原叫红玉的，因为重了宝二爷，如今只叫红儿了。”

凤姐听说将眉一皱，把头一回，说道：“讨人嫌的很！得了玉的益似的，你也玉，我也玉。”因说道：“既这么着，肯跟，我还和他妈说，‘赖大家的如今事多，也不知这府里谁是谁，你替我好好的挑两个丫头我使’，他一般答应着。他饶不挑，倒把这女孩子送了别处去。难道跟我必定不好？”李氏笑道：“你可是又多心了。他进来在先，你说话在后，怎么怨的他妈！”凤姐道：“既这么着，明儿我和宝玉说，叫他再要人去，叫这丫头跟我去。可不知本人愿意不愿意？”红玉笑道：“愿意不愿意，我们也不敢说。只是跟着奶奶，我们也学些眉眼高低，出入上下，大小的事也得见识见识。”刚说着，只见王夫人的丫头来请，凤姐便辞了李宫裁去了。红玉回怡红院去，不在话下。

如今且说林黛玉因夜间失寐，次日起来迟了，闻得众姊妹都在园中作饯花会，恐人笑他痴懒，连忙梳洗了出来。刚到了院中，只见宝玉进门来了，笑道：“好妹妹，你昨儿可告我了不曾？教我悬了一夜心。”林黛玉便回头叫紫鹃道：“把屋子收拾了，撂下一扇纱屉，看那大燕子回来，把帘子放下来，拿狮子倚住，烧了香就把炉罩上。”一面说一面又往外走。宝玉见他这样，还认作是昨日中晌的事，那知晚间的这段公案，还打恭作揖的。林黛玉正眼也不看，各自出了院门，一直找别的姊妹去了。宝玉心中纳闷，自己猜疑：看起这个光景来，不像是为昨日的事，但只昨日我回来的晚了，又没有见他，再没有冲撞了他的去处了。一面想，一面由不得随后追了来。

只见宝钗探春正在那边看鹤舞，见黛玉去了，三个一同站着说话儿。又见宝玉来了，探春便笑道：“宝哥哥，身上好？我整整的三天没见你了。”宝玉笑道：“妹妹身上好？我前儿还在大嫂子跟前问你呢。”探春道：“宝哥哥，你往这里来，我和你说话。”宝玉听说，便跟了他，离了钗、玉两个，到了一棵石榴树下。探春因说道：“这几天老爷可曾叫你？”宝玉笑道：“没有叫。”探春说：“昨儿我恍惚听见说老爷叫你出去的。”宝玉笑道：“那想是别人听错了，并没叫的。”

探春又笑道："这几个月，我又攒下有十来吊钱了，你还拿了去，明儿出门逛去的时侯，或是好字画，好轻巧顽意儿，替我带些来。"宝玉道："我这么城里城外，大廊小庙的逛，也没见个新奇精致东西，左不过是那些金玉铜磁没处撂的古董，再就是绸缎吃食衣服了。"探春道："谁要这些。怎么像你上回买的那柳枝儿编的小篮子，整竹子根抠的香盒儿，胶泥垛的风炉儿，这就好了。我喜欢的什么似的，谁知他们都爱上了，都当宝贝似的抢了去了。"宝玉笑道："原来要这个。这不值什么，拿五百钱出去给小子们，管拉一车来。"探春道："小厮们知道什么。你拣那朴而不俗，直而不拙者，这些东西，你多多的替我带了来。我还像上回的鞋作一双你穿，比那一双还加工夫，如何呢？"

宝玉笑道："你提起鞋来，我想起个故事：那一回我穿着，可巧遇见了老爷，老爷就不受用，问是谁作的。我那里敢提'三妹妹'三个字，我就回说是前儿我生日，是舅母给的。老爷听了是舅母给的，才不好说什么，半日还说：'何苦来！虚耗人力，作践绫罗，作这样的东西。'我回来告诉了袭人，袭人说这还罢了，赵姨娘气的抱怨的了不得：'正经兄弟，鞋搭拉袜搭拉的没人看的见，且作这些东西！'"探春听说，登时沉下脸来，道："这话糊涂到什么田地！怎么我是该作鞋的人么？环儿难道没有分例的，没有人的？一般的衣裳是衣裳，鞋袜是鞋袜，丫头老婆一屋子，怎么抱怨这些话！给谁听呢！我不过是闲着没事儿，作一双半双，爱给那个哥哥弟弟，随我的心。谁敢管我不成！这也是白气。"宝玉听了，点头笑道："你不知道，他心里自然又有个想头了。"探春听说，益发动了气，将头一扭，说道："连你也糊涂了！他那想头自然是有的，不过是那阴微鄙贱的见识。他只管这么想，我只管认得老爷、太太两个人，别人我一概不管。就是姊妹弟兄跟前，谁和我好，我就和谁好，什么偏的庶的，我也不知道。论理我不该说他，但忒昏愦的不像了！还有笑话呢：就是上回我给你那钱，替我带那顽的东西。过了两天，他见了我，也是说没钱使，怎么难，我也不理论。谁知后来丫头们出去了，他就抱怨起来，说我攒的钱为什么给你使，倒不给环儿使呢。我听见这话，又好笑又好气，我就出来往太太跟前去了。"正说着，只见宝钗那边笑道："说完了，来罢。显见的是哥哥妹妹了，丢下别人，且说梯己去。我们听一句儿就使不得了！"说着，探春宝玉二人方笑着来了。

宝玉因不见了林黛玉，便知他躲了别处去了，想了一想，索性迟两日，等他的气消一消再去也罢了。因低头看见许多凤仙石榴等各色落花，锦重重的落了一地，因叹道："这是他心里生了气，也不收拾这花儿来了。待我送了去，明儿再问着他。"说着，只见宝钗约着他们往外头去。宝玉道："我就来。"说毕，等他二人去远了，便把那花兜了起来，登山渡水，过树穿花，一直奔了那日同林黛玉葬桃花的去处来。将已到了花冢，犹未转过山坡，只听山坡那边有呜咽之声，一行数落着，哭的好不伤感。宝玉心下想道："这不知是那房里的丫头，受了委曲，跑到这个地方来哭。"一面想，一面煞住脚步，听他哭道是：

花谢花飞花满天，红消香断有谁怜？
游丝软系飘春榭，落絮轻沾扑绣帘。
闺中女儿惜春暮，愁绪满怀无释处，
手把花锄出绣闺，忍踏落花来复去。
柳丝榆荚自芳菲，不管桃飘与李飞。
桃李明年能再发，明年闺中知有谁？
三月香巢已垒成，梁间燕子太无情！

明年花发虽可啄，却不道人去梁空巢也倾。
一年三百六十日，风刀霜剑严相逼，
明媚鲜妍能几时，一朝飘泊难寻觅。
花开易见落难寻，阶前闷杀葬花人。
独倚花锄泪暗洒，洒上空枝见血痕。
杜鹃无语正黄昏，荷锄归去掩重门。
青灯照壁人初睡，冷雨敲窗被未温。
怪奴底事倍伤神，半为怜春半恼春：
怜春忽至恼忽去，至又无言去不闻。
昨宵庭外悲歌发，知是花魂与鸟魂？
花魂鸟魂总难留，鸟自无言花自羞。
愿奴胁下生双翼，随花飞到天尽头。
天尽头，何处有香丘？
未若锦囊收艳骨，一抔净土掩风流。
质本洁来还洁去，强于污淖陷渠沟。
尔今死去侬收葬，未卜侬身何日丧？
侬今葬花人笑痴，他年葬侬知是谁？
试看春残花渐落，便是红颜老死时。
一朝春尽红颜老，花落人亡两不知！

宝玉听了不觉痴倒。要知端详，且听下回分解。

## 作者简介

曹雪芹（1715—1763），名霑，字梦阮，号雪芹，祖籍辽阳，清代小说家。他出身于一个“百年望族”的大官僚地主家庭，后因家庭的衰败饱尝了人生的辛酸。他在人生的最后几十年里，以坚韧不拔的毅力，历经多年艰辛创作了《红楼梦》并专心致志地做了修订工作。《红楼梦》内容丰富，情节曲折，思想认识深刻，艺术手法精湛，是中国古典小说中伟大的现实主义作品。

## 作品赏析

《红楼梦》原名《石头记》，写了一个封建贵族大家庭从繁荣走向衰败的故事。贾宝玉、林黛玉、薛宝钗的恋爱婚姻悲剧，是这个故事的中心。作者的高明在于他没有片面地、简单地表现这个爱情悲剧，而是从人物思想性格的深处挖掘这一爱情悲剧的社会根源。作品围绕着中心事件，展开了许多错综复杂的矛盾斗争，描绘了一幅极其广阔的社会生活图画，揭示出整个封建社会已是千疮百孔、摇摇欲坠，从而深刻尖锐地批判了封建的社会制度、腐败的吏治、婚姻制度、伦理关系，控诉了封建主义的残酷无情和灭绝人性，大胆敏锐地预示了封建社会和封建统治阶级必然灭亡的历史命运。

“黛玉葬花”是《红楼梦》中极富神奇魅力的情节之一。作者那具体生动的性格描写、细腻入微的心理刻画，极富抒情意味的《葬花吟》，同林黛玉这个面对残蕊默默垂泣的美丽少女一起，超越了时空的阻隔，一直拨动着不同时代的读者感情的琴弦。这既是一曲“美”的颂歌，也是一首“美被毁灭”的悲吟。它以抒情性的笔触记录了宝黛爱情悲剧中一段生动无比的心灵历程。

这是《红楼梦》第二十七回。此前先是写黛玉到怡红院找宝玉，晴雯以为是别院的丫头，赌气不开门。此事若换成别人，可能一笑置之，并不放在心上。但这却引出黛玉一连串非同一般的举动，先是高声责问，后又“逗起气来”，心中不由思索：“虽说是舅母家如同自己家一样，到底是客边。如今父母双亡，无依无靠，现在他家依栖，如今认真淘气，也觉没趣。”显然，敏感的黛玉把自己受冷落错怪在宝玉身上了。她虽没有大吵大闹，却暗暗使起了“小性儿”。而恰巧此时，宝玉陪着宝钗从里面出来，使得黛玉愈发伤心起来。回到房中，“好似木雕泥塑的一般，直坐到二更多天方才睡了”。这种“多疑伤感”是黛玉所特有的。此时的黛玉和宝玉并未定情，虽然宝玉曾几次向她表白爱情，但谨慎持重的黛玉对他的真心还有待进一步的探究。而贾府中的“金玉之说”，使宝钗成为她爱情的威胁；而宝玉“见了姐姐就忘了妹妹”的举动更使她心神不宁。因此宝钗的突然出现，使多疑敏感的黛玉倍感情敌的威胁，同时也忍受着痛苦的压抑，于是不禁黯然神伤。“怪奴底事倍伤神？半为怜春半恼春。怜春忽至恼忽去，至又无言去不闻。”这正是一个热恋中的少女因嫉妒、多疑和对情人捉摸不透而产生的痛苦心情的形象写照。

紧接着作者以一个微妙的细节展示了黛玉性格特征的另一侧面：第二天当宝玉热诚地来看黛玉时，黛玉理也不理，竟转身出去了，使这位多情公子“悬了一夜的心”又吊了起来。这是黛玉自尊高傲、心性倔强的具体体现。她虽孤苦无依，寄人篱下，却从不把别人的怜悯当作自己的幸福，她不乞怜于任何人，在风刀霜剑的严酷环境中保持着高洁的人格和自尊。所以对待爱情的态度也十分独特，以一种被异化的形式表现出来：内心似火，外表若冰。

但黛玉毕竟是一个多愁善感的少女。在大观园众多女孩儿兴高采烈喜度芒种节时，黛玉却因满地落花，勾起无限伤春愁思，独自一人来到曾和宝玉一起葬花的地方，“把些残花落瓣去掩埋”；并面对花冢怆然而泣，吟出了如泣如诉、哀婉欲绝、自伤自悼的《葬花吟》。

如果说上述的细节描写，是从外部描摹了黛玉的性格特征，那么《葬花吟》则以内心独白的形式，揭示了人物的内心世界，更加淋漓尽致地展示了黛玉隐藏在心底的隐痛和忧伤。“花谢花飞花满天，红消香断有谁怜？”画出了“手把花锄出绣闺”的诗人自画像。黛玉以诗人的气质和少女特有的敏感，提取眼前“花落”这一自然现象，联系自己的身世，赋予其象征意义。由花残想到青春的易逝，由花的飘零想到孤苦的身世，在这纯属心灵所体认的境界中，被引发的不仅仅是读者对黛玉的同情，更是对一切美好事物被毁灭的痛惜和伤感。

《葬花吟》是林黛玉感叹身世遭遇的全部哀音的代表，也是作者曹雪芹借以塑造这一艺术形象表现其性格特性的重要作品。它和《芙蓉女儿诔》一样，是作者着力摹写的文字。这首风格上仿效初唐体的歌行，在抒情上淋漓尽致，使人读来感慨颇深。

这首诗并非一味的哀伤凄恻，其中仍然有着一种抑塞不平之气。“柳丝榆荚自芳菲，不管桃飘与李飞”，就寄有对世态炎凉、人情冷暖的愤懑。“一年三百六十日，风刀霜剑严相逼”不就是对长期迫害着她的冷酷无情的现实的控诉？“愿奴胁下生双翼，随花飞到天尽头。天尽头，何处有香丘？未若锦囊收艳骨，一抔净土掩风流。质本洁来还洁去，强于污淖陷渠沟。”则是在幻想自由幸福而不可得时，所表现出来的那种不愿受辱被污、不甘低头屈服的孤傲不阿的性格。这些，才是它的思想价值之所在。

这首诗的另一价值在于它为我们提供了探索曹雪芹笔下的宝黛悲剧的重要线索。诗中所写非泛泛之言，大都与后来黛玉之死情节密切相关，在看过后面的文字以后，应回头再重新加深对此诗的理解。

本回的艺术结构也颇有特色。作者将“黛玉葬花”与“宝钗戏蝶”放在同一回中。在叙写黛玉生气之后，并没立即写葬花，而是嵌入了大观园的女孩儿们“打扮的桃羞杏让、燕妒莺惭”，一起为退位花神饯行的一段欢快的插曲。这里运用了反衬手法，是古典诗词中“以乐景写哀情”手法的借用。在欢快背景上映现的是宝钗形象，起到和黛玉互为映衬的作用。当众人在园中玩耍时“独不见黛玉”，于是宝钗说：“你们等着，等我去闹了她来。”一个“闹”字显示了少女热情活泼的性格。路上，宝钗忽见一双玉色蝴蝶，便来追赶，直累得满身香汗、娇喘不息。活泼的个性，欢乐的心灵，与大自然和谐地融合在一起，显现出这个满口封建教条的淑女压抑在内心深处的追求美好、热爱生活的真正天性。不仅如此，在复杂的人际关系中，她显然比黛玉更善于应对周旋。她开始是去潇湘馆的，见宝玉进去了，怕引起宝玉的不便之感和黛玉的嫌疑，抽身而去；路遇一双蝴蝶，便欲扑来玩耍；不料又无意中听了两个丫头的私情话。但她灵机一动，随即使了个“金蝉脱壳”之计，摆脱了自身可能引起的麻烦。正是在“宝钗戏蝶”与“黛玉葬花”的对比衬托之中，黛玉和宝钗的性格得到了充分的展现：一个是那么多愁善感，另一个却不时在平和中流露出少女活泼的天性；一个与环境是那么格格不入，另一个则与周围的一切巧妙周旋，如鱼得水。两个情节的结合并无斧凿痕迹，而是浑然一体，如生活一样逼真、生动、自然。



## 名　作

### 杜十娘怒沉百宝箱

冯梦龙

扫荡残胡立帝畿，龙翔凤舞势崔嵬；
左环沧海天一带，右拥太行山万围。
戈戟九边雄绝塞，衣冠万国仰垂衣；
太平人乐华胥世，永永金瓯共日辉。

这首诗，单夸我朝燕京建都之盛。说起燕都的形势，北倚雄关，南压区夏，真乃金城天府，万年不拔之基。当先洪武爷扫荡胡尘，定鼎金陵，是为南京。到永乐爷从北平起兵靖难，迁于燕都，是为北京。只因这一迁，把个苦寒地面，变作花锦世界。自永乐爷九传至于万历爷，此乃我朝第十一代的天子。这位天子，聪明神武，德福兼全，十岁登基，在位四十八年，削平了三处寇乱。那三处？

日本关白平秀吉，西夏哱承恩，播州杨应龙。

平秀吉侵犯朝鲜，哱承恩、杨应龙是土官谋叛，先后削平。远夷莫不畏服，争来朝贡。真个是：

一人有庆民安乐，四海无虞国太平。

话中单表万历二十年间，日本国关白作乱，侵犯朝鲜。朝鲜国王上表告急，天朝发兵泛海往救。有户部官奏准：目今兵兴之际，粮饷未充，暂开纳粟入监之例。原来纳粟入监的，有几般便宜：好读书，好科举，好中，结末来又有个小小前程结果。以此宦家公子，富室子弟，到不愿做秀才，都去援例做太学生。自开了这例，两京太学生，各添至千人之外。内中有一人，姓李名甲，字子先，浙江绍兴府人氏。父亲李布政所生三儿，惟甲居长。自幼读书在庠，未得登科，援例入于北雍。因在京坐监，与同乡柳遇春监生同游教坊司院内，与一个名姬相遇。那名姬姓杜名媺，排行第十，院中都称为杜十娘，生得：浑身雅艳，遍体娇香，两弯眉画远山青，一对眼明秋水润。脸如莲萼，分明卓氏文君，唇似樱桃，何减白家樊素。可怜一片无瑕玉，误落风尘花柳中。

那杜十娘自十三岁破瓜，今一十九岁，七年之内，不知历过了多少公子王孙，一个个情迷意荡，破家荡产而不惜。院中传出四句口号来，道是：

坐中若有杜十娘，斗筲之量饮千觞；

院中若识杜老媺，千家粉面都如鬼。

却说李公子，风流年少，未逢美色，自遇了杜十娘，喜出望外，把花柳情怀，一担儿挑在他身上。那公子俊俏庞儿，温存性儿，又是撒漫的手儿，帮衬的勤儿，与十娘一双两好，情投意合。十娘因见鸨儿贪财无义，久有从良之志；又见李公子忠厚志诚，甚有心向他。奈李公子惧怕老爷，不敢应承。虽则如此，两下情好愈密，朝欢暮乐，终日相守，如夫妇一般，海誓山盟，各无他志。真个：

恩深似海恩无底，义重如山义更高。

再说杜妈妈，女儿被李公子占住，别的富家巨室，闻名上门，求一见而不可得。初时李公子撒漫用钱，大差大使，妈妈胁肩谄笑，奉承不暇。日往月来，不觉一年有余，李公子囊箧渐渐空虚，手不应心，妈妈也就怠慢了。老布政在家闻知儿子嫖院，几遍写字来唤他回去。他迷恋十娘颜色，终日延捱。后来闻知老爷在家发怒，越不敢回。古人云："以利相交者，利尽而疏。"那杜十娘与李公子真情相好，见他手头愈短，心头愈热。妈妈也几遍教女儿打发李甲出院，见女儿不统口，又几遍将言语触突李公子，要激怒他起身。公子性本温克，词气愈和，妈妈没奈何，日逐只将十娘叱骂道："我们行户人家，吃客穿客，前门送旧，后门迎新，门庭闹如火，钱帛堆成垛。自从那李甲在此，混帐一年有余，莫说新客，连旧主顾都断了，分明接了个锺馗老，连小鬼也没得上门。弄得老娘一家人家，有气无烟，成什么模样！"

杜十娘被骂，耐性不住，便回答道："那李公子不是空手上门的，也曾费过大钱来。"妈妈道："彼一时，此一时，你只教他今日费些小钱儿，把与老娘办些柴米，养你两口也好。别人家养的女儿便是摇钱树，千生万活，偏我家晦气，养了个退财白虎！开了大门七件事，般般都在老身心上。到替你这小贱人白白养着穷汉，教我衣食从何处来？你对那穷汉说：有本事出几两银子与我，到得你跟了他去，我别讨个丫头过活却不好？"十娘道："妈妈，这话是真是假？"妈妈晓得李甲囊无一钱，衣衫都典尽了，料他没处设法。便应道："老娘从不说谎，当真哩。"十娘道："娘，你要他许多银子？"妈妈道："若是别人，千把银子也讨了。可怜那穷汉出不起，只要他三百两，我自去讨一个粉头代替。只一件，须是三日内交付与我。左手交银，右手交人。若三日没有银时，老身也不管三七二十一，公子不公子，一顿孤拐，打那光棍出去。那时莫怪老身！"十娘道："公子虽在客边乏钞，谅三百金还措办得来。只是三日忒近，限他十日便好。"妈妈想道："这穷汉一双赤手，便限他一百日，他那里来银子？没有银子，便铁皮包脸，料也无颜上门。那时重整家风，鸨儿也没得话讲。"答应道："看你面，便宽到十日。第十日没有银子，不干老娘之事。”十娘道：“若十日内无银，料他也无颜再见了。只怕有了三百两银子，妈妈又翻悔起来。”妈妈道：“老身年五十一岁了，又奉十斋，怎敢说谎？不信时与你拍掌为定。若翻悔时，做猪做狗！”

从来海水斗难量，可笑虔婆意不良；
料定穷儒囊底竭，故将财礼难娇娘。

是夜，十娘与公子在枕边，议及终身之事。公子道：“我非无此心。但教坊落籍，其费甚多，非千金不可。我囊空如洗，如之奈何！”十娘道：“妾已与妈妈议定只要三百金，但须十日内措办。郎君游资虽罄，然都中岂无亲友可以借贷？倘得如数，妾身遂为君之所有，省受虔婆之气。”公子道：“亲友中为我留恋行院，都不相顾。明日只做束装起身，各家告辞，就开口假贷路费，凑聚将来，或可满得此数。”起身梳洗，别了十娘出门。十娘道：“用心作速，专听佳音。”公子道：“不须分付。”

公子出了院门，来到三亲四友处，假说起身告别，众人到也欢喜。后来叙到路费欠缺，意欲借贷。常言道：“说着钱，便无缘。”亲友们就不招架。他们也见得是，道李公子是风流浪子，迷恋烟花，年许不归，父亲都为他气坏在家。他今日抖然要回，未知真假。倘或说骗盘缠到手，又去还脂粉钱，父亲知道，将好意翻成恶意，始终只是一怪，不如辞了干净。便回道：“目今正值空乏，不能相济，惭愧，惭愧！”人人如此，个个皆然，并没有个慷慨丈夫，肯统口许他一十、二十两。李公子一连奔走了三日，分毫无获，又不敢回决十娘，权且含糊答应。到第四日又没想头，就羞回院中。平日间有了杜家，连下处也没有了，今日就无处投宿。只得往同乡柳监生寓所借歇。

柳遇春见公子愁容可掬，问其来历。公子将杜十娘愿嫁之情，备细说了。遇春摇首道：“未必，未必。那杜十娘乃曲中第一名姬，要从良时，怕没有十斛明珠，千金聘礼。那鸨儿如何只要三百两？想鸨儿怪你无钱使用，白白占住他的女儿，设计打发你出门。那妇人与你相处已久，又碍却面皮，不好明言。明知你手内空虚，故意将三百两卖个人情，限你十日。若十日没有，你也不好上门。便上门时，他会说你笑你，落得一场亵渎，自然安身不牢，此乃烟花逐客之计。足下三思，休被其惑。据弟愚意，不如早早开交为上。”公子听说，半晌无言，心中疑惑不定。遇春又道：“足下莫要错了主意。你若真个还乡，不多几两盘费，还有人搭救。若是要三百两时，莫说十日，就是十个月也难。如今的世情，那肯顾缓急二字的！那烟花也算定你没处告债，故意设法难你。”公子道：“仁兄所见良是。”口里虽如此说，心中割舍不下。依旧又往外边东央西告，只是夜里不进院门了。

公子在柳监生寓中，一连住了三日，共是六日了。杜十娘连日不见公子进院，十分着紧，就教小厮四儿街上去寻。四儿寻到大街，恰好遇见公子。四儿叫道：“李姐夫，娘在家里望你。”公子自觉无颜，回复道：“今日不得功夫，明日来罢。”四儿奉了十娘之命，一把扯住，死也不放，道：“娘叫咱寻你，是必同去走一遭。”李公子心上也牵挂着表子，没奈何，只得随四儿进院，见了十娘，嘿嘿无言。十娘问道：“所谋之事如何？”公子眼中流下泪来。十娘道：“莫非人情淡薄，不能足三百之数么？”公子含泪而言，道出二句：“不信上山擒虎易，果然开口告人难。一连奔走六日，并无铢两，一双空手，羞见芳卿，故此这几日不敢进院。今日承命呼唤，忍耻而来。非某不用心，实是世情如此。”十娘道：“此言休使虔婆知道。郎君今夜且住，妾别有商议。”十娘自备酒肴，与公子欢饮。睡至半夜，十娘对公子道：“郎君果不能办一钱耶？妾终身之事，当如何也？”公子只是流涕，不能答一语。渐渐五更天晓。十娘道：“妾所卧絮褥内藏有碎银一百五十两，此妾私蓄，郎君可持去。三百金，妾任其半，郎君亦谋其半，庶易为力。限只四日，万勿迟误！”十娘起身将褥付公子，公子惊喜过望。唤童儿持褥而去。径到柳遇春寓中，又把夜来之情与遇春说了。将褥拆开看时，絮中都裹着零碎银子，取出兑时果是一百五十两。遇春大惊道：“此妇真有心人也。既系真情，不可相负，吾当代为足下谋之。”公子道：“倘得玉成，决不有负。”当下柳遇春留李公子在寓，自出头各处去借贷。两日之内，凑足一百五十两交付公子道：“吾代为足下告债，非为足下，实怜杜十娘之情也。”

李甲拿了三百两银子，喜从天降，笑逐颜开，欣欣然来见十娘，刚是第九日，还不足十日。十娘问道：“前日分毫难借，今日如何就有一百五十两？”公子将柳监生事情，又述了一遍。十娘以手加额道：“使吾二人得遂其愿者，柳君之力也！”两个欢天喜地，又在院中过了。

次日十娘早起，对李甲道：“此银一交，便当随郎君去矣。舟车之类，合当预备。妾昨日于姊妹中借得白银二十两，郎君可收下为行资也。”公子正愁路费无出，但不敢开口，得银甚喜。说犹未了，鸨儿恰来敲门叫道：“媺儿，今日是第十日了。”公子闻叫，启门相延道：“承妈妈厚意，正欲相请。”便将银三百两放在桌上。鸨儿不料公子有银，嘿然变色，似有悔意。十娘道：“儿在妈妈家中八年，所致金帛，不下数千金矣。今日从良美事，又妈妈亲口所订，三百金不欠分毫，又不曾过期。倘若妈妈失信不许，郎君持银去，儿即刻自尽。恐那时人财两失，悔之无及也。”鸨儿无词以对。腹内筹画了半晌，只得取天平兑准了银子，说道：“事已如此，料留你不住了。只是你要去时，即今就去。平时穿戴衣饰之类，毫厘休想！”说罢，将公子和十娘推出房门，讨锁来就落了锁。此时九月天气。十娘才下床，尚未梳洗，随身旧衣，就拜了妈妈两拜。李公子也作了一揖。一夫一妇，离了虔婆大门。

鲤鱼脱却金钩去，摆尾摇头再不来。

公子教十娘且住片时：“我去唤个小轿抬你，权往柳荣卿寓所去，再作道理。”十娘道：“院中诸姊妹平昔相厚，理宜话别。况前日又承他借贷路费，不可不一谢也。”乃同公子到各姊妹处谢别。姊妹中惟谢月朗、徐素素与杜家相近，尤与十娘亲厚：十娘先到谢月朗家。月朗见十娘秃髻旧衫，惊问其故。十娘备述来因，又引李甲相见。十娘指月朗道：“前日路资，是此位姐姐所贷，郎君可致谢。”李甲连连作揖。月朗便教十娘梳洗，一面去请徐素素来家相会。十娘梳洗已毕，谢、徐二美人各出所有，翠钿金钏，瑶簪宝珥，锦袖花裙，鸾带绣履，把杜十娘装扮得焕然一新，备酒作庆贺筵席。月朗让卧房与李甲、杜媺二人过宿。次日，又大排筵席，遍请院中姊妹。凡十娘相厚者，无不毕集，都与他夫妇把盏称喜。

吹弹歌舞，各逞其长，务要尽欢，直饮至夜分。十娘向众姊妹一一称谢。众姊妹道：“十姊为风流领袖，今从郎君去，我等相见无日。何日长行，姊妹们尚当奉送。”月朗道：“候有定期，小妹当来相报。但阿姊千里间关，同郎君远去，囊箧萧条，曾无约束，此乃吾等之事。当相与共谋之，勿令姊有穷途之虑也。”众姊妹各唯唯而散。

是晚，公子和十娘仍宿谢家。至五鼓，十娘对公子道：“吾等此去，何处安身？郎君亦曾计议有定着否？”公子道：“老父盛怒之下，若知娶妓而归，必然加以不堪，反致相累。展转寻思，尚未有万全之策。”十娘道：“父子天性，岂能终绝？既然仓卒难犯，不若与郎君于苏、杭胜地，权作浮居。郎君先回，求亲友于尊大人面前劝解和顺，然后携妾于归，彼此安妥。”公子道：“此言甚当。”次日，二人起身辞了谢月朗，暂往柳监生寓中，整顿行装。杜十娘见了柳遇春，倒身下拜，谢其周全之德："异日我夫妇必当重报。"遇春慌忙答礼道："十娘钟情所欢，不以贫窭易心，此乃女中豪杰。仆因风吹火，谅区区何足挂齿！"三人又饮了一日酒。次早，择了出行吉日，雇倩轿马停当。十娘又遣童儿寄信，别谢月朗。临行之际，只见肩舆纷纷而至，乃谢月朗与徐素素拉众姊妹来送行。月朗道："十姊从郎君千里间关，囊中消索，吾等甚不能忘情。今合具薄赆，十姊可检收，或长途空乏，亦可少助。"说罢，命从人挈一描金文具至前，封锁甚固，正不知什么东西在里面。十娘也不开看，也不推辞，但殷勤作谢而已。须臾，舆马齐集，仆夫催促起身。柳监生三杯别酒，和众美人送出崇文门外，各各垂泪而别。正是：

他日重逢难预必，此时分手最堪怜。

再说李公子同杜十娘行至潞河，舍陆从舟。却好有瓜州差使船转回之便，讲定船钱，包了舱口。比及下船时，李公子囊中并无分文余剩。你道杜十娘把二十两银子与公子，如何就没了？公子在院中嫖得衣衫蓝缕，银子到手，未免在解库中取赎几件穿着，又制办了铺盖，剩来只勾轿马之费。公子正当愁闷，十娘道："郎君勿忧，众姊妹合赠，必有所济。"及取钥开箱。公子在傍自觉惭愧，也不敢窥觑箱中虚实。只见十娘在箱里取出一个红绢袋来，掷于桌上道："郎君可开看之。"公子提在手中，觉得沉重，启而观之，皆是白银，计数整五十两。十娘仍将箱子下锁，亦不言箱中更有何物。但对公子道："承众姊妹高情，不惟途路不乏，即他日浮寓吴、越间，亦可稍佐吾夫妻山水之费矣。"公子且惊且喜道："若不遇恩卿，我李甲流落他乡，死无葬身之地矣。此情此德，白头不敢忘也！"自此每谈及往事，公子必感激流涕，十娘亦曲意抚慰。一路无话。

不一日，行至瓜州，大船停泊岸口，公子别雇了民船，安放行李。约明日侵晨，剪江而渡。其时仲冬中旬，月明如水，公子和十娘坐于舟首。公子道："自出都门，困守一舱之中，四顾有人，未得畅语。今日独据一舟，更无避忌。且已离塞北，初近江南，宜开怀畅饮，以舒向来抑郁之气。恩卿以为何如？"十娘道："妾久疏谈笑，亦有此心，郎君言及，足见同志耳。"公子乃携酒具于船首，与十娘铺毡并坐，传杯交盏。饮至半酣，公子执卮对十娘道："恩卿妙音，六院推首。某相遇之初，每闻绝调，辄不禁神魂之飞动。心事多违，彼此郁郁，鸾鸣凤奏，久矣不闻。今清江明月，深夜无人，肯为我一歌否？"十娘兴亦勃发，遂开喉顿嗓，取扇按拍，呜呜咽咽，歌出元人施君美《拜月亭》杂剧上"状元执盏与婵娟"一曲，名《小桃红》。真个：

声飞霄汉云皆驻，响入深泉鱼出游。

却说他舟有一少年，姓孙名富，字善赉，徽州新安人氏。家资巨万，积祖扬州种盐。年方二十，也是南雍中朋友。生性风流，惯向青楼买笑，红粉追欢，若嘲风弄月，到是个轻薄的头儿。事有偶然，其夜亦泊舟瓜州渡口，独酌无聊，忽听得歌声嘹亮，风吟鸾吹，不足喻其美。起立船头，伫听半晌，方知声出邻舟。正欲相访，音响倏已寂然，乃遣仆者潜窥踪迹，访于舟人。但晓得是李相公雇的船，并不知歌者来历。孙富想道："此歌者必非良家，怎生得他一见？"展转寻思，通宵不寐。捱至五更，忽闻江风大作。及晓，彤云密布，狂雪飞舞。怎见得，有诗为证：

千山云树灭，万径人踪绝。
扁舟蓑笠翁，独钓寒江雪。

因这风雪阻渡，舟不得开。孙富命艄公移船，泊于李家舟之傍。孙富貂帽狐裘，推窗假作看雪。值十娘梳洗方毕，纤纤玉手揭起舟傍短帘，自泼盂中残水。粉容微露，却被孙富窥见了，果是国色天香。魂摇心荡，迎眸注目，等候再见一面，杳不可得。沉思久之，乃倚窗高吟高学士《梅花诗》二句，道：

雪满山中高士卧，月明林下美人来。

李甲听得邻舟吟诗，舒头出舱，看是何人。只因这一看，正中了孙富之计。孙富吟诗，正要引李公子出头，他好乘机攀话。当下慌忙举手，就问："老兄尊姓何讳？"李公子叙了姓名乡贯，少不得也问那孙富。孙富也叙过了。又叙了些太学中的闲话，渐渐亲熟。孙富便道："风雪阻舟，乃天遣与尊兄相会，实小弟之幸也。舟次无聊，欲同尊兄上岸，就酒肆中一酌，少领清诲，万望不拒。"公子道："萍水相逢，何当厚扰？"孙富道："说那里话！'四海之内，皆兄弟也'。"喝教艄公打跳，童儿张伞，迎接公子过船，就于船头作揖。然后让公子先行，自己随后，各各登跳上涯。

行不数步，就有个酒楼。二人上楼，拣一副洁净座头，靠窗而坐。酒保列上酒肴。孙富举杯相劝，二人赏雪饮酒。先说些斯文中套话，渐渐引入花柳之事。二人都是过来之人，志同道合，说得入港，一发成相知了。孙富屏去左右，低低问道："昨夜尊舟清歌者，何人也？"李甲正要卖弄在行，遂实说道："此乃北京名姬杜十娘也。"孙富道："既系曲中姊妹，何以归兄？"公子遂将初遇杜十娘，如何相好，后来如何要嫁，如何借银讨他，始末根由，备细述了一遍。孙富道："兄携丽人而归，固是快事，但不知尊府中能相容否？"公子道："贱室不足虑，所虑者老父性严，尚费踌躇耳！"孙富将机就机，便问道："既是尊大人未必相容，兄所携丽人，何处安顿？亦曾通知丽人，共作计较否？"公子攒眉而答道："此事曾与小妾议之。"孙富欣然问道："尊宠必有妙策。"公子道："他意欲侨居苏杭，流连山水。使小弟先回，求亲友宛转于家君之前，俟家君回嗔作喜，然后图归。高明以为何如？"孙富沉吟半晌，故作愀然之色，道："小弟乍会之间，交浅言深，诚恐见怪。"公子道："正赖高明指教，何必谦逊？"孙富道："尊大人位居方面，必严帷薄之嫌，平时既怪兄游非礼之地，今日岂容兄娶不节之人？况且贤亲贵友，谁不迎合尊大人之意者？兄枉去求他，必然相拒。就有个不识时务的进言于尊大人之前，见尊大人意思不允，他就转口了。兄进不能和睦家庭，退无词以回复尊宠。即使留连山水，亦非长久之计。万一资斧困竭，岂不进退两难！"

公子自知手中只有五十金，此时费去大半，说到资斧困竭，进退两难，不觉点头道是。孙富又道："小弟还有句心腹之谈，兄肯俯听否？"公子道："承兄过爱，更求尽言。"孙富道："疏不间亲，还是莫说罢。"公子道："但说何妨！"孙富道："自古道：'妇人水性无常。'况烟花之辈，少真多假。他既系六院名姝，相识定满天下；或者南边原有旧约，借兄之力，挈带而来，以为他适之地。"公子道："这个恐未必然。"孙富道："既不然，江南子弟，最工轻薄。兄留丽人独居，难保无逾墙钻穴之事。若挈之同归，愈增尊大人之怒。为兄之计，未有善策。况父子天伦，必不可绝。若为妾而触父，因妓而弃家，海内必以兄为浮浪不经之人。异日妻不以为夫，弟不以为兄，同袍不以为友，兄何以立于天地之间？兄今日不可不熟思也！"

公子闻言，茫然自失，移席问计："据高明之见，何以教我？"孙富道："仆有一计，于兄甚便。只恐兄溺枕席之爱，未必能行，使仆空费词说耳！"公子道："兄诚有良策，使弟再睹家园之乐，乃弟之恩人也。又何惮而不言耶？"孙富道："兄飘零岁余，严亲怀怒，闺阁离心。设身以处兄之地，诚寝食不安之时也。然尊大人所以怒兄者，不过为迷花恋柳，挥金如土，异日必为弃家荡产之人，不堪承继家业耳！兄今日空手而归，正触其怒。兄倘能割衽席之爱，见机而作，仆愿以千金相赠。兄得千金以报尊大人，只说在京授馆，并不曾浪费分毫，尊大人必然相信。从此家庭和睦，当无间言。须臾之间，转祸为福。兄请三思，仆非贪丽人之色，实为兄效忠于万一也！”李甲原是没主意的人，本心惧怕老子，被孙富一席话，说透胸中之疑，起身作揖道：“闻兄大教，顿开茅塞。但小妾千里相从，义难顿绝，容归与商之。得妾心肯，当奉复耳。”孙富道：“说话之间，宜放婉曲。彼既忠心为兄，必不忍使兄父子分离，定然玉成兄还乡之事矣。”二人饮了一回酒，风停雪止，天色已晚。孙富教家僮算还了酒钱，与公子携手下船。正是：

逢人且说三分话，未可全抛一片心。

却说杜十娘在舟中，摆设酒果，欲与公子小酌，竟日未回，挑灯以待。公子下船，十娘起迎。见公子颜色匆匆，似有不乐之意，乃满斟热酒劝之。公子摇首不饮，一言不发，竟自床上睡了。十娘心中不悦，乃收拾杯盘为公子解衣就枕，问道：“今日有何见闻，而怀抱郁郁如此？”公子叹息而已，终不启口。问了三四次，公子已睡去了。十娘委决不下，坐于床头而不能寐。到夜半，公子醒来，又叹一口气。十娘道：“郎君有何难言之事，频频叹息？”公子拥被而起，欲言不语者几次，扑簌簌掉下泪来。十娘抱持公子于怀间，软言抚慰道：“妾与郎君情好，已及二载，千辛万苦，历尽艰难，得有今日。然相从数千里，未曾哀戚。今将渡江，方图百年欢笑，如何反起悲伤？必有其故。夫妇之间，死生相共，有事尽可商量，万勿讳也。”

公子再四被逼不过，只得含泪而言道：“仆天涯穷困，蒙恩卿不弃，委曲相从，诚乃莫大之德也。但反复思之，老父位居方面，拘于礼法，况素性方严，恐添嗔怒，必加黜逐。你我流荡，将何底止？夫妇之欢难保，父子之伦又绝。日间蒙新安孙友邀饮，为我筹及此事，寸心如割！”十娘大惊道：“郎君意将如何？”公子道：“仆事内之人，当局而迷。孙友为我画一计颇善，但恐恩卿不从耳！”十娘道：“孙友者何人？计如果善，何不可从？”公子道：“孙友名富，新安盐商，少年风流之士也。夜间闻子清歌，因而问及。仆告以来历，并谈及难归之故，渠意欲以千金聘汝。我得千金，可借口以见吾父母，而恩卿亦得所耳。但情不能舍，是以悲泣。”说罢，泪如雨下。

十娘放开两手，冷笑一声道：“为郎君画此计者，此人乃大英雄也！郎君千金之资既得恢复，而妾归他姓，又不致为行李之累，发乎情，止乎礼，诚两便之策也。那千金在那里？”公子收泪道：“未得恩卿之诺，金尚留彼处，未曾过手。”十娘道：“明早快快应承了他，不可挫过机会。但千金重事，须得兑足交付郎君之手，妾始过舟，勿为贾竖子所欺。”时已四鼓，十娘即起身挑灯梳洗道：“今日之妆，乃迎新送旧，非比寻常。”于是脂粉香泽，用意修饰，花钿绣袄，极其华艳，香风拂拂，光采照人。装束方完，天色已晓。

孙富差家童到船头候信。十娘微窥公子，欣欣似有喜色，乃催公子快去回话，及早兑足银子。公子亲到孙富船中，回复依允。孙富道：“兑银易事，须得丽人妆台为信。”公子又回复了十娘，十娘即指描金文具道：“可便抬去。”孙富喜甚。即将白银一千两，送到公子船中。十娘亲自检看，足色足数，分毫无爽，乃手把船舷，以手招孙富。孙富一见，魂不附体。十娘启朱唇，开皓齿道：“方才箱子可暂发来，内有李郎路引一纸，可检还之也。”孙富视十娘已为瓮中之鳖，即命家童送那描金文具，安放船头之上。十娘取钥开锁，内皆抽替小箱。十娘叫公子抽第一层来看，只见翠羽明珰，瑶簪宝珥，充物于中，约值数百金。十娘遽投之江中。李甲与孙富及两船之人，无不惊诧。又命公子再抽一箱，乃玉箫金管。又抽一箱，尽古玉紫金玩器，约值数千金。十娘尽投之于大江中。岸上之人，观者如堵。齐声道："可惜，可惜！"正不知什么缘故。最后又抽一箱，箱中复有一匣。开匣视之，夜明之珠约有盈把。其他祖母绿、猫儿眼，诸般异宝，目所未睹，莫能定其价之多少。众人齐声喝采，喧声如雷。十娘又欲投之于江。李甲不觉大悔，抱持十娘恸哭，那孙富也来劝解。

十娘推开公子在一边，向孙富骂道："我与李郎备尝艰苦，不是容易到此。汝以奸淫之意，巧为谗说，一旦破人姻缘，断人恩爱，乃我之仇人。我死而有知，必当诉之神明，尚妄想枕席之欢乎！"又对李甲道："妾风尘数年，私有所积，本为终身之计。自遇郎君，山盟海誓，白首不渝。前出都之际，假托众姊妹相赠，箱中韫藏百宝，不下万金。将润色郎君之装，归见父母，或怜妾有心，收佐中馈，得终委托，生死无憾。谁知郎君相信不深，惑于浮议，中道见弃，负妾一片真心。今日当众目之前，开箱出视，使郎君知区区千金，未为难事。妾椟中有玉，恨郎眼内无珠。命之不辰，风尘困瘁，甫得脱离，又遭弃捐。今众人各有耳目，共作证明，妾不负郎君，郎君自负妾耳！"于是众人聚观者，无不流涕，都唾骂李公子负心薄倖。公子又羞又苦，且悔且泣，方欲向十娘谢罪。十娘抱持宝匣，向江心一跳。众人急呼捞救，但见云暗江心，波涛滚滚，杳无踪影。可惜一个如花似玉的名姬，一旦葬于江鱼之腹！

三魂渺渺归水府，七魄悠悠入冥途。

当时旁观之人，皆咬牙切齿，争欲拳殴李甲和那孙富。慌得李、孙二人手足无措，急叫开船，分途遁去。李甲在舟中，看了千金，转忆十娘，终日愧悔，郁成狂疾，终身不痊。孙富自那日受惊，得病卧床月余，终日见杜十娘在傍诟骂，奄奄而逝。人以为江中之报也。

却说柳遇春在京坐监完满，束装回乡，停舟瓜步。偶临江净脸，失坠铜盆于水，觅渔人打捞。及至捞起，乃是个小匣儿。遇春启匣观看，内皆明珠异宝，无价之珍。遇春厚赏渔人，留于床头把玩。是夜梦见江中一女子，凌波而来，视之，乃杜十娘也。近前万福，诉以李郎薄倖之事，又道："向承君家慷慨，以一百五十金相助。本意息肩之后，徐图报答，不意事无终始。然每怀盛情，悒悒未忘。早间曾以小匣托渔人奉致，聊表寸心，从此不复相见矣。"言讫，猛然惊醒，方知十娘已死，叹息累日。

后人评论此事，以为孙富谋夺美色，轻掷千金，固非良士；李甲不识杜十娘一片苦心，碌碌蠢才，无足道者。独谓十娘千古女侠，岂不能觅一佳侣，共跨秦楼之凤，乃错认李公子。明珠美玉，投于盲人，以致恩变为仇，万种恩情，化为流水，深可惜也！有诗叹云：

不会风流莫妄谈，单单情字费人参；
若将情字能参透，唤作风流也不惭。

## 作者简介

冯梦龙（1574—1646），明朝作家，字犹龙，又字耳犹、子犹，自号龙子犹、墨憨斋主人、顾曲散人等，他使用的其他笔名还有很多。冯梦龙以其对小说、戏曲、民歌、笑话等通俗文学的创作、搜集、整理、编辑，为我国文学作出了独特的贡献。"三言"即《喻世明言》《警世通言》《醒世恒言》的合称。又和"二拍"（《初刻拍案惊奇》和《二刻拍案惊奇》的合称）合称"三言二拍"。冯梦龙思想上强调真挚的情感，反对虚伪礼教。就冯梦龙与明代哲学思潮的关系而言，对冯梦龙思想影响最大的是李卓吾和王阳明。

## 作品赏析

本篇选自《警世通言》，是“三言”中成就较高的作品之一，也是明代拟话本小说中的优秀代表作之一。小说通过描写误落风尘的下层女子杜十娘对爱情和幸福的热烈追求，及其理想破灭、悲愤自沉的故事，揭露了封建社会制度对妇女的侮辱与残害，批判了封建伦理道德的虚伪和冷酷。小说以精微的细节描写和细腻的心理描写，成功地塑造了杜十娘这一光辉的典型形象。她饱尝人生的屈辱，倍加渴望获得纯真的爱情，过上自由幸福的生活。她天真善良、机智谨慎、知情重义、刚毅坚强，与懦弱自私的李甲和奸诈阴险的孙富形成了鲜明的对照，表现了作者强烈的爱憎。小说情节跌宕起伏，一波三折，写尽了杜十娘的人生悲欢、爱情离合，特别是借银赎身、姊妹送行、泊船瓜州以及抱匣投江等情节描写，扣人心弦，催人泪下。小说构思精巧，结构谨严，如柳遇春的五次出场、百宝箱的时时出现，推动了情节发展，丰富了小说内涵。小说语言精练，富有表现力。

这个故事曾多次被改编成戏曲、电影，也曾被翻译成外文，流传到日本、欧洲等地，在国内国外都产生了很大影响。之所以如此，除了杜十娘这一悲剧人物形象感人以外，小说中的“百宝箱”这个具有多重功能和意义的意象创造也是其中的重要原因之一。作者对这个意象的处理，可谓匠心独运，具有很高的艺术价值。

### (一)“百宝箱”是连接故事的线索

扫一扫

“百宝箱”是连接故事的线索

小说中，“百宝箱”的出现一共有四次，构成了故事情节发展的四个阶段。

第一次：当李甲为筹集从鸨儿处赎出杜十娘的三百两银子而到处奔波借债，但又毫无着落时，杜十娘拿出了“私蓄”（说是从姊妹处借的实际上是从“百宝箱”中拿出的）一百五十两来“任其半”（此外还有二十两作“行资”），终于感动了柳遇春借来另一半，使李甲能顺利地赎出杜十娘。这是情节发展的第一个阶段。

第二次：当杜十娘和李甲告别柳遇春和众姊妹准备上路时，谢月朗“命从人挈一描金文具至前，封锁甚固，正不知什么东西在里面。十娘也不开看，也不推辞，但殷勤作谢而已。”这“描金文具”正是“百宝箱”，有了这个“百宝箱”，夫妻俩浮寓吴越间的山水之费就不愁了。这是情节发展的第二个阶段。

第三次：当李甲用完那二十两白银，为行资匮乏“正当愁闷”时，杜十娘又取钥开箱，拿出白银五十两充当行资。这一次“百宝箱”虽然被当面打开，但李甲在旁自觉惭愧，也不敢窥觑箱中虚实，致使“百宝箱”又一次坠入五里雾中。这是情节发展的第三个阶段。

第四次：当李甲受孙富挑唆，将杜十娘出卖时，十娘悲愤交加，取钥开锁，将箱中宝物一一投之江中，最后自己也“抱持宝匣，向江心一跳”，结束了年轻的生命。这一次“百宝箱”才让李甲、孙富和旁观者一览无余，使李甲“又羞又苦，且悔且泣”，但却悔之晚矣。这是情节发展的第四个阶段，也是故事的高潮和结局。

在整个故事情节发展过程中，作为连接故事线索的“百宝箱”犹如千丈游丝，有萦花粘草之妙；恰似蜻蜓点水，若即若离；又像神龙之宛游，忽隐忽现。“百宝箱”这个意象在小说中的四次出现，对情节发展起着暗示和推动的作用，前三次出现（其中第一次是暗示）读者均不知箱中为何物，也不太在意，直到第四次出现，读者才恍然大悟。这正是作者构思的巧妙所在。

### （二）“百宝箱”是叙事编辑的妙笔

小说中，“百宝箱”先合后开，延续故事的秘密，给读者设置了悬念，增强了作品的可读性。具体而言有以下两点：

**1. 控制叙事距离，形成叙事节奏**

“百宝箱”的四次出现，是紧接着前一事件完成后的新事件的准备，是在旧紧张解除之际的新紧张的来临，如长江后浪推前浪一般，一波未平，一波又起，使故事情节跌宕多姿，曲折变幻。

**2. 调节叙事视角，制造叙事张力**

我国传统小说叙述故事多采用全知视角，事件的前因后果，线索的来龙去脉，人物的一生行事等都要向读者交代得一清二楚，否则就会有叙事不完整之嫌。《杜十娘》却不同，它采用限知视角，使读者一开始并不知道百宝箱为何物，也不知道杜十娘日常秘密积攒百宝箱的具体情况和心态，直到杜十娘被李甲出卖，开箱取宝投江之时，才知道她还有一个百宝箱。这样读者就会疑惑：杜十娘为什么要积攒百宝箱？又为什么一直不肯把百宝箱的秘密告诉李甲？在关键时候又为什么不让百宝箱发挥作用，而白白地将它沉入江底？读者对这些问题的探讨和解答正体现了作者的良苦用心，也是读者理解小说内涵的关键。

### （三）“百宝箱”是杜十娘悲剧意蕴的象征

**1.“百宝箱”是金钱的象征，是利益的代表**

鸨儿与杜十娘，三亲四友与李甲，李布政与杜十娘，孙富与李甲，甚至李甲与杜十娘，都是建立在金钱和利益之上的。这也正是杜十娘积攒“百宝箱”的原因，她幻想利用“百宝箱”来换取李甲的爱情。

**2.“百宝箱”是杜十娘价值的象征，希望的寄托**

杜十娘苦心积攒“百宝箱”，希望用“百宝箱”来证明自己的价值，用“百宝箱”来换取真正的爱情。在选择李甲托付终生之时，杜十娘又一直不肯把“百宝箱”的秘密告诉李甲。但是，杜十娘太天真了，在利欲熏心的社会里，在充满铜臭的人与人的关系中，她的希望是注定要破灭的，她的悲剧是注定要发生的。

**3.“百宝箱”是社会和人性激烈冲突的象征**

杜十娘生活的环境，是一个封建礼教占统治地位，同时又交织着利害关系的社会。杜十娘沉下江去的不是“百宝箱”，是人性、是道义、是良知、是人心，是杜十娘悲剧产生的真正原因，因为当时的社会容不下这些东西，杜十娘始终没能躲开礼教的罗网，成为一个金钱和利益的牺牲品。可悲的杜十娘，可叹的一曲社会和人性的双重悲歌。

## 名　作

### 狂人日记

鲁迅

某君昆仲，今隐其名，皆余昔日在中学校时良友；分隔多年，消息渐阙。日前偶闻其一大病；适归故乡，迂道往访，则仅晤一人，言病者其弟也。劳君远道来视，然已早愈，赴某地候补[①]矣。因大笑，出示日记二册，谓可见当日病状，不妨献诸旧友。持归阅一过，知所患盖"迫害狂"之类。语颇错杂无伦次，又多荒唐之言；亦不著月日，惟墨色字体不一，知非一时所书。间亦有略具联络者，今撮录一篇，以供医家研究。记中语误，一字不易；惟人名虽皆村人，不为世间所知，无关大体，然亦悉易去。至于书名，则本人愈后所题，不复改也。七年四月二日识。

一

今天晚上，很好的月光。

我不见他，已是三十多年；今天见了，精神分外爽快。才知道以前的三十多年，全是发昏；然而须十分小心。不然，那赵家的狗，何以看我两眼呢？

我怕得有理。

二

今天全没月光，我知道不妙。早上小心出门，赵贵翁的眼色便怪：似乎怕我，似乎想害我。还有七八个人，交头接耳的议论我，又怕我看见。一路上的人，都是如此。其中最凶的一个人，张着嘴，对我笑了一笑；我便从头直冷到脚跟，晓得他们布置，都已妥当了。

我可不怕，仍旧走我的路。前面一伙小孩子，也在那里议论我；眼色也同赵贵翁一样，脸色也都铁青。我想我同小孩子有什么仇，他也这样。忍不住大声说，"你告诉我！"他们可就跑了。

我想：我同赵贵翁有什么仇，同路上的人又有什么仇；只有廿年以前，把古久先生的陈年流水簿子[②]，踹了一脚，古久先生很不高兴。赵贵翁虽然不认识他，一定也听到风声，代抱不平；约定路上的人，同我作冤对。但是小孩子呢？那时候，他们还没有出世，何以今天也睁着怪眼睛，似乎怕我，似乎想害我。这真教我怕，教我纳罕[③]而且伤心。

我明白了。这是他们娘老子教的！

三

晚上总是睡不着。凡事须得研究，才会明白。

他们——也有给知县打枷过的，也有给绅士掌过嘴的，也有衙役占了他妻子的，也有老子娘被债主逼死的；他们那时候的脸色，全没有昨天这么怕，也没有这么凶。

最奇怪的是昨天街上的那个女人，打他儿子，嘴里说道，"老子呀！我要咬你几口才出气！"他眼睛却看着我。我出了一惊，遮掩不住；那青面獠牙的一伙人，便都哄笑起来。陈老五赶上前，硬把我拖回家中了。

拖我回家，家里的人都装作不认识我；他们的眼色，也全同别人一样。进了书房，便反扣上门，宛然是关了一只鸡鸭。这一件事，越教我猜不出底细。

前几天，狼子村的佃户来告荒，对我大哥说，他们村里的一个大恶人，给大家打死了；几个人便挖出他的心肝来，用油煎炒了吃，可以壮壮胆子。我插了一句嘴，佃户和大哥便都看我几眼。今天才晓得他们的眼光，全同外面的那伙人一模一样。

想起来，我从顶上直冷到脚跟。

他们会吃人，就未必不会吃我。

你看那女人"咬你几口"的话，和一伙青面獠牙人的笑，和前天佃户的话，明明是暗号。我看出他话中全是毒，笑中全是刀。他们的牙齿，全是白厉厉的排着，这就是吃人的家伙。

照我自己想，虽然不是恶人，自从踹了古家的簿子，可就难说了。他们似乎别有心思，我全猜不出。况且他们一翻脸，便说人是恶人。我还记得大哥教我做论，无论怎样好人，翻他几句，他便打上几个圈；原谅坏人几句，他便说"翻天妙手，与众不同"。我那里猜得到他们的心思，究竟怎样；况且是要吃的时候。

凡事总须研究，才会明白。古来时常吃人，我也还记得，可是不甚清楚。我翻开历史一查，这历史没有年代，歪歪斜斜的每叶上都写着"仁义道德"几个字。我横竖睡不着，仔细看了半夜，才从字缝里看出字来，满本都写着两个字是"吃人"！

书上写着这许多字，佃户说了这许多话，却都笑吟吟的睁着怪眼睛看我。

我也是人，他们想要吃我了！

四

早上，我静坐了一会。陈老五送进饭来，一碗菜，一碗蒸鱼；这鱼的眼睛，白而且硬，张着嘴，同那一伙想吃人的人一样。吃了几筷，滑溜溜的不知是鱼是人，便把他兜肚连肠的吐出。

我说，"老五，对大哥说，我闷得慌，想到园里走走。"老五不答应，走了，停一会，可就来开了门。

我也不动，研究他们如何摆布我；知道他们一定不肯放松。果然！我大哥引了一个老头子，慢慢走来；他满眼凶光，怕我看出，只是低头向着地，从眼镜横边暗暗看我。大哥说，"今天你仿佛很好。"我说"是的。"大哥说，"今天请何先生来，给你诊一诊。"我说"可以！"其实我岂不知道这老头子是刽子手扮的！无非借了看脉这名目，揣一揣肥瘠：因这功劳，也分一片肉吃。我也不怕；虽然不吃人，胆子却比他们还壮。伸出两个拳头，看他如何下手。老头子坐着，闭了眼睛，摸了好一会，呆了好一会；便张开他鬼眼睛说，"不要乱想。静静的养几天，就好了。"

不要乱想，静静的养！养肥了，他们是自然可以多吃；我有什么好处，怎么会"好了"？他们这群人，又想吃人，又是鬼鬼祟祟，想法子遮掩，不敢直捷下手，真要令我笑死。我忍不住，便放声大笑起来，十分快活。自己晓得这笑声里面，有的是义勇和正气。老头子和大哥，都失了色，被我这勇气正气镇压住了。

但是我有勇气，他们便越想吃我，沾光一点这勇气。老头子跨出门，走不多远，便低声对大哥说道，"赶紧吃罢！"大哥点点头。原来也有你！这一件大发见，虽似意外，也在意中：合伙吃我的人，便是我的哥哥！

吃人的是我哥哥！

我是吃人的人的兄弟！

我自己被人吃了，可仍然是吃人的人的兄弟！

五

这几天是退一步想：假使那老头子不是刽子手扮的，真是医生，也仍然是吃人的人。他们的祖师李时珍做的“本草什么[4]”上，明明写着人肉可以煎吃；他还能说自己不吃人么？

至于我家大哥，也毫不冤枉他。他对我讲书的时候，亲口说过可以“易子而食[5]”；又一回偶然议论起一个不好的人，他便说不但该杀，还当“食肉寝皮[6]”。我那时年纪还小，心跳了好半天。前天狼子村佃户来说吃心肝的事，他也毫不奇怪，不住的点头。可见心思是同从前一样狠。既然可以“易子而食”，便什么都易得，什么人都吃得。我从前单听他讲道理，也胡涂过去；现在晓得他讲道理的时候，不但唇边还抹着人油，而且心里满装着吃人的意思。

六

黑漆漆的，不知是日是夜。赵家的狗又叫起来了。

狮子似的凶心，兔子的怯弱，狐狸的狡猾，……

七

我晓得他们的方法，直捷杀了，是不肯的，而且也不敢，怕有祸祟。所以他们大家连络，布满了罗网，逼我自戕。试看前几天街上男女的样子，和这几天我大哥的作为，便足可悟出八九分了。最好是解下腰带，挂在梁上，自己紧紧勒死；他们没有杀人的罪名，又偿了心愿，自然都欢天喜地的发出一种呜呜咽咽的笑声。否则惊吓忧愁死了，虽则略瘦，也还可以首肯几下。

他们是只会吃死肉的！——记得什么书上说，有一种东西，叫“海乙那[7]”的，眼光和样子都很难看；时常吃死肉，连极大的骨头，都细细嚼烂，咽下肚子去，想起来也教人害怕。“海乙那”是狼的亲眷，狼是狗的本家。前天赵家的狗，看我几眼，可见他也同谋，早已接洽。老头子眼看着地，岂能瞒得我过。

最可怜的是我的大哥，他也是人，何以毫不害怕；而且合伙吃我呢？还是历来惯了，不以为非呢？还是丧了良心，明知故犯呢？

我诅咒吃人的人，先从他起头；要劝转吃人的人，也先从他下手。

八

其实这种道理，到了现在，他们也该早已懂得，……

忽然来了一个人；年纪不过二十左右，相貌是不很看得清楚，满面笑容，对了我点头，他的笑也不像真笑。我便问他，“吃人的事，对么？”他仍然笑着说，“不是荒年，怎么会吃人。”我立刻就晓得，他也是一伙，喜欢吃人的；便自勇气百倍，偏要问他。

“对么？”

“这等事问他什么。你真会……说笑话。……今天天气很好。”

天气是好，月色也很亮了。可是我要问你，“对么？”

他不以为然了。含含胡胡的答道，“不……”

“不对？他们何以竟吃？!”

“没有的事……”

“没有的事？狼子村现吃；还有书上都写着，通红斩新！”

他便变了脸，铁一般青。睁着眼说，“有许有的，这是从来如此……”

“从来如此，便对么？”

“我不同你讲这些道理；总之你不该说，你说便是你错！”

我直跳起来，张开眼，这人便不见了。全身出了一大片汗。他的年纪，比我大哥小得远，居然也是一伙；这一定是他娘老子先教的。还怕已经教给他儿子了；所以连小孩子，也都恶狠狠的看我。

九

自己想吃人，又怕被别人吃了，都用着疑心极深的眼光，面面相觑。……

去了这心思，放心做事走路吃饭睡觉，何等舒服。这只是一条门槛，一个关头。他们可是父子兄弟夫妇朋友师生仇敌和各不相识的人，都结成一伙，互相劝勉，互相牵掣，死也不肯跨过这一步。

十

大清早，去寻我大哥；他立在堂门外看天，我便走到他背后，拦住门，格外沉静，格外和气的对他说，

“大哥，我有话告诉你。”

“你说就是，”他赶紧回过脸来，点点头。

“我只有几句话，可是说不出来。大哥，大约当初野蛮的人，都吃过一点人。后来因为心思不同，有的不吃人了，一味要好，便变了人，变了真的人。有的却还吃，——也同虫子一样，有的变了鱼鸟猴子，一直变到人。有的不要好，至今还是虫子。这吃人的人比不吃人的人，何等惭愧。怕比虫子的惭愧猴子，还差得很远很远。”

“易牙[8]蒸了他儿子，给桀纣吃，还是一直从前的事。谁晓得从盘古开辟天地以后，一直吃到易牙的儿子；从易牙的儿子，一直吃到徐锡林[9]；从徐锡林，又一直吃到狼子村捉住的人。去年城里杀了犯人，还有一个生痨病的人，用馒头蘸血舐。

他们要吃我，你一个人，原也无法可想；然而又何必去入伙。吃人的人，什么事做不出；他们会吃我，也会吃你，一伙里面，也会自吃。但只要转一步，只要立刻改了，也就人人太平。虽然从来如此，我们今天也可以格外要好，说是不能！大哥，我相信你能说，前天佃户要减租，你说过不能。”

当初，他还只是冷笑，随后眼光便凶狠起来，一到说破他们的隐情，那就满脸都变成青色了。大门外立着一伙人，赵贵翁和他的狗，也在里面，都探头探脑的挨进来。有的是看不出面貌，似乎用布蒙着；有的是仍旧青面獠牙，抿着嘴笑。我认识他们是一伙，都是吃人的人。可是也晓得他们心思很不一样，一种是以为从来如此，应该吃的；一种是知道不该吃，可是仍然要吃，又怕别人说破他，所以听了我的话，越发气愤不过，可是抿着嘴冷笑。

这时候，大哥也忽然显出凶相，高声喝道，

“都出去！疯子有什么好看！”

这时候，我又懂得一件他们的巧妙了。他们岂但不肯改，而且早已布置；预备下一个疯子的名目罩上我。将来吃了，不但太平无事，怕还会有人见情。佃户说的大家吃了一个恶人，正是这方法。这是他们的老谱！

陈老五也气愤愤的直走进来。如何按得住我的口，我偏要对这伙人说，

"你们可以改了，从真心改起！要晓得将来容不得吃人的人，活在世上。

你们要不改，自己也会吃尽。即使生得多，也会给真的人除灭了，同猎人打完狼子一样！——同虫子一样！"

那一伙人，都被陈老五赶走了。大哥也不知那里去了。陈老五劝我回屋子里去。屋里面全是黑沉沉的。横梁和椽子都在头上发抖；抖了一会，就大起来，堆在我身上。

万分沉重，动弹不得；他的意思是要我死。我晓得他的沉重是假的，便挣扎出来，出了一身汗。可是偏要说，

"你们立刻改了，从真心改起！你们要晓得将来是容不得吃人的人，……"

## 十一

太阳也不出，门也不开，日日是两顿饭。

我捏起筷子，便想起我大哥；晓得妹子死掉的缘故，也全在他。那时我妹子才五岁，可爱可怜的样子，还在眼前。母亲哭个不住，他却劝母亲不要哭；大约因为自己吃了，哭起来不免有点过意不去。如果还能过意不去，……

妹子是被大哥吃了，母亲知道没有，我可不得而知。

母亲想也知道；不过哭的时候，却并没有说明，大约也以为应当的了。记得我四五岁时，坐在堂前乘凉，大哥说爷娘生病，做儿子的须割下一片肉来，煮熟了请他吃[10]，才算好人；母亲也没有说不行。一片吃得，整个的自然也吃得。但是那天的哭法，现在想起来，实在还教人伤心，这真是奇极的事！

## 十二

不能想了。

四千年来时时吃人的地方，今天才明白，我也在其中混了多年；大哥正管着家务，妹子恰恰死了，他未必不和在饭菜里，暗暗给我们吃。

我未必无意之中，不吃了我妹子的几片肉，现在也轮到我自己，……

有了四千年吃人履历的我，当初虽然不知道，现在明白，难见真的人！

## 十三

没有吃过人的孩子，或者还有？

救救孩子……

## 注　释

① 候补：清代官制，只有官衔而没有实际职务的中下级官员，由吏部抽签分发到某部或某省，听候委用，称为候补。

② 古久先生的陈年流水簿子：这里比喻我国封建统治的长久历史。

③ 纳罕：诧异，惊奇。

④ 本草什么：指明代李时珍的药物学著作《本草纲目》。该书曾经提到唐代陈藏器《本草拾

遗》中以人肉医治痨病的记载，并表示了异议。这里说李时珍的书“明明写着人肉可以煎吃”，当是“狂人”的“记中语误”。

⑤ 易子而食：语出《左传》宣公十五年，是宋将华元对楚将子反叙说宋国都城被楚军围困时的惨状，“敝邑易子而食，析骸而爨”。

⑥ 食肉寝皮：语出《左传》襄公二十一年，晋国州绰对齐庄公说的“然二子者，譬于禽兽，臣食其肉而寝处其皮矣。”“二子”指齐国的殖绰和郭最，他们曾被州绰俘虏过。

⑦ 海乙那：英语“Hyena”的音译，即鬣狗（又名土狼），一种食肉兽，常跟在狮虎等猛兽之后，以它们吃剩的兽类的残尸为食。

⑧ 易牙：春秋时齐国人，善于调味。《管子·小称》中有“夫易牙以调和事公（按指齐桓公），公曰‘惟蒸婴儿之未尝’，于是蒸其首子而献之公。”桀、纣各为我国夏朝和商朝的最后一代君主，易牙和他们不是同时代人。这里说的“易牙蒸了他儿子，给桀纣吃”，也是“狂人”“语颇错杂无伦次”的表现。

⑨ 徐锡林：隐指徐锡麟（1873—1907），字伯荪，浙江绍兴人，清末革命团体光复会的重要成员。1907年与秋瑾准备在浙、皖两省同时起义，7月6日，他以安徽巡警处会办兼巡警学堂监督身份为掩护，乘学堂举行毕业典礼之机刺死安徽巡抚恩铭，率领学生攻占军械局，弹尽被捕，当日惨遭杀害，心肝被恩铭的卫队挖出炒食。

⑩ 大哥说……煮熟了请他吃：指“割股疗亲”。割取自己的股肉煎药，以医治父母的重病。来自《宋史·选举志一》中“上以孝取人，则勇者割股，怯者庐墓。”

## 作者简介

鲁迅（1881—1936），浙江绍兴人，原名周树人，字豫山，后改字豫才。中国著名文学家、思想家、革命家、民主战士，中国现代文学的奠基人之一。鲁迅在1918年5月，首次以“鲁迅”作笔名，发表了中国文学史上第一篇白话小说《狂人日记》。他的著作以小说、杂文为主，代表作有小说集《呐喊》《彷徨》《故事新编》（《阿Q正传》等皆收于《呐喊》中）；散文集《朝花夕拾》（原名《旧事重提》）；散文诗集、杂文集《野草》《坟》《热风》《华盖集》《华盖集续编》等。

## 作品赏析

本文是中国现代小说的开山之作。作品发表伊始，就以其新颖独特的形式、大胆深刻的思想给人们强烈的震撼，宣告了中国一个崭新的文学纪元的开始。

作者对封建社会“吃人”本质的深刻洞察，是以一个被人视为精神病患者的“狂人”的视角来揭示的。因此，小说叙事思维跳跃，语言充满象征意味。

《狂人日记》中的主人公狂人，是作为中国现代小说史上第一个反叛者出现的，其中不无鲁迅自身的战斗光泽：“有时候仍不免呐喊几声，聊以慰藉那在寂寞里奔驰的猛士，使他不惮于前驱”。狂人首先是猛士，他在反封建的斗争中，充满着义勇和正气，其力量来源于对封建制度的深刻认识。鲁迅所处的时代是思想启蒙的时代，同时也是思想意识开始觉醒的时代，对于这种觉醒，还需进行一场血与肉的搏斗，狂人这样做了，“从来如此，便对么”？觉醒者的狂人发出了这样的诘问，正是对几千年封建文化及其代表势力的怀疑与否定，狂人执着、勇猛，看穿一切，“我翻开历史一查，这历史没有年代，歪歪斜斜的每叶上都写着‘仁义道德’几个字。我横竖睡不着，仔细看了半夜，才从字缝里看出字来，满本都写着两个字是‘吃人’!”作者用“吃人”两个字对封建制度作了简明直接的概括和深入骨髓的揭露和批判。他对旧制度的这种纵横睥睨、通贯历史的深刻剖析，相当彻底地揭穿了封建制度与封建礼教的反动本质。《狂人日记》的价值在于以“狂人”特有的心理躁动，深刻地揭示出觉醒者向封建文化的宣战，亦即“表现的深刻”。狂人虽然已经觉醒了，对于觉醒后该怎样，他却仍然很迷茫，但他那种反封建的勇猛与执着以及坚定的信念无疑为知识分子起了表率作用，是值得提倡的，这也正是鲁迅的目的所在。

## 名　作

### 变形记（节选）

［奥地利］卡夫卡

“萨姆沙先生!”当中的那个房客向格里高尔的父亲喊道，一面不多说一句话地指着正在慢慢往前爬的格里高尔。小提琴声戛然而止，当中的那个房客先是摇着头对他的朋友笑了笑，接着又瞧起格里高尔。父亲并没有来赶格里高尔，却认为更要紧的是安慰房客，虽然他们根本没有激动，而且显然觉得格里高尔比小提琴演奏更为有趣。他急忙向他们走去，张开胳膊，想劝他们回到自己房间去，同时也是挡住他们，不让他们看见格里高尔。他们现在倒真的有点儿恼火了，也说不上来到底是因为老人的行为呢还是因为他们如今才发现住在他们隔壁的竟是格里高尔这样的邻居。他们要求父亲解释清楚，也跟他一样挥动着胳膊，不安地拉着自己的胡子，万般不情愿地向自己的房间退去。格里高尔的妹妹从演奏给突然打断后就呆若木鸡，她拿了小提琴和弓垂着手不安地站着，眼睛瞪着乐谱，这时也清醒了过来。她立刻打起精神，把小提琴往坐在椅子上喘得透不过气来的母亲的怀里一塞，就冲进了房客们的房间，这时，父亲像赶羊似的把他们赶得更急了。可以看见被褥和枕头在她熟练的手底下在床上飞来飞去，不一会儿就铺得整整齐齐。三个房客尚未进门她就铺好了床溜出来了。老人好像又一次让自己的犟脾气占了上风，竟完全忘了对房客应该尊敬。他不断地赶他们，最后来到卧室门口，那个当中的房客都用脚重重地顿地板了，这才使他停下来。那个房客举起一只手，一边也对格里高尔的母亲和妹妹扫了一眼，他说：“我要求宣布，由于这个住所和这家人家的可憎的状况，”——说到这里他斩钉截铁地往地板上啐了一口——“我当场通知退租。我住进来这些天的房钱当然一个也不给；不但如此，我还打算向你提出对你不利的控告，所依据的理由——请你放心好了——也是证据确凿的。”他停了下来，瞪着前面，仿佛在等待什么似的。这时，他的两个朋友也就立刻冲上来助威，说道：“我们也当场通知退租。”说完为首的那个就抓住把手砰的一声带上了门。

格里高尔的父亲用双手摸索着踉踉跄跄地往前走了几步，跌进了他的椅子；看上去仿佛打算摊开身子像平时晚间那样打个瞌睡，可是他的头分明在颤抖，好像自己也控制不了，这证明他根本没有睡着。在这些事情发生前后，格里高尔还是一直安静地待在房客发现他的原处。计划失败带来的失望，也许还有极度饥饿造成的衰弱，使他无法动弹。他很害怕，心里算准这样极度紧张的局势随时都会导致对他发起总攻击，于是他就躺在那儿等待着。就连听到小提琴从母亲膝上、从颤抖的手指里掉到地上，发出了共鸣的声音，他还是毫无反应。

“亲爱的爸爸妈妈，”妹妹说话了，一面用手在桌子上拍了拍，算是引子，“事情不能再这样拖下去了。你们也许不明白，我可明白。对着这个怪物，我没法开口叫他哥哥，所以我的意思是：我们一定得把它弄走。我们照顾过它，对它也算是仁至义尽了，我想谁也不能责怪我们有半分不是了。”

“她说得对极了。”格里高尔的父亲自言自语地说。母亲依旧因为喘不过气来憋得难受，这时候又一手捂着嘴干咳起来，眼睛里露出疯狂的神色。

他妹妹奔到母亲跟前，抱住了她的头。父亲的头脑似乎因为葛蕾特的话而茫然不知所从了；他直挺挺地坐着，手指抚弄着他那顶放在房客吃过饭还未撤下去的盆碟之间的制帽，还不时看看格里高尔一动不动的身影。

“我们一定要把它弄走，”妹妹又一次明确地对父亲说，因为母亲正咳得厉害，根本连一个字也听不见，“它会把你们拖垮的，我知道准会这样。咱们三个人都已经拼了命工作，再也受不了家里这样的折磨了。至少我是再也无法忍受了。”说到这里她痛哭起来，眼泪都落在母亲脸上，于是她又机械地替母亲把泪水擦干。

“我的孩子”，老人同情地说，心里显然非常明白，“不过我们该怎么办呢？”

格里高尔的妹妹只是耸耸肩膀，表示虽然她刚才很有自信心，可是哭过一场以后，又觉得无可奈何了。

“如果他能懂得我们的意思”，老人重复说，一面闭上眼睛，考虑女儿的反面意见，“我们倒也许可以和他谈妥。不过事实上——”

“他一定得走，”格里高尔的妹妹喊道，“这是唯一的办法，父亲。你们一定要抛开这个念头，认为这就是格里高尔，我们好久以来都这样相信，这就是我们一切不幸的根源。这怎么会是格里高尔呢？如果这是格里高尔，他早就会明白人是不能跟这样的动物一起生活的，他就会自动地走开。这样，我虽然没有了哥哥，可是我们就能生活下去，并且会尊敬地纪念着他。可现在呢，这个东西把我们害得好苦，赶走我们的房客，显然想独霸所有的房间，让我们都睡到沟壑里去。瞧呀，父亲，”她立刻又尖声叫起来，“他又来了！”在格里高尔不能理解的惊慌失措中她竟抛弃了自己的母亲，事实上她还把母亲坐着的椅子往外推了推，仿佛是为了离格里高尔远些，她情愿牺牲母亲似的。接着她又跑到父亲背后，父亲被她的激动弄得不知如何是好，也站了起来张开手臂仿佛要保护她似的。

可是格里高尔根本没有想吓唬任何人，更不要说自己的妹妹了。他只不过是开始转身，好爬回自己的房间去，不过他的动作瞧着一定很可怕，因为在身体不灵活的情况下，他只有昂起头来一次又一次地支着地板，才能完成困难的向后转的动作。他的良好的意图似乎给看出来了，他们的惊慌只是暂时性的。现在他们都阴郁而默不作声地望着他。母亲躺在椅子里，两条腿僵僵地伸直着，并紧在一起，她的眼睛因为疲惫已经几乎全闭上了；父亲和妹妹彼此紧靠地坐着，妹妹的胳膊还围在父亲的脖子上。

也许我现在又有气力转过身去了吧，格里高尔想，又开始使劲起来。他不得不时时停下来喘口气。谁也没有催他；他们完全听任他自己活动。一等他调转了身子，他马上就径直爬回去。房间和他之间的距离使他惊讶不已，他不明白自己身体这么衰弱，刚才是怎么不知不觉地爬过来的。他一心一意地拼命快爬，几乎没有注意家里人连一句话或是一下喊声都没有发出，以免妨碍他的前进。只是在爬到门口时他才扭过头来，也没有完全扭过来。因为他颈部的肌肉越来越发僵了，可是也足以看到谁也没有动，只有妹妹站了起来。他最后的一瞥是落在母亲身上的，她已经完全睡着了。

还不等他完全进入房间，门就给仓促地推上，闩了起来，还上了锁。后面突如其来的响声使他大吃一惊，身子下面那些细小的腿都吓得发软了。这么急急忙忙的是他的妹妹。她早已站起身来等着，而且还轻快地往前跳了几步，格里高尔甚至都没有听见她走近的声音，她拧了拧钥匙把门锁上以后就对父母亲喊道："总算锁上了!"

"现在又该怎么办呢?"格里高尔自言自语地说，向四周围的黑暗扫了一眼。他很快就发现自己已经完全不能动弹了。这并没有使他吃惊，相反，他依靠这些又细又弱的腿爬了这么多路，这倒真是不可思议。其他也没有什么不舒服的地方了。的确，他整个身子都觉得酸疼，不过也好像正在逐渐减轻，以后一定会完全不疼的。他背上的烂苹果和周围发炎的地方都蒙上了柔软的尘土，早就不太难过了。他怀着温柔和爱意想着自己的一家人。他消灭自己的决心比妹妹还强烈呢，只要这件事真能办得到。他陷在这样空虚而安谧的沉思中，一直到钟楼上打响了半夜三点。从窗外的世界透进来的第一道光线又一次地唤醒了他的知觉。接着他的头无力地颓然垂下，他的鼻孔里也呼出了最后一丝摇曳不定的气息。

清晨，老妈子来了——一半因为力气大，一半因为性子急躁，她总把所有的门都弄得乒乒乓乓，也不管别人怎么经常求她声音轻些，别让整个屋子的人在她一来以后就睡不成觉——她照例向格里高尔的房间张望一下，也没发现什么异常之处。她以为他故意一动不动地躺着装模作样；她对他作了种种不同的猜测。她手里正好有一把长柄扫帚，所以就从门口用它来撩格里高尔。这还不起作用，她恼火了，就更使劲地捅，但是只能把他从地板上推开去，却没有遇到任何抵抗，到了这时她才起了疑窦。很快她就明白了事情的真相，于是睁大眼睛，吹了一下口哨，她不多逗留，马上就去拉开萨姆沙夫妇卧室的门，用足气力向黑暗中嚷道："你们快去瞧，它死了；它躺在那踹腿儿了。完全没气儿了!"

萨姆沙先生和太太从双人床上坐起来，呆若木鸡。在弄清楚老妈子说的意思后便镇静了。格里高尔很久不吃东西，父母看到他完全干瘪了。房客来吃早饭，被父亲轰了出去。他们一家三口人到郊外旅行，从来没有这些畅快过。老两口发现女儿已经成长为身材丰满的少女了，他们心里打定主意，要赶快给她找个好女婿。旅行结束时，女儿跳起来，舒展了几下她那充满青春活力的身体。

## 作者简介

弗兰茨·卡夫卡（Franz Kafka，1883－1924），奥地利作家，在西方现代文学中有着特殊的地位。他生前在德语文坛上几乎鲜为人知，但死后其作品却引起了世人广泛的注意，成为美学上、哲学上、宗教和社会观念上激烈争论的焦点，被誉为西方现代主义文学的主要奠基人之一。

论年龄和创作年代，卡夫卡属于表现主义一代，但他并没有完全认同表现主义。他生活在布拉格德语文学的孤岛上，对歌德、克莱斯特、福楼拜、陀思妥耶夫斯基、易卜生、托马斯·曼等名家的作品怀有浓厚的兴趣。在特殊的文学氛围里，卡夫卡不断吸收，不断融合，形成了独特的“卡夫卡风格”。他作品中别具一格甚至捉摸不透的东西就是那深深地蕴含于简单平淡的语言之中的、多层次交织的艺术结构。他的作品大都用变形荒诞的形象和象征直觉的手法，表现被充满敌意的社会环境所包围的孤立、绝望的个人。

## 作品赏析

《变形记》是卡夫卡短篇小说的代表作，历来为评论界所关注，对主人公格里高尔·萨姆沙变形的阐释多如繁星，但多数人只着眼于文本中潜藏着的异化现象，把他塑造成物化世界的牺牲品。然而，“甲虫之谜”却少有人注意，即小说的主人公为何一定要变成甲虫而不是其他呢？小说开篇，主人公就被抛入陌生的异己世界：“一天早晨，格里高尔·萨姆沙从不安的睡梦中醒来，发现自己躺在床上变成了一只巨大的甲虫”。变形作为既定事实被主人公默认，他并没有思考变形的缘由，直至他最后凄凉地死去，作者从未交代或暗示主人公与甲虫的联系。

《变形记》写于1912年11月至12月之间，尽管创作时间不长，但是卡夫卡有关变形为虫的构想由来已久，作者选择甲虫这一意象与其深厚的生活基础密不可分。童年时吃饭的情景让卡夫卡终生难忘，其父经常认为菜没法吃，称之为“饲料”，说那头“牲口”（指女厨师）把它给弄坏了。父亲无意间的一番话，在年幼的卡夫卡心里烙上了人变形为物的最初印象。卡夫卡成年后，曾结识一位叫略韦的朋友，略韦当时是一个意第绪语演出剧团的导演和主要演员，两人情投意合，来往密切。卡夫卡曾多次去看望略韦，甚至邀请略韦来家作客，这使其父极为愤怒，以致其父后来轻蔑地称道“谁同狗一起睡觉，起床时就会惹一身臭虫。”卡夫卡将这件事写进了日后的长信《致父亲》里，“只须我对一个人有一点兴趣（就我的天性而言，这种情况并不多），你就会毫不考虑我的感情、毫不尊重我的评价地对这个人破口大骂、诬蔑、丑化。比如像意第绪语演员略韦这样天真无辜的人就遭到这样的命运。你还从未见过他，就用一种可怕的方式（我已忘了是何种方式）把他同虫相比。”巧合的是，一年后卡夫卡开始了《变形记》的创作，其父所言“起床时惹一身臭虫”的戏谑之语，在《变形记》中呈现为残酷悲凉的现实，主人公格里高尔不是被臭虫所覆盖，而是被虫彻底吞噬乃至化身为虫。

卡夫卡不仅在生活中体验着变形，也将心灵的感受融汇到创作中去。在早期小说《乡村婚事》中他就尝试着描写变形，把主人公拉班变为甲虫。拉班为了逃避不愿去做的事，主动变成一只大甲虫，打发穿着衣服的躯体去完成使命，这是拉班主动的变形，类似于“庄周梦蝶”的故事，“既是一种逃离现实的方式和策略，又是一种理想的追求，一种神秘的精神自由的体验。”而《变形记》中格里高尔却没有如此幸运，他变为甲虫是违背意愿的被迫行为，他不得不变为虫子，这是西方现代社会人普遍异化的必然结果，庄周和拉班的变形是短暂的，格里高尔一旦变为甲虫，就不能回归为人，他变为甲虫是永恒的。

卡夫卡先前的切身体验与创作尝试，为《变形记》的写作提供了可能性的参考。在进一步的构思中，格里高尔变为甲虫的设想，既是卡夫卡的匠心独运，又具有某种必然性。

总之，《变形记》中格里高尔变为甲虫并非卡夫卡的偶然所为，而是与作者的生活经验密切相关。并且，甲虫的形象个性与作者的心理需要最为接近，最好地显示出作者想要表达的人的生活状态与精神状况。所以，卡夫卡对甲虫的选择，并非随性所为，而是有着深刻的创作心理。

## 本章小结

本章先从理论介绍开始，为读者构建小说欣赏的认知基础，梳理了小说的起源、发展、要素、特点及分类，接着介绍了小说欣赏的要领，最后通过典型作品剖析，引导读者运用理论，实现从知识理解到欣赏能力的进阶。

## 能力训练

一、名词解释

1. 小说
2. 小说三要素
3. 长篇小说
4. 环境描写

二、简答题

1. 请简要叙述小说的分类。
2. 对小说的欣赏是从哪几个角度进行的?
3. 说说你眼中的林黛玉。
4. 杜十娘的悲剧是谁造成的?
5. 分析《狂人日记》中“狂人”的形象。

三、论述题

你是如何看待《变形记》的?

# 第五章 戏剧欣赏

## 本章导读

戏剧是一种供人在剧院欣赏的艺术。在戏剧表演的整个过程当中，为戏剧表演提供“脚本”的戏剧文学是戏剧表演的基础，业界更是有“剧本剧本，一剧之本”的说法，戏剧文学的重要地位由此可略见一斑。因此，认识戏剧文学以及它独特的审美价值就势在必然。

## 学习目标

1. 了解戏剧的起源、形态和种类。
2. 掌握什么是戏剧以及它的本质和特征。
3. 培养欣赏戏剧的能力，认识戏剧的独特魅力。

# 第一节 戏剧概述



## 一、戏剧的含义

**1. 戏剧**

戏剧，指以语言、动作、舞蹈、音乐、木偶等形式达到叙事目的的舞台表演艺术。戏剧作为一种综合艺术，具体来说，它又有两种含义：狭义上专指以古希腊悲剧和喜剧为开端，首先在欧洲各国发展起来继而在世界广泛流行的舞台演出形式，英文为“drama”，中国称为“话剧”；广义上还包括东方一些国家、民族的传统舞台演出形式，如中国的戏曲、日本的歌伎舞、印度的古典戏剧、朝鲜的唱剧等。

**2. 戏剧文学**

文学上的戏剧概念是指为戏剧表演所创作的脚本，亦即剧本。剧本是一出戏剧的基本要素，是一台戏的先决条件。

剧本最重要的是能够被搬上舞台表演。戏剧文本的完成不算是艺术的完成，直到在舞台上演出之后（即“演出文本”）才是艺术的最终呈现。历代文人中也有人创作过不适合舞台演出，甚至根本不能演出的剧本，这类戏剧文本被称为“案头戏”，也叫“书斋剧”（比较著名的如王尔德的诗剧《莎乐美》）。戏剧的文学文本在不演出的状态下，可以作为单独的文学样式欣赏。

戏剧作为一种通过舞台演出而诉诸观众感官的艺术形式，其中心是演员的表演。因此，它又被称为“舞台艺术”或“演员艺术”。围绕着演员的表演，戏剧包含文学因素（如剧本）、音乐因素（如音乐伴奏、音响效果，戏曲、歌剧中的唱腔）、美术因素（如布景、灯光、舞台设计）、舞蹈因素（如演员的动作、姿态）等多种因素，是一种综合艺术。在戏剧作品中，人物与人物之间，由于所追求的目的不同而展开的矛盾斗争叫戏剧冲突。戏剧作品总是由一个冲突的提出、发展和解决而最终完成的。戏剧冲突的成功与否是戏剧成败的关键，所谓“戏剧性”正是由于戏剧冲突解决得独特、新颖、有丰富内涵而形成的。受演出时间、空间和观众的限制，戏剧的矛盾冲突应当更集中、更简练、更尖锐地反映现实生活中的矛盾冲突。

扫一扫

戏剧的本质

## 二、戏剧的本质

公元前 4 世纪，亚里士多德在《诗学》中已经表达了对戏剧本质的认识。他认为一切艺术都是模仿，戏剧是对各种生物的行动的模仿。两个世纪以后，印度的第一部戏剧理论著作《舞论》也指明：“戏剧就是模仿。”19 世纪以后，对戏剧本质的研讨众说纷纭，这其中主要有观众说，冲突说，激变说，情境、实验室说，等等。

### （一）观众说

观众说认为观众是戏剧的必要条件，也是戏剧的本质所在。法国戏剧理论家萨赛是这种观点的代表，他认为不管是什么样的戏剧作品，都是为了给观众看的。“没有观众，就没有戏剧”，因而，戏剧的一切都必须与观众的欣赏相适应。

### （二）冲突说

持冲突说的学者以法国戏剧理论家布伦退尔为代表。19 世纪末，布伦退尔指出，舞台乃是人的自觉意志发挥的场所，人物的自觉意志的发挥必定会遇到阻碍，主体为克服阻碍就要与之斗争，这就构成“意志冲突”，戏剧的本质就在于此。美国戏剧理论家劳森则把戏剧的本质归之为“自觉意志在其中发挥作用的社会性冲突”。他认为由于戏剧是处理社会关系的，而人的自觉意志又必须受社会必然性的制约，因而，真正的戏剧性冲突必须是社会性冲突。这种观念可以用一句话来表述，即“没有冲突就没有戏剧”。

### （三）激变说

英国戏剧理论家阿契尔是激变说的代表学者，他否定了布伦退尔的冲突说，把小说与戏剧相比较，提出小说是“渐变”的艺术，而戏剧是“激变”的艺术，戏剧所处理的是人的命运和环境的一次激变，这就是戏剧本质的所在。

### （四）情境说和实验室说

早在 18 世纪，法国哲学家狄德罗就曾把“情境”看作是戏剧作品的基础。黑格尔在谈到戏剧的特性时，也曾把“情境”与“冲突”联系在一起，并强调“情境”的本体意义。存在主义哲学家、剧作家萨特把自己的剧本称为“情境剧”，并把戏剧的对象说成是人在情境中的选择行为。布莱希特则把戏剧看作是一种科学的方法，他认为剧院乃是检验人类在特定情境中行为的实验室。这种观念也从一个特定的角度界定了戏剧的本质。

## 三、戏剧的特征

戏剧是与小说、诗歌、散文并列的一种文学体裁，具有舞台性和戏剧性。

### （一）舞台性

剧本的写作完全受到舞台艺术规律的制约。由于舞台一般只有几十平方米，演出的时间有所限制，因此要求剧本中的人物、场面、时间必须高度集中。像老舍的《茶馆》，尽管它的时间跨度很大，故事从1898年戊戌变法写到1948年，但全剧只有三幕一景，一个地点。全部演出时间只有两个半小时，很好地体现了戏剧舞台性的要求。

### （二）戏剧性

没有冲突，就没有戏剧。所谓戏剧性，就是矛盾和冲突。它要求在有限的舞台空间和时间内，通过人物与人物之间的各种矛盾和冲突，来开展情节，刻画人物，推动剧情的发展，揭示社会生活的本质。著名剧作家曹禺的《雷雨》，就是由于全剧交织着周朴园、鲁贵两家七个人物之间的紧张激烈、复杂深刻的矛盾冲突，才收获了如此震撼人心的艺术效果。

为了适应舞台演出的需要，戏剧文学不能有作者直接叙述的语言，只能有剧中人物的语言，如独白、对话、唱词等。剧本的情节、人物性格，也都要靠人物的对话和行动来交代和表现，所以戏剧语言的特点，就比小说等其他文学体裁的语言更具口语化、性格化和动作化。

## 四、戏剧的起源

关于戏剧的起源，有以下几种说法。

### （一）歌舞说

歌舞说又可分为以下两种。

#### 1. 宫廷乐舞说

清代纳兰性德《渌水亭杂识》云："梁时大云之乐，作一老翁演述西域神仙变化之事，优伶实始于此。"刘师培在《原戏》中根据古代乐舞多有装扮人物之事实，认为"戏曲者，导源于古代乐舞者也……则固与后世戏曲相近者也。"常任侠在《中国原始的音乐舞蹈与戏剧》中，较为系统地考察了原始音乐舞蹈的戏剧因素后认为"原始社会中的简单的音乐舞蹈，便是后来做成完美戏剧的前躯"。周贻白在《中国戏剧史长编》中将中国戏剧的最早源头溯至"周秦的乐舞"。

#### 2. 上古歌舞说

张庚、郭汉城主编的《中国戏曲通史》中提道："中国戏曲的起源可以上溯到原始时代的歌舞。"我们知道一切艺术都起源于劳动，中国的歌舞也不例外。《书经·舜典》上说："予击石附石，百兽率舞。"所谓百兽率舞，并不是像后来的儒家所神秘化的那样，是说在圣人当世时连百兽都来朝拜舞蹈了，那时连鼓也没有，这种舞是用石相击或用手击石来打出节奏，可见是很原始的。到后来才有了鼓，即所谓"鼓之舞之"。这种舞可能是出去打猎前的一种原始宗教仪式，也可能是打猎回来之后的一种庆祝仪式，《吕氏春·古乐》篇中说："帝尧立，乃命质为乐，质乃效山林溪谷之音以歌，乃以麋革置缶而鼓之，乃拊石击石以像上帝玉磬之音，以致舞百兽。"这是战国时代关于古代乐舞的一种传说。《书经·舜典》中有命夔"典乐教胄子"的记载。"胄子"的注解是贵族子弟，但原始社会没有贵族，恐怕就是年轻武士了，用乐舞去教年轻武士，它的内容就是原始人狩猎动作的模仿。既然是模仿劳动的动作，这也就可以说是最原始的表演了。原始的舞蹈总是和歌相伴的，他们决不是闷声不响地跳，而是一面跳一面欢呼歌唱。《吕氏春秋·古乐》篇中还说："葛天氏之乐，三人操牛尾。投足而歌八阕。"略可想见当时的情形。

**3. 西域歌舞说**

陈村、霍旭初在《论西域歌舞戏》中指出：汉唐间，随着东西方交通之开拓、经济文化交流之频繁，西域文化艺术的一支——歌舞戏，逐步传入中原，成为我国戏剧的重要源流之一。无论是汉代的百戏，还是唐代的乐舞，西域成分都占相当比重，尤其在唐代，戏剧的因素渗入乐舞之中，西域歌舞戏与中原传统戏剧的融合，不仅出现了唐代兴盛的歌舞戏品种，并对后世的戏剧有十分深远的影响。

## （二）巫觋说

我国周代盛行的蜡祭，是祭祀仪式中颇具戏剧性的一种。此说较早见于宋人苏轼《东坡林志》（卷二）："八蜡，三代之戏礼也，岁终聚戏，此人情之所不免也，因附以礼仪，亦曰不徒戏而已，祭必有尸，无尸曰'奠'……今蜡谓之'祭'盖有尸也，猫、虎之尸，谁当为之？置鹿与女，谁当为之？非倡优而谁？'葛带榛杖'，以丧老物；'黄冠''草笠'以尊野服，皆戏之道也。"杨慎、王国维、闻一多等也都持此观点。

明人杨慎在《升庵集》（卷四十四）中针对楚辞之《九歌》谓："女乐之兴，本由巫觋……观楚辞《九歌》所言巫以悦神，其衣被情态与今倡优何异！"王国维在《宋元戏曲考》中提出："歌舞之兴，其始于古之巫乎？巫之兴也，盖在上古之世。《楚语》：'古者民神不杂，民之精爽不携贰者，而又能齐肃衷正……如此，则明神降之。在男曰觋，在女曰巫，及少皋之衰，九黎乱德，明神杂糅，不可方物。夫人作享，家为巫史'。巫之事神，必用歌舞。"他认为古代的巫觋是以歌舞娱乐鬼神为职业的，同时，古代祭祀鬼神要用人来装扮成"灵保"或"尸"作为神鬼所凭依的实体，装扮成"灵保"的即为巫，他断定"群巫之中，必有象神之衣服形貌动作者。"这一做法就是"后世戏剧之萌芽"。由此王国维认为"后世戏剧，当自巫、优二者出"。

闻一多在《什么是九歌》中认为："严格地讲，二千年前《楚辞》时代的人们对《九歌》的态度，并没有什么差别，同是欣赏艺术，所差的是，他们是在祭坛前观剧——一种雏形的歌舞剧。我们则只能从纸上欣赏剧中的歌辞罢了。"他还将《九歌》"悬解"为一部大型歌舞剧。董康《曲海总目提要·序》："戏曲肇自古代之乡傩"，傩是古代的一种驱鬼逐疫的仪式，特别是在每年除夕时最为盛大，舞蹈者都戴着面具。

## （三）俳优说

张庚、郭汉城在《中国戏曲通史》中指出，西周末年出现了被贵族豢养起来，专供他们声色之娱的职业艺人"优"，有时也称为"倡优"或"俳优"。"优"都是由男子充任的。据说，夏桀时代就有了倡优。刘向《古列女传·孽嬖传·夏桀末喜》中记载："桀……收倡优侏儒狎徒能为奇伟戏者，聚之于旁，造烂漫之乐。"关于优的记载，最初见于《国语·郑语》史伯对郑桓公说周幽王"侏儒、戚施实御在侧"，韦昭说："侏儒、戚施皆优笑之人，可见就是当时的俳优。春秋时代，优孟扮为孙叔敖而与楚庄王相问答一事，向来被认为是中国戏剧的开端。"宋人高承《事物纪原·俳优》引《列女传》说："夏桀既弃礼仪，求倡优侏儒，而为奇伟之戏。"清人焦循亦持此说："优之为伎也，善肖人之形容，动人之欢笑，与今无异耳"。王国维《宋元戏曲考》除认为"巫"为戏剧之源头之外，还认为"巫以乐神，优以乐人，巫以歌舞为主，优以调谑为主，巫以女为之，而优以男为之。至若优孟之为孙叔敖衣冠，而楚王欲以为相，优施一舞，而孔子谓其笑君，则于言语之外，其调戏亦以动作行之，与后世之优颇复相类。”由此推出，“后世之戏剧，当自巫、优二者出”的结论。

### （四）傀儡说

此说见于孙楷弟《傀儡戏考源》，他将傀儡戏的源头溯至西周傩礼中方相氏所佩戴的“黄金四目”面具，因为方相氏是用真人来扮饰，而丧家出殡时都用方相氏先柩开路，因此联系到《旧唐书·音乐志》所载“窟垒子”：“作偶人以戏，善歌舞，本丧家乐也，汉末始用于嘉会”等语，乃认定傀儡戏当即由方相氏的驱疫蜕变而来。但因方相氏系用真人扮饰，于是悬断“当代傀儡戏有二派：一以真人扮饰，一以假人扮演，二者性质不同，而皆谓之傀儡。”书中还说“余此文所论，以宋之傀儡戏、影戏为主，以为宋元以来戏文杂剧所从出，乃至后世一切大戏，皆源于此”。

此外，对于戏剧的起源，还有“外来说”“民间说”“文学说”等，无论这些观点是否有失偏颇，但都从各自的视角对中国古代戏剧成形前的孕育状态予以阐释。“百戏摇蓝说”“综合而成说”则认为中国戏剧是综合和吸收了各种艺术的长处和特性，并不断演进和发展起来的。

## 五、戏剧的形态

在古代希腊，艺术被划分为音乐、绘画、雕塑、建筑与诗，戏剧被划归到诗的范畴。但是，真正的戏剧艺术应该包容诗（文学）、音乐、绘画、雕塑、建筑以及舞蹈等多种艺术成分，因而被称为综合艺术。

每一种艺术都有特殊的表现手段，从而构成形象的外在形态。作为一种综合艺术，戏剧融合了多种艺术的表现手段，它们在综合体中直接的、外在的表现是：

1. 文学。主要指剧本。

2. 造型艺术。主要指布景、灯光、道具、服装、化妆。

3. 音乐。主要指戏剧演出中的音响、插曲、配乐等，在戏曲、歌剧中，还包括曲调、演唱等。

4. 舞蹈。主要指舞剧、戏曲艺术中包含的舞蹈成分，在话剧中转化为演员的表演艺术——动作艺术。

戏剧中的多种艺术因素分别起着不同的作用，它们在综合整体中的地位不是对等的。在戏剧综合体中，演员的表演艺术居于中心、主导地位，它是戏剧艺术的本体。表演艺术的手段——形体动作和台词，是戏剧艺术的基本手段。其他艺术因素，都被本体所融化。剧本是戏剧演出的基础，直接决定了戏剧的艺术性和思想性，它作为一种文学形式，虽然可以像小说那样供人阅读，但它的基本价值在于可演性，不能演出的剧本，不是好的戏剧作品。戏剧演出中的音乐成分，无论是插曲、配乐还是音响，其价值主要在于对演员塑造舞台形象的协同作用。戏剧演出中的造型艺术成分，如布景、灯光、道具、服装、化妆等，也是从不同的角度为演员塑造舞台形象起特定辅助作用的。以演员表演艺术为本体，对多种艺术成分进行吸收与融合，构成了戏剧艺术的外在形态。

## 六、戏剧种类

按容量大小，戏剧文学可分为多幕剧、独幕剧和小品；按表现形式，它可分为话剧、歌剧、诗剧、舞剧、戏曲等；按题材，它可分为神话剧、历史剧、传奇剧、市民剧、社会剧、家庭剧、科学幻想剧等；按戏剧冲突的性质及效果，它又可分为悲剧、喜剧和正剧。

目前使用最多的分类是悲剧、喜剧和正剧，其中悲剧出现的时间早于喜剧，正剧又被称为悲喜剧。

## 第二节 戏剧欣赏要领

“没有冲突就没有戏剧”，戏剧冲突是戏剧的灵魂，是戏剧主题的基础和情节发展的动力，是社会生活矛盾在戏剧艺术中集中而概括的反映。牢牢把握戏剧冲突，是欣赏戏剧的关键。对此，我们可以从以下三个方面入手进行戏剧文学的欣赏。

扫一扫

充分认识戏剧冲突的主要特点

### 一、充分认识戏剧冲突的主要特点

总的来说，戏剧冲突有以下四个主要特点。

#### （一）尖锐激烈

在戏剧中，一些平淡的矛盾往往被组织成有声有色、触目惊心的冲突，犹如一对山羊抵角，两只蟋蟀格斗，没有调和的余地。由于矛盾的双方都有足够的冲击力，冲突的最后爆发是格外强烈的。如《雷雨》中所有的人物都卷入了戏剧冲突，虽然未动刀枪，但人物之间的交锋却是惊心动魄的，直到矛盾最终爆发。

#### （二）高度集中

戏剧要在既定的时间和空间里表现社会矛盾，必须巧妙地把事件和人物集中组织在一起，使戏剧冲突鲜明突出。如《雷雨》中 30 年来两代人的矛盾纠葛，集中在十七八个小时内展开，剧中场景凝聚在周家客厅和鲁家两处，犹如两军对垒。周家客厅中的旧家具勾连起 30 年前鲁侍萍与周朴园的纠葛，“闹鬼”一事又关联着蘩漪与周萍的往事。鲁侍萍与周朴园的纠葛在前，鲁大海与周朴园的冲突在后，集中概括了这场冲突的复杂性和深刻性。《茶馆》纵贯几十年，将六七十个人物之间的冲突，以及六七十个人物与时代的冲突，全放在茶馆中进行，可谓高度集中。

#### （三）节奏紧凑

戏剧冲突必须扣人心弦，波澜起伏，使观众一直处于紧张和期待之中。如《窦娥冤》中的矛盾层层推进，先是蔡婆讨债被害，张氏父子趁势要挟，蔡婆的屈从引起窦娥强烈反对；接着张驴儿误毒死张老头，却嫁祸窦娥，窦娥临危不惧；再接着县官严刑，窦娥为了蔡婆而招承，法场呼冤；最后窦娥鬼魂托梦，终于沉冤昭雪。在紧张的情节推进中，窦娥与蔡婆的冲突，窦娥与县官的冲突，窦娥与“天命”的冲突，都充分地展现了出来。

#### （四）曲折多变

戏剧冲突往往是曲折复杂、变化多姿的。如《西厢记》虽然情节并不复杂，但戏剧冲突却表现得曲折多变、跌宕起伏。在张、崔婚姻问题上，忽而由喜转悲，忽而由悲转喜，多次显露转机，却又戛然而止，因此曲折多变，绝无平淡之感。

## 二、抓住戏剧冲突的表现形态

戏剧冲突主要表现为具有不同性格的人物在追求各自目标过程中所发生的斗争，它不能用抽象的意念去表现。这些形态主要有以下三种。

### （一）人与人的冲突

人与人的冲突表现为人与人之间意志和性格的冲突，这也是戏剧冲突的本质。意志冲突，是指人物间目的和动机的对立出现，交织成错综复杂的戏剧冲突。如《雷雨》中董事长周朴园与工人代表鲁大海的不同动机，封建家长周朴园和蘩漪的不同动机，构成了阶级、家庭的冲突。在第二幕中，这种冲突已经面对面地展开：鲁妈和周朴园是旧恨加新怨，鲁大海被辞退和殴打，周萍拒绝蘩漪要娶四凤，蘩漪扬言要下毒手，等等。性格冲突，是指人物间对待事物的态度、追求的理想、采取手段的不同所引起的冲突。人物性格越典型就越容易引起冲突。《茶馆》一剧，正是由精明善良的王利发、耿介正直的常四爷等许多性格各异的人物，在相互撞击中引发冲突的。意志冲突和性格冲突往往是紧密地结合在一起的，在戏剧中不能完全分开。

### （二）人物内心冲突

内心冲突往往使人物陷于不易摆脱的境地。如《雷雨》中，四凤和周萍都是侍萍的亲生骨肉，要侍萍答应他们的结合，她是既难同意，又无法道出真情的，儿女的要求使她处于进退两难的境地。中国古代戏曲常常以抒发内心冲突的片断作为一出戏的重点。如《西厢记》“长亭送别”中，崔莺莺的大段抒情唱词，唱出了对往日的回忆和今日离别的愁苦，展示了她内心的矛盾：张生此去若不得官，他们就不能结合；若得官，又怕张生成为当权大户择婿的对象。这种愁苦之情反复激荡，充分表现了青年男女追求自由爱情和封建家长追逐名利之间的冲突。

### （三）人物与环境的冲突

这种环境，既指自然环境，也指社会环境。如在《牡丹亭》“惊梦”中，美好的自然景色，使杜丽娘惊喜万分，由此春情萌发，但这是不为封建礼教所制约的现实环境所允许的，情与环境的不协调，构成了戏剧冲突。《茶馆》则展示了维新运动失败后、北洋军阀混战之时和国民党统治时期这三个不同历史阶段中人与社会环境的冲突，通过常四爷被逮捕和康顺子被出卖的事件，表现了市民、农民与清末统治阶级的冲突。

## 三、把握戏剧冲突的不同类型

戏剧冲突因剧作情节结构不同，一般可以分为以下几类。

### （一）单一型

单一型这类戏剧冲突的对立面自始至终基本不变，一贯到底，在一次次交锋中，冲突越来越激烈，直到最后爆发。如蘩漪与周萍的冲突贯穿《雷雨》全剧：第一幕中周萍与蘩漪的对话已显示了矛盾，这是冲突的开始；第二幕冲突正式展开；第三幕冲突又进一步发展；第四幕则以白刃相见，到了你死我活的地步。

### （二）主次型

戏剧中一般会有一个主要冲突，但这一冲突并非每场都出现，有时出现的是次要冲突。如《西厢记》中的主要冲突是自由婚姻和封建婚姻的冲突，具体表现为莺莺、张生和老夫人、郑恒的矛盾。但实际上全剧除了二本三折的“赖婚”，四本二折的“拷红”外，其他场次中老夫人的戏并不多。而张生、莺莺和红娘由于身份、处境、教养、个性不同，对封建礼教的态度亦有差异，所采取的反抗和挣脱束缚的方式也不同，因而不断发生冲撞和误会，由此构成十分强烈的喜剧效果。

只有从以上各方面入手，才能很好地欣赏戏剧文学作品，从中体会到它独特的审美价值和艺术旨趣。

## 第三节 名作欣赏

### 名 作

#### 窦娥冤（节选）

关汉卿

（外[①]扮监斩官上，云）下官监斩官是也。今日处决犯人，着做公的把住巷口，休放往来人闲走。（净扮公人，鼓三通，锣三下科，刽子磨旗[②]、提刀，押正旦带枷上，刽子云）行动些，行动些，监斩官去法场上多时了。（正旦唱）

【正宫·端正好】没来由犯王法，不提防遭刑宪，叫声屈动地惊天。顷刻间游魂先赴森罗殿，怎不将天地也生埋怨。

【滚绣球】有日月朝暮悬，有鬼神掌着生死权。天地也，只合把清浊分辨，可怎生糊突了盗跖颜渊！为善的受贫穷更命短，造恶的享富贵又寿延。天地也，做得个怕硬欺软，却元来也这般顺水推船。地也，你不分好歹何为地。天也，你错勘[③]贤愚枉做天！哎，只落得两泪涟涟。

（刽子云）快行动些，误了时辰也。（正旦唱）

【倘秀才】则被这枷纽的我左侧右偏，人拥的我前合后偃。我窦娥向哥哥行[④]有句言。（刽子云）你有甚么话说？（正旦唱）前街里去心怀恨，后街里去死无冤，休推辞路远。

（刽子云）你如今到法场上面，有甚么亲眷要见的，可教他过来见你一面也好。（正旦唱）

【叨叨令】可怜我孤身只影无亲眷，则落的吞声忍气空嗟怨。（刽子云）难道你爷娘家也没的？（正旦云）止有个爹爹，十三年前上朝取应去了，至今杳无音信。（唱）早已是十年多不睹爹爹面。（刽子云）你适才要我往后街里去，是甚么主意？（正旦唱）怕则怕前街里被我婆婆见。（刽子云）你的性命也顾不得，怕她见怎的？（正旦云）俺婆婆若见我披枷带锁赴法场餐刀去呵，（唱）枉将她气杀也么哥[⑤]，枉将她气杀也么哥。告哥哥，临危好与人行方便。

（卜儿哭上科，云）天哪，兀的不是我媳妇儿！（刽子云）婆子靠后。（正旦云）既是俺婆婆来了，叫她来，待我嘱咐她几句话咱。（刽子云）那婆子，近前来，你媳妇要嘱咐你话哩。（卜儿云）孩儿，痛杀我也。（正旦云）婆婆，那张驴儿把毒药放在羊肚儿汤里，实指望药死了你，要霸占我为妻。不想婆婆让与他老子吃，倒把他老子药死了。我怕连累婆婆，屈招了药死公公，今日赴法场典刑。婆婆，此后遇着冬时年节，月一十五，有瀽[6]不了的浆水饭，瀽半碗儿与我吃；烧不了的纸钱，与窦娥烧一陌儿[7]。则是看你死的孩儿面上。（唱）

【快活三】念窦娥葫芦提当罪愆，念窦娥身首不完全，念窦娥从前已往干家缘；婆婆也，你只看窦娥少爷无娘面。

【鲍老儿】念窦娥服侍婆婆这几年，遇时节将碗凉浆奠；你去那受刑法尸骸上烈[8]纸钱，只当把你亡化的孩儿荐。（卜儿哭科，云）孩儿放心，这个老身都记得。天哪，兀的不痛杀我也。（正旦唱）婆婆也，再也不要啼啼哭哭，烦烦恼恼，怨气冲天。这都是我做窦娥的没时没运，不明不暗，负屈衔冤。

（刽子做喝科，云）兀那婆子靠后，时辰到了也。（正旦跪科）（刽子开枷科）（正旦云）窦娥告监斩大人，有一事肯依窦娥，便死而无怨。（监斩官云）你有什么事？你说。（正旦云）要一领净席，等我窦娥站立，又要丈二白练，挂在旗枪上，若是我窦娥委实冤枉，刀过处头落，一腔热血休半点儿沾在地下，都飞在白练上者。（监斩官云）这个就依你，打甚么不紧。（刽子做取席科，站科，又取白练挂旗上科）（正旦唱）

【耍孩儿】不是我窦娥罚下这等无头愿，委实的冤情不浅。若没些儿灵圣与世人传，也不见得湛湛青天。我不要半星热血红尘洒，都只在八尺旗枪素练悬。等他四下里皆瞧见，这就是咱苌弘化碧[9]，望帝啼鹃[10]。

（刽子云）你还有甚的说话，此时不对监斩大人说，几时说那？（正旦再跪科，云）大人，如今是三伏天道，若窦娥委实冤枉，身死之后，天降三尺瑞雪，遮掩了窦娥尸首。（监斩官云）这等三伏天道，你便有冲天的怨气，也召不得一片雪来，可不胡说！（正旦唱）

【二煞】你道是暑气暄，不是那下雪天；岂不闻飞霜六月因邹衍[11]？若果有一腔怨气喷如火，定要感得六出冰花滚似绵，免着我尸骸现；要什么素车白马，断送出古陌荒阡？

（正旦再跪科，云）大人，我窦娥死的委实冤枉，从今以后，着这楚州亢旱[12]三年。（监斩官云）打嘴！那有这等说话！（正旦唱）

【一煞】你道是天公不可期，人心不可怜，不知皇天也肯从人愿。做甚么三年不见甘霖降？也只为东海曾经孝妇冤[13]。如今轮到你山阳县。这都是官吏们无心正法，使百姓有口难言。

（刽子做磨旗科，云）怎么这一会儿天色阴了也？（内做风科，刽子云）好冷风也！（正旦唱）

【煞尾】浮云为我阴，悲风为我旋，三桩儿誓愿明题遍。（做哭科，云）婆婆也，直等待雪飞六月，亢旱三年呵，（唱）那其间才把你个屈死的冤魂这窦娥显。

（刽子做开刀，正旦倒科）（监斩官惊云）呀，真个下雪了，有这等异事！（刽子云）我也道平日杀人，满地都是鲜血，这个窦娥的血，都飞在那丈二白练上，并无半点落地，委实奇怪。（监斩官云）这死罪必有冤枉，早两桩儿应验了，不知亢旱三年的说话，准也不准？且看后来如何。左右，也不必等待雪晴，便与我抬她尸首，还了那蔡婆婆去罢。（众应科，抬尸下）

## 注 释

① 外：外末的省称，指正末以外的次要角色。

② 磨旗：挥动旗子开路。

③ 错勘：错判。

④ 行（háng）：表处所的语助词，一般用在人称代词的后面。

⑤ 也么哥：语尾助词，无义。

⑥ 瀽（jiǎn）：倾，倒。

⑦ 一陌儿：一百张或一串。陌，通“百”。

⑧ 烈：焚烧。

⑨ 苌弘化碧：苌弘，传说中周朝的忠臣。碧，青绿色的美石。《庄子·外物》：“苌弘死于蜀。藏其血，三年而化碧。”

⑩ 望帝啼鹃：望帝是传说中的蜀王，他在被逼传位给臣子后化成杜鹃，日夜悲啼。事见《华阳国志·蜀志》。

⑪ 飞霜六月因邹衍：传说燕惠王时邹衍蒙冤，夏五月而天降霜。事见《太平御览》卷十四引《淮南子》。

⑫ 亢旱：大旱，久旱。

⑬ 东海曾经孝妇冤：相传汉代东海郡寡妇周青，事婆婆甚孝。婆婆为不拖累媳妇，自缢而死。小姑诬告其杀死婆婆。郡守不察，判其死刑。周青死后，东海郡连续三年大旱。后任郡守查明冤案，天方降雨。事见《汉书·于定国传》。

## 作者简介

关汉卿（约1220—1300），元代杂剧作家，号已斋（一作一斋）、已斋叟。大都人（今河北安国），元杂剧奠基人，与马致远、郑光祖、白朴并称为“元曲四大家”，关汉卿居“元曲四大家”之首。他的戏曲作品暴露了封建统治的黑暗腐败，表现了古代人民的生活，特别是青年妇女的苦难遭遇和斗争精神，塑造了窦娥、赵盼儿、王瑞兰等妇女形象。他的作品人物性格鲜明，结构完整，情节生动，曲词精练。

## 作品赏析

《窦娥冤》取材于汉以来民间广为流传的“东海孝妇”的故事，具有强烈的现实意义。它描写了流氓无赖无恶不作，横行乡里；贪官污吏昏庸腐败，吏治废弛；善良百姓遭欺压凌辱，无处申诉的一系列社会现实。偶然性的情节，反映出造成这种冤案的必然的社会原因，其深刻沉痛之处，使《窦娥冤》在元杂剧中独树一帜，光彩灼灼。与现代着力表现阶级斗争的革命文学不同，关汉卿对作品所要反映的矛盾无意于夸张渲染，他只是如王国维所说的，“以其自然故，故能写当时政治及社会之情状”。这一点，不但没有削弱作品的思想意义及价值，相反，使作品显得更为真实，也更为深刻感人。

本文节选的是《窦娥冤》的第三折“法场”。

第一折，戏剧开始展开情节冲突。赛卢医因欠蔡婆二十两银子，无钱还债，便起歹心，将蔡婆骗至荒郊，欲行凶杀人，恰遇张驴儿父子，救下蔡婆，得知蔡婆家中只有婆媳二人守寡，便欲乘机霸占婆媳二人，谋夺家产。

这一折中，窦娥的性格也得到初步展现。窦娥的性格用两个词可以概括：本分、善良。她是一个弱女子，不过是一个有原则、有教养的弱女子。她出身于书香门第，幼承庭训，严格按照儒家礼教的标准处世做人。她自幼与父亲分离，卖入窦家作童养媳，十七岁结婚，丈夫随即去世，年轻守寡，命运悲惨，虽忧愁悲苦却能坚强面对。“我将这婆侍养，我将这服孝守，我言词须应口”。一半是相信灾祸命中注定，一半是从小接受传统教育的结果，从一而终的观念在她心里根深蒂固。这一折窦娥出场唱的几支曲子《点绛唇》《混江龙》《油葫芦》《天下乐》，写孀居女子的愁苦忧思，细腻缠绵，皆是绝妙好辞。《油葫芦》追述自己伶仃孤苦的身世，自伤自怜，黯然泪下。

在第二折中，戏剧的矛盾冲突进一步发展。张驴儿因窦娥不肯顺从，趁蔡婆患病之际，妄图毒杀蔡婆，霸占窦娥为妻。谁知阴差阳错，倒药死了自家父亲。张驴儿扬言告官，想迫使窦娥就范，窦娥不愿屈服，遂一同见官。糊涂太守桃杌不问情由，屈打成招，酿成冤案。

第三折，全剧矛盾发展到高潮。在第二折中，窦娥遭受严刑，抵死不愿招认，因其胸中有浩然正气。而为救婆婆，又不惜自污，以其心中有满腔柔情。对赃官恶棍则金刚怒目，对婆婆则菩萨低眉，大孝大义，至刚至柔，方是窦娥。

描写行刑场面是全剧的高潮，不但情节矛盾到窦娥之死趋向尖锐化，这一折唱词，如繁弦促调，风雨骤至，也是全剧中最为悲情的一段。“没来由犯王法，不提防遭刑宪，叫声屈动地惊天”中“没来由”“不提防”六字，写尽在黑暗社会中，平民百姓的生活缺乏安全感，举步遭戮，动辄得咎。“动地惊天”写冤屈之深，反抗之激烈。“有日月朝暮悬，有鬼神掌着生死权。天地也，只合把清浊分辨，可怎生糊涂了盗跖颜渊”，“日月”喻君临天下的皇帝，“鬼神”喻掌握生杀大权的官吏，官者牧民，为人民提供安居乐业的环境是其本分，这里反而成为残害百姓的凶手，窦娥呼天抢地的哭喊，实是对黑暗社会提出的最有力的控诉。《倘秀才》《叨叨令》写窦娥临刑之前尚顾念年迈的婆婆，“怕则怕前街里被我婆婆见”，孝心拳拳，令人泪下。《快活三》《鲍老儿》写窦娥与婆婆诀别，既自伤身世，又劝慰婆婆，善良美好如此，却不得善终，本身就是对罪恶社会强烈的控诉。至窦娥罚下三桩誓愿，反抗趋于高潮，“血溅白绫”“六月飞雪”“三年大旱”，绝无可能之事，一一得以实现。感天动地的“感”与“动”，实是关汉卿与天地对话的具象化，他希望天地遵循公理正义。从作者与观众的主观意图看，桃杌的结局必然是失败的，作家必须给观众留下一个释放情感的渠道，留下一个“长吁”的空间。

## 名　作

### 牡丹亭·惊梦[①]

汤显祖

［旦上，唱］

**【绕池游】**　梦回莺啭，乱煞年光遍[②]。人立小庭深院。［贴］炷尽沉烟，抛残绣线，恁今春关情似去年[③]？

**【乌夜啼】**　［旦］晓来望断梅关[④]，宿残妆[⑤]。［贴］你侧著宜春髻子[⑥]恰凭阑。［旦］剪不断，理还乱[7]，闷无端。[贴] 已分付催花莺燕借春看。

[旦] 春香，可曾叫人扫除花径？[贴] 分付了。[旦] 取镜台衣服来。[贴取镜台衣服上] 云髻罢梳还对镜，罗衣欲换更添香。镜台衣服在此。

**【步步娇】** [旦] 袅晴丝[8]吹来闲庭院，摇漾春如线[9]。停半晌、整花钿[10]。没揣菱花[11]，偷人半面，迤逗的彩云偏[12]。[行介] 步香闺怎便把全向现！[贴] 今日穿插的好。

**【醉扶归】** [旦] 你道翠生生出落的裙衫儿茜[13]，艳晶晶花簪八宝填[14]，可知我常一生儿爱好是天然，恰三春[15]好处无人见。不提防沉鱼落雁鸟惊喧，则怕的羞花闭月花愁颤[16]。

[贴] 早茶时了，请行。[行介] 你看，画廊金粉半零星，池馆苍苔一片青。踏草怕泥新绣襪，异花疼煞小金铃[17]。[旦] 不到园林，怎知春色如许！

**【皂罗袍】** 原来姹紫嫣红开遍，似这般都付与断井颓垣[18]。良辰美景奈何天[19]，赏心乐事谁家院！恁般景致，我老爷和奶奶[20]再不提起。[合] 朝飞暮卷，云霞翠轩；雨丝风片，烟波画船。锦屏人忒看的这韶光贱[21]！

[贴] 是花都放了，那牡丹还早。

**【好姐姐】** [旦] 遍青山啼红了杜鹃，荼蘼外烟丝醉软[22]。春香呵，牡丹虽好，他春归怎占的先！[贴] 成对儿莺燕呵。[合] 闲凝眄[23]，生生燕语明如剪[24]，呖呖莺歌溜的圆[25]。

[旦] 去罢。[贴] 这园子委是观之不足[26]也。[旦] 提他怎的！[行介，唱]

**【隔尾】** 观之不足由他缱[27]，便赏遍了十二亭台是枉然，到不如兴尽回家闲过遣[28]。

[作到介] [贴] 开我西阁门，展我东阁床[29]。瓶插映山紫[30]，炉添沉水香。小姐，你歇息片时，俺瞧老夫人去也。[下]

[旦叹介] 默地游春转，小试宜春面[31]。春呵，得和你两留连，春去如何遣？咳！恁般天气，好困人也。春香那里？[作左右瞧介] [又低首沉吟介] 天呵，春色恼人，信有之乎？常观诗词乐府，古之女子，因春感情，遇秋成恨，诚不谬误矣。吾今年已二八[32]，未逢折桂[33]之夫；忽慕春情，怎得蟾宫之客[34]？昔韩夫人得遇于郎[35]，张生偶逢崔氏[36]，曾有《题红记》、《崔徽传》[37]二书。此佳人才子，前以密约偷期[38]，后皆得成秦晋[39]。[长叹介] 吾生于宦族，长在名门。年已及笄[40]，不得早成佳配，诚为虚度青春，光阴如过隙耳。[泪介] 可惜妾身颜色如花，岂料命如一叶乎！

**【山坡羊】** 没乱里春情难遣，蓦地里怀人幽怨。则为俺生小婵娟[41]，拣名门一例一例里神仙眷。甚良缘，把青春抛的远！俺的睡情谁见？则索因循腼腆[42]。想幽梦谁边，和春光暗流转？迁延[43]，这衷怀那处言！淹煎[44]，泼残生[45]，除问天！

## 注　释

①《牡丹亭》：汤显祖的代表作，描写的是太守杜宝的女儿杜丽娘自小生活于深闺之中。一天，她在丫环春香的带领下，私自游览花园。见春色满园，想到自己颜色如花，却不能早成佳配，不由感慨万千。回来后因感成梦，梦到与柳梦梅在牡丹亭畔幽会，从此一病不起，临死前自画一幅肖像，嘱家人将她葬在后花园。后来，与杜丽娘在梦中幽会的柳梦梅来到后花园，偶然拾得杜丽娘画像，杜丽娘鬼魂来与柳梦梅相聚，两人过了一段幸福的生活。杜丽娘告诉柳梦梅，她可还魂。柳梦梅挖开杜丽娘的坟墓，杜丽娘死而复生，两人终成被杜丽娘父母认可的人间佳配。

② 乱煞年光遍：到处都是大好春光。

③ 恁：为何。关情：牵动人的情怀。似：胜似，胜过。

④ 梅关：即大庾岭，宋代在这里设有梅关。

⑤ 宿残妆：隔夜的残妆。

⑥ 宜春髻子：相传立春那天，妇女剪彩作燕子状，戴在髻上，上贴“宜春”二字。

⑦“剪不断”二句：语出南唐后主李煜词《相见欢》。

⑧ 袅：细长的。晴丝：游丝、飞丝，虫类所吐的丝缕，常在空中飘游。

⑨ 摇漾春如线：春光如晴丝一般摇荡撩人。

⑩ 花钿：古代妇女头上戴的首饰。

⑪ 没揣：不意，没想到。菱花：借指镜子。古时所用铜镜的背面一般铸有菱花，故称。

⑫“迤逗”句：谓杜丽娘照镜子害羞，将头发弄偏。迤逗，引惹，挑逗。彩云，头发的代称。

⑬ 翠生生：颜色极鲜艳。出落的：显出，衬托出。茜：红色。

⑭ 艳晶晶：光彩夺目的样子。花簪八宝填：镶嵌着多种宝石的簪子。

⑮ 三春：孟春、仲春、季春。

⑯“不提防”二句：极言美貌。

⑰“异花”句：因惜花常常掣铃，连小金铃都被拉得疼煞了。

⑱ 断井：废弃了的井。颓垣：倒了的墙。

⑲ 奈何天：无可奈何的时光。

⑳ 老爷和奶奶：这里指杜丽娘的父母。

㉑ 锦屏人：闺中人，这里杜丽娘自指。忒：太。韶光：大好春光。

㉒ 荼蘼：一种花名。烟丝：即上文所说的晴丝。

㉓ 凝眄：眼睛紧盯着。

㉔“生生”句：谓燕子的叫声清脆明快。生生，形容叫声清脆。明如剪，明快如剪刀。

㉕“呖呖”句：形容莺啼声圆润动听。

㉖ 不足：不厌。

㉗ 缱：留恋，牵挂。

㉘ 过遣：清遣，排遣。

㉙“开我西阁门”二句：语本《木兰诗》“开我东阁门，坐我西阁床”。

㉚ 映山紫：映山红（杜鹃）的一种。

㉛ 宜春面：梳有宜春髻的脸容。常以指少女的青春容貌。

㉜ 二八：即十六岁。

㉝ 折桂：古代常以比科举及第。

㉞ 蟾宫之客：比喻科举及第之人。

㉟ 韩夫人得遇于郎：唐传奇《流红记》载，唐僖宗时，宫女韩氏以红叶题诗，从御沟中流出，被于祐拾到。于祐也以红叶题诗，投入上流，寄给韩氏。后来两人结为夫妇。

㊱ 张生偶逢崔氏：即唐元稹《会真记》（《莺莺传》）中描写的张生和崔莺莺的爱情故事。

㊲《崔徽传》：疑是《莺莺传》之误。《崔徽传》写的是崔徽和裴敬中的恋爱故事。

㊳ 偷期：幽会。

㊴ 得成秦晋：得成夫妇。春秋时，秦晋两国世代联姻，后世称联姻为秦晋。

㊵ 及笄：古代女子十五岁时，即以笄（簪）束发，叫及笄。这是女子成年的标志。

㊶ 婵娟：这里指美好的姻缘。

㊷ 则索：只得。索，要，须。腼腆：害羞。

㊸ 迁延：耽误青春。

㊹ 淹煎：受熬煎，遭折磨。

㊺ 泼残生：苦命儿。泼，表示厌恶，原来是骂人的话。

## 作者简介

汤显祖（1550—1616），江西临川人，明代戏曲作家，字义仍，号海若，又号若士，自署清远道人。在中国和世界文学史上有着重要的地位。汤显祖的主要创作成就在戏曲方面，代表作是《牡丹亭》（又名《还魂记》），它和《邯郸记》《南柯记》《紫钗记》合称“玉茗堂四梦”，又名“临川四梦”。

扫一扫

作品赏析

## 作品赏析

本折是《牡丹亭》全剧最为精彩的片段，主要描写因为环境的寂寞、精神生活的空虚，苦闷的杜丽娘在丫鬟春香的鼓动下，准备到自家的花园游玩，《惊梦》一折就从这里开始。“皂罗袍”是本折的高潮，刻画了杜丽娘千回百转的心态变化。郁郁寡欢的杜丽娘到了繁花似锦的花园中，花园中的勃勃生机激发了杜丽娘心中被压抑的人性欲望。备受压抑的杜丽娘内心深处对美好景致的向往使得初入园林中的她心潮起伏。如此美好的春光却无人观赏，杜丽娘由此联想到自己，不禁悲从中来，“原来姹紫嫣红开遍，似这般都付与断井颓垣。良辰美景奈何天，赏心乐事谁家院”，姹紫嫣红的美好景色都给了断井颓垣观赏，由物及人，一种自怜的情绪油然升起。这句话出于谢灵运语“天下良辰美景赏心乐事，四者难并”，突出了良辰美景与赏心乐事之间的矛盾，指出杜丽娘黯然的心情与艳丽春光间的不和谐，春天的生机强化了她的伤感。

汤显祖在本剧《题词》中写道：“如丽娘者，乃可谓之有情人耳。情不知所起，一往而深，生者可以死，死可以生。生而不可与死，死而不可复生者，皆非情之至也。”汤显祖所说的“情”，指人们的真正感情，在《牡丹亭》里表现为青年男女对自由的爱情生活的追求。“理”，是指以程朱理学为基础的封建道德观念，在《牡丹亭》里表现为封建礼教和封建家长对青年一代婚姻自由的束缚，显示了要求个性解放的思想倾向和浪漫夸张的艺术手法。

## 名　作

### 茶　馆（节选）

老舍

#### 第一幕

**时　间**　一八九八年（戊戌）初秋，康梁等的维新运动失败了。早半天。

**地　点**　北京，裕泰大茶馆。

**人　物**　王利发、刘麻子、庞太监、唐铁嘴、康六、小牛儿、松二爷、黄胖子、宋恩子、常四爷、秦仲义、吴祥子、李三、老人、康顺子、二德子、乡妇、茶客甲乙丙丁、马五爷、小妞、茶房一二人。

［幕启：这种大茶馆现在已经不见了。在几十年前，每城都起码有一处。这里卖茶，也卖简单的点心与菜饭。玩鸟的人们，每天在遛够了画眉、黄鸟等之后，要到这里歇歇腿，喝喝茶，并使鸟儿表演歌唱。商议事情的，说媒拉纤的，也到这里来。那年月，时常有打群架的，但是总会有朋友出头给双方调解；三五十口子打手，经调人东说西说，便都喝碗茶，吃碗烂肉面(大茶馆特殊的食品，价钱便宜，作起来快当)，就可以化干戈为玉帛了。总之，这是当日非常重要的地方，有事无事都可以来坐半天。

［在这里，可以听到最荒唐的新闻，如某处的大蜘蛛怎么成了精，受到雷击。奇怪的意见也在这里可以听到，像把海边上都修上大墙，就足以挡住洋兵上岸。这里还可以听到某京戏演员新近创造了什么腔儿，和煎熬鸦片烟的最好的方法。这里也可以看到某人新得到的奇珍——一个出土的玉扇坠儿，或三彩的鼻烟壶。这真是个重要的地方，简直可以算作文化交流的所在。

［我们现在就要看见这样的一座茶馆。

［一进门是柜台与炉灶——为省点事，我们的舞台上可以不要炉灶；有些锅勺的响声也就够了。屋子非常高大，摆着长桌与方桌，长凳与小凳，都是茶座儿。隔窗可见后院，高搭着凉棚，棚下也有茶座儿。屋里和凉棚下都有挂鸟笼的地方。各处都贴着“莫谈国事”的纸条。

［有两位茶客，不知姓名，正眯着眼，摇着头，拍板低唱。有两三位茶客，也不知姓名，正入神地欣赏瓦罐里的蟋蟀。两位穿灰色大衫的——宋恩子与吴祥子，正低声地谈话，看样子他们是北衙门的办案的（侦缉)。

［今天又有一起打群架的，据说是为了争一只家鸽，惹起非用武力解决不可的纠纷。假若真打起来，非出人命不可，因为被约的打手中包括着善扑营的哥儿们和库兵，身手都十分厉害。好在，不能真打起来，因为在双方还没把打手约齐，已有人出面调停了——现在双方在这里会面。三三两两的打手，都横眉立目，短打扮，随时进来，往后院去。

［马五爷在不惹人注意的角落，独自坐着喝茶。

［王利发高高地坐在柜台里。

［唐铁嘴踏拉着鞋，身穿一件极长极脏的大布衫，耳上夹着几张小纸片，进来。

［秦仲义，穿得很讲究，满面春风，走进来。

王利发　哎哟！秦二爷，您怎么这样闲在，会想起下茶馆来了？也没带个底下人？

秦仲义　来看看，看看你这年轻小伙子会作生意不会！

王利发　唉，一边作一边学吧，指着这个吃饭嘛。谁叫我爸爸死的早，我不干不行啊！好在照顾主儿都是我父亲的老朋友，我有不周到的地方，都肯包涵，闭闭眼就过去了。在街面上混饭吃，人缘儿顶要紧。我按着我父亲遗留下的老办法，多说好话，多请安，讨人人的喜欢，就不会出大岔子！您坐下，我给您沏碗小叶茶去！

秦仲义　我不喝！也不坐着！

王利发　坐一坐！有您在我这儿坐坐，我脸上有光！

秦仲义　也好吧！（坐）可是，用不着奉承我！

王利发　李三，沏一碗高的来！二爷，府上都好？您的事情都顺心吧？

秦仲义　不怎么太好！

王利发　您怕什么呢？那么多的买卖，您的小手指头都比我的腰还粗！

唐铁嘴　（凑过来）这位爷好相貌，真是天庭饱满，地阁方圆，虽无宰相之权，而有陶朱之富！

秦仲义　躲开我！去！

王利发　先生，你喝够了茶，该外边活动活动去！（把唐铁嘴轻轻推开）

唐铁嘴　唉！（垂头走出去）

秦仲义　小王，这儿的房租是不是得往上提那么一提呢？当年你爸爸给我的那点租钱，还不够我喝茶用的呢！

王利发　二爷，您说的对，太对了！可是，这点小事用不着您分心，您派管事的来一趟，我跟他商量，该长多少租钱，我一定照办！是！嗻！

秦仲义　你这小子，比你爸爸还滑！哼，等着吧，早晚我把房子收回去！

王利发　您甭吓唬着我玩，我知道您多么照应我、心疼我，决不会叫我挑着大茶壶，到街上卖热茶去！

秦仲义　你等着瞧吧！

[乡妇拉着个十来岁的小妞进来。小妞的头上插着一根草标。李三本想不许她们往前走，可是心中一难过，没管。她们俩慢慢地往里走。茶客们忽然都停止说笑，看着她们。

小　妞　（走到屋子中间，立住）妈，我饿！我饿！

[乡妇呆视着小妞，忽然腿一软，坐在地上，掩面低泣。

秦仲义　（对王利发）轰出去！

王利发　是！出去吧，这里坐不住！

乡　妇　哪位行行好？要这个孩子，二两银子！

常四爷　李三，要两个烂肉面，带她们到门外吃去！

李　三　是啦！（过去对乡妇）起来，门口等着去，我给你们端面来！

乡　妇　（立起，抹泪往外走，好像忘了孩子；走了两步，又转回身来，搂住小妞，吻她）宝贝！宝贝！

王利发　快着点吧！

[乡妇、小妞走出去。李三随后端出两碗面去。

王利发　（过来）常四爷，您是积德行好，赏给她们面吃！可是，我告诉您：这路事儿太多了，太多了！谁也管不了！（对秦仲义）二爷，您看我说的对不对？

常四爷　（对松二爷）二爷，我看哪，大清国要完！

秦仲义　（老气横秋地）完不完，并不在乎有人给穷人们一碗面吃没有。小王，说真的，我真想收回这里的房子！

王利发　您别那么办哪，二爷！

秦仲义　我不但收回房子，而且把乡下的地，城里的买卖也都卖了！

王利发　那为什么呢？

秦仲义　把本钱拢在一块儿，开工厂！

王利发　开工厂？

秦仲义　嗯，顶大顶大的工厂！那才救得了穷人，那才能抵制外货，那才能救国！（对王利发说而眼看着常四爷）唉，我跟你说这些干什么，你不懂！

王利发　您就专为别人，把财产都出手，不顾自己了吗？

秦仲义　你不懂！只有那么办，国家才能富强！好啦，我该走啦。我亲眼看见了，你的生意不错，你甭再要无赖，不长房钱！

王利发　您等等，我给您叫车去！

秦仲义　用不着，我愿意溜达溜达！

［秦仲义往外走，王利发送。

［小牛儿搀着庞太监走进来。小牛儿提着水烟袋。

庞太监　哟！秦二爷！

秦仲义　庞老爷！这两天您心里安顿了吧？

庞太监　那还用说吗？天下太平了：圣旨下来，谭嗣同问斩！告诉您，谁敢改祖宗的章程，谁就掉脑袋！

秦仲义　我早就知道！

［茶客们忽然全静寂起来，几乎是闭住呼吸地听着。

庞太监　您聪明，二爷，要不然您怎么发财呢！

秦仲义　我那点财产，不值一提！

庞太监　太客气了吧？您看，全北京城谁不知道秦二爷！您比作官的还厉害呢！听说呀，好些财主都讲维新！

秦仲义　不能这么说，我那点威风在您的面前可就施展不出来了！哈哈哈！

庞太监　说得好，咱们就八仙过海，各显其能吧！哈哈哈！

秦仲义　改天过去给您请安，再见！（下）

庞太监　（自言自语）哼，凭这么个小财主也敢跟我逗嘴皮子，年头真是改了！（问王利发）刘麻子在这儿哪？

王利发　总管，您里边歇着吧！

［刘麻子早已看见庞太监。但不敢靠近，怕打搅了庞太监、秦仲义的谈话。

刘麻子　喝，我的老爷子！您吉祥！我等了您好大半天了！（搀庞太监往里面走）

［宋恩子、吴祥子过来请安，庞太监对他们耳语。

［众茶客静默了一阵之后，开始议论纷纷。

茶客甲　谭嗣同是谁？

茶客乙　好像听说过！反正犯了大罪，要不，怎么会问斩呀！

茶客丙　这两三个月了，有些作官的，念书的，乱折腾乱闹，咱们怎能知道他们捣的什么鬼呀！

茶客丁　得！不管怎么说，我的铁杆庄稼又保住了！姓谭的，还有那个康有为，不是说叫旗兵不关钱粮，去自谋生计吗？心眼多毒！

茶客丙　一份钱粮倒叫上头克扣去一大半，咱们也不好过！

茶客丁　那总比没有强啊！好死不如赖活着，叫我去自己谋生，非死不可！

王利发　诸位主顾，咱们还是莫谈国事吧！

［大家安静下来，都又各谈各的事。

庞太监　（已坐下）怎么说？一个乡下丫头，要二百银子？

刘麻子　(侍立)乡下人，可长得俊呀！带进城来，好好地一打扮、调教，准保是又好看，又有规矩！我给您办事，比给我亲爸爸作事都更尽心，一丝一毫不能马虎！

[唐铁嘴又回来了。

王利发　铁嘴，你怎么又回来了？

唐铁嘴　街上兵荒马乱的，不知道是怎么回事！

庞太监　还能不搜查搜查谭嗣同的余党吗？唐铁嘴，你放心，没人抓你！

唐铁嘴　嗻，总管，您要能赏给我几个烟泡儿，我可就更有出息了！

[有几个茶客好像预感到什么灾祸，一个个往外溜。

松二爷　咱们也该走啦吧！天不早啦！

常四爷　嗻！走吧！

[二灰衣人——宋恩子和吴祥子走过来。

宋恩子　等等！

常四爷　怎么啦？

宋恩子　刚才你说“大清国要完”？

常四爷　我，我爱大清国，怕它完了！

吴祥子　(对松二爷)你听见了？他是这么说的吗？

松二爷　哥儿们，我们天天在这儿喝茶。王掌柜知道：我们都是地道老好人！

吴祥子　问你听见了没有？

松二爷　那，有话好说，二位请坐！

宋恩子　你不说，连你也锁了走！他说“大清国要完”，就是跟谭嗣同一党！

松二爷　我，我听见了，他是说……

宋恩子　(对常四爷)走！

常四爷　上哪儿？事情要交代明白了啊！

宋恩子　你还想拒捕吗？我这儿可带着“王法”呢！(掏出腰中带着的铁链子)

常四爷　告诉你们，我可是旗人！

吴祥子　旗人当汉奸，罪加一等！锁上他！

常四爷　甭锁，我跑不了！

宋恩子　量你也跑不了！(对松二爷)你也走一趟，到堂上实话实说，没你的事！

[黄胖子同三五个人由后院过来。

黄胖子　得啦，一天云雾散，算我没白跑腿！

松二爷　黄爷！黄爷！

黄胖子　(揉揉眼)谁呀？

松二爷　我！松二！您过来，给说句好话！

黄胖子　(看清)哟，宋爷，吴爷，二位爷办案哪？请吧！

松二爷　黄爷，帮帮忙，给美言两句！

黄胖子　官厅儿管不了的事，我管！官厅儿能管的事呀，我不便多嘴！(问大家)是不是？

众　嗻！对！

[宋恩子、吴祥子带着常四爷、松二爷往外走。

松二爷　(对王利发)看着点我们的鸟笼子！

王利发　您放心，我给送到家里去！

［常四爷、松二爷、宋恩子、吴祥子同下。

黄胖子　（唐铁嘴告以庞太监在此）哟，老爷在这儿哪？听说要安份儿家，我先给您道喜！

庞太监　等吃喜酒吧！

黄胖子　您赏脸！您赏脸！（下）

［乡妇端着空碗进来，往柜上放。小妞跟进来。

小　妞　妈！我还饿！

王利发　唉！出去吧！

乡　妇　走吧，乖！

小　妞　不卖妞妞啦？妈！不卖啦？妈！

乡　妇　乖！（哭着，携小妞下）

［康六带着康顺子进来，立在柜台前。

康　六　姑娘！顺子！爸爸不是人，是畜生！可你叫我怎办呢？你不找个吃饭的地方，你饿死！我不弄到手儿两银子，就得叫东家活活地打死！你呀，顺子，认命吧，积德吧！

康顺子　我。我……（说不出话来）

刘麻子　（跑过来）你们回来啦？点头啦？好！来见见总管！给总管磕头！

康顺子　我……（要晕倒）

康　六　（扶住女儿）顺子！顺子！

刘麻子　怎么啦？

康　六　又饿又气，昏过去了！顺子！顺子！

庞太监　我要活的，可不要死的！

［静场。

茶客甲　（正与乙下象棋）将！你完啦！

——幕落

## 作者简介

老舍（1899—1966），原名舒庆春，字舍予，中国现代小说家、文学家、剧作家。主要作品有《猫城记》《老张的哲学》《骆驼祥子》《四世同堂》《正红旗下》，话剧《龙须沟》《茶馆》等。老舍以长篇小说和剧作著称于世，他的作品大都取材于市民生活，为中国现代文学开拓了重要的题材领域。他所描写的自然风光、世态人情、习俗时尚，运用的群众口语，都呈现出浓郁的“京味”。

## 作品赏析

《茶馆》（三幕话剧），发表于《收获》1957年创刊号上，是老舍在“双百”方针鼓舞下，创作的一部杰作，收入《老舍剧作选》，也是我国当代具有世界性深远影响的优秀剧作之一。新中国成立后，老舍怀着满腔热情投身于新的文化建设事业，表达着自己所能体会到的解放感与新生感。老舍把自己的主要精力放到了戏剧创作方面，从1950年到1966年，他先后创作了20多部剧作。《茶馆》就是其中最有影响的代表作。以下从三个方面对《茶馆》进行赏析。

### （一）历史背景与主题

《茶馆》全剧共三幕，描写了三个被埋葬的旧时代，反映了从1898年戊戌变法失败到抗日战争胜利后近五十年的变迁史。第一幕："戊戌变法"失败之后，是清末封建统治最黑暗的历史时期。当时，政治极端腐败，封建统治者横征暴敛，骄奢淫逸，国家岌岌可危，民不聊生，而侵略者的势力越来越大，中国已经明显沦为半殖民半封建社会了。第二幕：民国初年，袁世凯死后军阀混战的历史时期。帝国主义为了进一步的侵略，挑动军阀互相厮杀，广大人民进一步陷入水深火热之中。第三幕：抗战胜利后，国民党倒台前的历史时期。抗战的胜利给人民带来了希望，而国民政府却没有为人民着想。国民党接收大员在北平横行无忌，物价飞涨，特务横行，广大人民更难生活下去，就连最善于应付的王掌柜，也被逼自缢。但曙光已经出现，康顺子等人相继投奔"西山"，预示着生活即将要发生的巨变。本文节选的是第一幕。

### （二）人物形象

《茶馆》成功地塑造了众多的人物形象。全剧出场的人物有七十多人，有名有姓的就有五十多人，而且这些人物大多个性鲜明。其中，以王利发、常四爷、秦仲义等三人的形象最有影响。

#### 1. 王利发

王利发是"裕泰茶馆"的掌柜，是贯穿全剧的主要人物。他是一位精明强干的小业主形象。首先，为了生存与温饱，他一直信守顺民哲学，从不招惹是非，对太监、资本家、新旧军阀的狗腿子、特务、大兵……一概采取逆来顺受的态度，"见谁都请安、鞠躬、作揖"，赔笑脸、说好话。但一切恶势力的人物，也都无休止地向他敲诈、勒索，使他疲于应酬，疲于奔命。其次，在茶馆的经营上，他能够吃苦耐劳，勤于操持，每天早起晚睡，亲自送往迎来，而且还是一位善于追赶时代潮流的"圣之时者"，能根据时代的变化，不断调整茶馆的经营方向，使"裕泰茶馆"在北京的茶馆业已十分萧条的情况下，得以勉强维持。第三，就个人品质而言，他还是善良而有正义感的人。在自身还食不果腹的情况下，收留了康顺子母子；为掩护青年学生免遭逮捕，他不得不咬紧牙关解囊相助。这些都说明了他具有中国人的良知，然而他的下场是走投无路，被逼自尽。

王利发的悲剧启示人们，在"吃人"的旧社会，靠本分、善良、委曲求全、逆来顺受，是不会得到安宁与温饱的。他的遭遇不仅唤起人们对"吃人"的旧社会的憎恶，而且使人清醒地认识到它必然走向灭亡的历史趋向。为了迅速结束这样的年代，人们就必须团结起来与它进行斗争。王利发最后会嘲笑国民党"党棍"，命令儿媳、孙女去"西山"，追寻参加游击队，说明了他的觉醒，同时也预示出处于水深火热之中的广大群众都必然要走的一条生存之路——革命斗争的道路。

#### 2. 常四爷

常四爷也是贯穿全剧的人物之一。他是一位富有爱国反洋意识的"旗人"。他属于统治阶级营垒中的一员，有"铁杆庄稼"（吃皇粮）的保障，可以说是衣食无忧，但他并未因此就昧着良心说违心的话、办违心的事。当看到洋人的势力横行，清政府的软弱无能等现实时，他十分感慨地说："我看哪，大清国要完！"其实他并非希望大清真的灭亡，而是忧国忧民的慨叹。就其性格而言，他倔强、正直、富于同情心。对于那些横行乡里、飞扬跋扈的人，他敢于顶撞、讥讽；对于弱者、贫者，又能慷慨解囊、扶危救困。就是到了民国，随着清政府的倒台，他再也没有“铁杆庄稼”（吃皇粮）的保障了，也没有像其他那些“旗人”那样，靠变卖家产为生，而是自己在城外买了一块地种菜，靠自己的双手自食其力。他的身上体现了中华民族的许多美好品德。

3. 秦仲义

秦仲义是一位民族资产阶级的代表人物。秦家本是北京城数一数二的大财主，家里有很多金钱和房产。他完全可以靠着祖上的财产，吃喝玩乐一辈子，但是面对国弱民穷和帝国主义列强的入侵，他决心实业救国，变卖了家里所有的房产、地产，办了个“顶大顶大”的工厂，但是，在那黑暗的、腐朽的时代，他的努力最终只能化成泡影。当他从自己亲手办的工厂被赶出来时，只带了签支票用的金笔和在工厂门口捡到的两个螺丝帽。他对王利发说：“人哪，有钱就该吃喝嫖赌，决不能做好事，做好事绝没有好下场！”他的失败有力地证明了在半殖民地半封建的旧中国，靠实业救国是行不通的。

其他人物，如刘麻子、宋恩子、吴祥子、唐铁嘴等人物及其后代的出场，形象地反映了旧社会政权更迭但其本质不变的事实。因为不管哪个朝代，这类人物都照样欺凌良善，照样干着危害社会、危害人民的罪恶勾当。

### （三）艺术成就

作为老舍的代表作，《茶馆》在艺术上取得了多方面的成就，集中体现了老舍剧作的风格。

首先，剧作深刻地反映了旧中国的社会本质，展示了历史的必然趋势，但是它却没有选取重大的社会题材，没有去描写中国自戊戌变法以来的重大事件和重要的人物，而是通过“侧面透露出一些政治消息”的方法，通过“裕泰茶馆”的兴衰来展现的。茶馆作为社会的一个“窗口”，是一个小的社会。通过它的每况愈下，最终为黑暗所吞没，展现出一个时代不如一个时代的历史事实，揭示出吃人的旧社会必然要灭亡的历史规律。

其次，剧作突破了传统的戏剧手法，不求故事情节的连贯、矛盾冲突的紧张激烈，而是采取了“人像展览式结构”，通过一个个生动鲜活的人物的命运、沉浮，来完成作品的主题。剧作所反映的内容，时间之长，跨度之大，人物之众多，都是话剧创作中罕见的。在全剧出场的七十多个人物中，有名有姓的就有五十多人。对这样多的人物，作家采取了主要人物由壮到老（如王利发等），贯穿全剧；次要人物父子相承（如刘麻子、唐铁嘴等），每一个角色都说自己的事，又和时代结合起来；无关紧要的人物，招之即来，挥之即去。而且剧中的各色人物哪怕只出场一次，只有三言两语的台词，也都对深化作品的主题，有着不可或缺的作用。

再次，作品还比较集中地体现了老舍剧作的民族风格，充分发挥了作家熟悉旧社会、擅长写北京市民生活的特点，具有浓郁的“北京味儿”。剧中的人物都是地道的北京人，其性格特点、心理状态、精神气质、语言习惯都是我们民族在特定时代的产物；而环境则是典型的北京茶馆，茶馆的陈设、布局，人物间的对话，都是地道的“北京味儿”。尤其是作家还把曲艺这种民族的艺术糅进剧作之中，不仅有机地介绍了剧情，解决了时间跨度大等难题，更增加了民族艺术的表现力。

最后，《茶馆》写的虽然是历史题材，但作者是立足于今天来反映过去的，因此，蕴含着强烈的新旧社会的对比。作者在让人们看到往昔苦难的同时，更珍惜今天的幸福，热爱我们的新社会。

《茶馆》的第一幕可分为六个场面，主要写清朝末年的社会生活，具体时间是1898年的秋天，正是戊戌政变失败之后，维新派谭嗣同被杀害不久，通过裕泰大茶馆里形形色色的人物的种种活动，透视了戊戌政变发生与失败的前因后果，具体描绘了帝国主义扩张渗透、流氓地痞横行、市民阶级混乱、农民破产、宫廷生活腐败荒淫、爱国者横遭迫害的社会形态，生动地勾勒出晚清统治的真实图景。最后一句台词“将！你完啦!”无疑是对这个社会作出的历史判决。

在结构上，剧本采用的是一种“人像展览式”结构。它不追求完整的故事，而是由每一个人物自身的遭遇和命运形成一个个相互交织的戏剧片段，从而最广泛地反映了社会风貌，揭示了时代特征。剧中也没有贯穿始终的对立面的斗争，而是以人民大众与旧时代的矛盾为总纲，并由这个总纲将分散的、片断的，既不互相制约又不连续发展的各种矛盾串联起来。一句话，作者用“埋葬旧时代”这个主题，把众多的人物、事件组织成了一台统一的话剧。

剧作还展示了作家富有个性的语言魅力。周扬曾经说过：“老舍先生写出了真正生动的，经过提炼的，性格化的，有思想的语言。”从第一幕中可以看出，作品的语言不仅简洁明快，幽默含蓄，而且承担着多项功能，诸如，刻画人物性格、推动情节发展、展现北京地方文化色彩等，充分显示了作为“语言艺术大师”的老舍深厚的艺术功力。《茶馆》中的每一句台词，都不是只表达思想、静止而又刻板的念白，而是来源于动作，显示着动作的。可以说，剧作家把刻画人物性格的两个基本手段——对话与动作，巧妙地统一在一起了。



## 拓展阅读

《茶馆》中的“裕泰茶馆”，实际是旧北平、旧中国的一个缩影。在混乱动荡的半个世纪中，通过“裕泰茶馆”这个窗口，完全可以清楚地看到：旧中国的政权虽然几经更迭，可无论是哪一种，其卖身投靠帝国主义、榨取人民血汗的罪恶本质，都丝毫不会改变。作品正是通过解剖“茶馆”的变化，解剖“茶馆”的各色人物命运的变化，无情地揭露了旧中国的腐朽与黑暗，猛烈地抨击了清王朝以及新、旧军阀的反动统治，有力地鞭挞了帝国主义强盗对我国的残酷掠夺。同时，也真实地反映了广大人民群众的苦难生活，并且透露了黑暗已经到了尽头，光明就要来临的征兆。

## 名　作

### 罗密欧与朱丽叶（节选）

［英］莎士比亚

#### 第五幕

第三场　同前。凯普莱特家坟茔所在的墓地。

［帕里斯及侍童携鲜花火炬上。

帕 里 斯　孩子，把你的火把给我；走开，站在远远的地方；还是灭了吧，我不愿给人看见。你到那边的紫杉树底下直躺下来，把你的耳朵贴着中空的地面，地下挖了许多墓穴，土是松的，要是有踉跄的脚步走到坟地上来，你准听得见；要是听见有什么声息，便吹一个呶哨通知我。把那些花给我。照我的话去做，走吧。

侍　　童　（旁白）我简直不敢独自一个人站在这墓地上，可是我要硬着头皮试一下。（退后）

帕 里 斯　这些鲜花替你铺盖新床；

惨啊，一朵娇红[①]永萎沙尘！

我要用沉痛的热泪淋浪，

和着香水浇溉你的芳坟；

夜夜到你墓前散花哀泣，

这一段相思啊永无消歇！（侍童吹口哨）

这孩子在警告我有人来了。哪一个该死的家伙在这晚上到这儿来打扰我在爱人墓前的凭吊？什么！还拿着火把来吗？——让我躲在一旁看看他的动静。（退后）

罗密欧及鲍尔萨泽持火炬锹锄等上。

罗 密 欧　把那锄头跟铁钳给我。且慢，拿着这封信；等天一亮，你就把它送给我的父亲。把火把给我。听好我的吩咐，无论你听见什么瞧见什么，都只好远远地站着不许动，免得妨碍我的事情；要是动一动，我就要你的命。我所以要跑下这个坟墓里去，一部分的原因是要探望探望我的爱人，可是主要的理由却是要从她的手指上取下一个宝贵的指环，因为我有一个很重要的用途。所以你赶快给我走开吧；要是你不相信我的话，胆敢回来窥伺我的行动，那么，我可以对天发誓，我要把你的骨骼一节一节扯下来，让这饥饿的墓地上散满了你的肢体。我现在的心境非常狂野，比饿虎或是咆哮的怒海都要凶猛无情，你可不要惹我性起。

鲍尔萨泽　少爷，我走就是了，决不来打扰您。

罗 密 欧　这才像个朋友。这些钱你拿去，愿你一生幸福。再会，好朋友。

鲍尔萨泽　（旁白）虽然这么说，我还是要躲在附近的地方看着他；他的脸色使我害怕，我不知道他究竟打算做出什么事来。（退后）

罗 密 欧　你无情的泥土，吞噬了世上最可爱的人儿，我要掰开你的馋吻，（将墓门掘开）索性让你再吃一个饱！

帕 里 斯　这就是那个已经放逐出去的骄横的蒙太古[②]，他杀死了我爱人的表兄，据说她就是因为伤心他的惨死而夭亡的。现在这家伙又要来盗尸掘墓了，待我去抓住他。（上前）万恶的蒙太古！停止你的罪恶的工作，难道你杀了他们还不够，还要在死人身上发泄你的仇恨吗？该死的凶徒，赶快束手就捕，跟我见官去！

罗 密 欧　我果然该死，所以才到这儿来。年轻人，不要激怒一个不顾死活的人，快快离开我走吧；想想这些死了的人，你也该胆寒了。年轻人，请你不要激动我的怒气，使我再犯一次罪。啊，走吧！我可以对天发誓，我爱你远过于爱我自己。因为我来此的目的，就是要跟自己作对。别留在这儿，走吧；好好留着你的性命，以后也可以对人家说，是一个疯子发了慈悲，叫你逃走的。

帕 里 斯　我不听你这种鬼话；你是一个罪犯，我要逮捕你。

罗 密 欧　你一定要激怒我吗？那么好，来，朋友！（二人格斗）

侍　　童　哎哟，主啊！他们打起来了，我去叫巡逻的人来！（下）

帕 里 斯　（倒下）啊，我死了！——你倘有几分仁慈，打开墓门来，把我放在朱丽叶的身旁吧！（死）

罗 密 欧　好，我愿意成全你的志愿。让我瞧瞧他的脸：啊，茂丘西奥的亲戚，尊贵的帕里斯伯爵！当我们一路上骑马而来的时候，我的仆人曾经对我说过几句话，那时我因为心绪烦乱，没有听得进去。他说些什么？好像他告诉我说帕里斯本来预备娶朱丽叶为妻。他不是这样说吗？还是我做过这样的梦？或者还是我神经错乱，听见他说起朱丽叶的名字，所以发生了这一种幻想？啊！把你的手给我，你我都是登录在厄运的黑册上的人，我要把你葬在一个胜利的坟墓里。一个坟墓吗？啊，不！被杀害的少年，这是一个灯塔，因为朱丽叶睡在这里，她的美貌使这一个墓窟变成一座充满着光明的欢宴的华堂。死了的人，躺在那儿吧，一个死了的人把你安葬了。（将帕里斯放入墓中）人们临死的时候，往往反会觉得心中愉快，旁观的人便说这是死前的一阵回光返照。啊！这也就是我的回光返照吗？啊，我的爱人！我的妻子！死虽然已经吸去了你呼吸中的芳蜜，却还没有力量摧残你的美貌。你还没有被他征服，你的嘴唇上、面庞上，依然显着红润的美艳，不曾让灰白的死亡进占。提伯尔特，你也裹着你的血淋淋的殓衾躺在那儿吗？啊！你的青春葬送在你仇人的手里，现在我来替你报仇了，我要亲手杀死那杀害你的人。原谅我吧，兄弟！啊！亲爱的朱丽叶，你为什么依然这样美丽？难道那虚无的死亡，那枯瘦可憎的妖魔，也是个多情的种子，所以把你藏匿在这幽暗的洞府里做他的情妇吗？为了防止这样的事情，我要永远陪伴着你，再不离开这漫漫长夜的幽宫；我要留在这儿，跟你的侍婢，那些蛆虫们在一起；啊！我要在这儿永久安息下来，从我这厌倦人世的凡躯上挣脱厄运的束缚。眼睛，瞧你的最后一眼吧！手臂，作你最后一次的拥抱吧！嘴唇，啊！你呼吸的门户，用一个合法的吻，跟网罗一切的死亡订立一个永久的契约吧！来，苦味的向导，绝望的领港人，现在赶快把你的厌倦于风涛的船舶向那巉岩[3]上冲撞过去吧！为了我的爱人，我干了这一杯！（饮药）啊！卖药的人果然没有骗我，药性很快地发作了。我就这样在这一吻中死去。（死）

劳伦斯神父持灯笼、锄、锹自墓地另一端上。

劳 伦 斯　上天保佑我！我这双老脚今天晚上怎么老是在坟堆里绊来跌去的！那边是谁？

鲍尔萨泽　是一个朋友，也是一个跟您熟识的人。

劳 伦 斯　祝福你！告诉我，我的好朋友，那边是什么火把，向蛆虫和没有眼睛的骷髅浪费着它的光明？照我辨认起来，那火把亮着的地方，似乎是凯普莱特家里的坟茔。

鲍尔萨泽　正是，神父。我的主人，您的好朋友，就在那儿。

劳 伦 斯　他是谁？

鲍尔萨泽　罗密欧。

劳 伦 斯　他来多久了？

鲍尔萨泽　足足半点钟。

劳伦斯　陪我到墓穴里去。

鲍尔萨泽　我不敢，神父。我的主人不知道我还没有走。他曾经对我严辞恐吓，说要是我留在这儿窥伺他的动静，就要把我杀死。

劳伦斯　那么你留在这儿，让我一个人去吧。恐惧降临到我的身上。啊！我怕会有什么不幸的祸事发生。

鲍尔萨泽　当我在这株紫杉树底下睡了过去的时候，我梦见我的主人跟另外一个人打架，那个人被我的主人杀了。

劳伦斯　（趋前）罗密欧！嗳哟！嗳哟！这坟墓的石门上染着些什么血迹？在这安静的地方，怎么横放着这两柄无主的血污的刀剑？（进墓）罗密欧！啊，他的脸色这么惨白！还有谁？什么！帕里斯也躺在这儿，浑身浸在血泊里？啊！多么残酷的时辰，造成了这场凄惨的意外！那小姐醒了。（朱丽叶醒）

朱丽叶　啊，善心的神父！我的夫君呢？我记得很清楚我应当在什么地方，现在我正在这地方。我的罗密欧呢？（内喧声）

劳伦斯　我听见有什么声音。小姐，赶快离开这个密布着毒气腐臭的死亡的巢穴吧，一种我们所不能反抗的力量已经阻挠了我们的计划。来，出去吧。你的丈夫已经在你的怀中死去；帕里斯也死了。来，我可以替你找一处地方出家做尼姑。不要耽误时间盘问我，巡夜的人就要来了。来，好朱丽叶，去吧。（内喧声又起）我不敢再等下去了。

朱丽叶　去，你去吧！我不愿意走。（劳伦斯下）这是什么？一只杯子，紧紧地握在我的忠心的爱人的手里？我知道了，一定是毒药结果了他的生命。唉，冤家！你一起喝干了，不留下一滴给我吗？我要吻着你的嘴唇，也许这上面还留着一些毒液，可以让我当作兴奋剂服下而死去。（吻罗密欧）你的嘴唇还是温暖的！

巡丁甲　（在内）孩子，带路；在哪一个方向？

朱丽叶　啊，人声吗？那么我必须快一点了结。啊，好刀子！（攫住罗密欧的匕首）这就是你的鞘子；（以匕首自刺）你插了进去，让我死了吧。（扑在罗密欧身上死去）

巡丁及帕里斯侍童上。

侍童　就是这儿，那火把亮着的地方。

巡丁甲　地上都是血。你们几个人去把墓地四周搜查一下，看见什么人就抓起来。（若干巡丁下）好惨！伯爵被人杀了躺在这儿，朱丽叶胸口流着血，身上还是热热的好像死得不久，虽然她已经葬在这里两天了。去，报告亲王，通知凯普莱特家里，再去把蒙太古家里的人也叫醒了，剩下的人到各处搜搜。（若干巡丁续下）我们看见这些惨事发生在这个地方，可是在没有得到认证以前，却无法明了这些惨事的真相。

若干巡丁率鲍尔萨泽上。

巡丁乙　这是罗密欧的仆人，我们看见他躲在墓地里。

巡丁甲　把他好生看押起来，等亲王为审问。

若干巡丁率劳伦斯神父上。

巡丁丙　我们看见这个教士从墓地旁边跑出来，神色慌张，一边叹气一边流泪。他手里还拿着锄头铁锹，都给我们拿下来了。

巡 丁 甲　他有很重大的嫌疑。把这教士也看押起来。

亲王及侍从上。

亲　　王　什么祸事在这样早的时候发生，打断了我的清晨的安睡？

凯普莱特、凯普莱特夫人及余人等上。

凯普莱特　外边这样乱叫乱喊，是怎么一回事？

凯普莱特夫人　街上的人们有的喊着罗密欧，有的喊着朱丽叶，有的喊着帕里斯。大家沸沸扬扬地向我们家里的坟上奔去。

亲　　王　这么许多人为什么发出这样惊人的叫喊？

巡 丁 甲　王爷，帕里斯伯爵被人杀死了躺在这儿；罗密欧也死了；已经死了两天的朱丽叶，身上还热着，又被人重新杀死了。

亲　　王　用心搜寻，把这场万恶的杀人命案的真相调查出来。

巡 丁 甲　这儿有一个教士，还有一个被杀的罗密欧的仆人，他们都拿着掘墓的器具。

凯普莱特　天啊！——啊，妻子！瞧我们的女儿流着这么多的血！这把刀弄错了地方了！瞧，它的空鞘子还在蒙太古家小子的背上，它却插进了我的女儿的胸前！

凯普莱特夫人　嗳哟！这些死的惨像就像惊心动魄的钟声，警告风烛残年的我，快要不久于人世了。

蒙太古及余人等上。

亲　　王　来，蒙太古，你起来虽然很早，可是你的儿子倒下得更早。

蒙 太 古　唉！殿下，我的妻子因为悲伤小儿的远逐，已经在昨天晚上去世了；还有什么祸事要来跟我这老头子作对呢？

亲　　王　瞧吧，你就可以看见。

蒙 太 古　啊，你这不孝的东西！你怎么可以抢在你父亲的前面，自己先钻到坟墓里去呢？

亲　　王　暂时停止你们的悲恸，让我把这些可疑的事情审问明白，知道了详细的原委以后，再来领导你们放声一哭吧；也许我的悲哀还要远远胜过你们呢！——把嫌疑犯带上来。

劳 伦 斯　时间和地点都可以作不利于我的证人。在这场悲惨的血案中，我虽然是一个能力最薄弱的人，但却是嫌疑最重的人。我现在站在殿下的面前，一方面要供认我自己的罪过，一方面也要为我自己辩解。

亲　　王　那么快把你所知道的一切说出来。

劳 伦 斯　我要把经过的情形尽量简单地叙述出来，因为我的短促的残生还不及一段冗烦的故事那么长。死了的罗密欧是死了的朱丽叶的丈夫，她是罗密欧的忠心的妻子，他们的婚礼是由我主持的。就在他们秘密结婚的那天，提伯尔特死于非命，这位才作新郎的人也从这城里被放逐出去。朱丽叶是为了他，不是为了提伯尔特，才那样伤心憔悴。你们因为要替她解除烦恼，把她许婚给帕里斯伯爵，还要强迫她嫁给他。她就跑来见我，神色慌张地要我替她想个办法避免这第二次的结婚，否则她要在我的寺院里自杀。所以我就根据我的医药方面的学识，给她一服安眠的药水。它果然发生了我所预期的效力，她一服下去就像死了一样昏沉过去。同时我写信给罗密欧，叫他就在这一个悲惨的晚上到这儿来，帮助把她搬出她寄寓的坟墓，因为药性一到时候便会过去。可是替我带信的约翰神父却因遭到意外，不能脱身，昨天晚上才把我的信依然带了回来。那时我只好按照着预先算定她醒来的时间，一个人前去把她从她家族的墓茔里带出来，预备把她藏匿在我的寺院里，等有方便再去叫罗密欧来。不料我在她醒来以前几分钟到这儿来的时候，尊贵的帕里斯和忠诚的罗密欧已经双双惨死了。她一醒过来，我就请她出去，劝她安心忍受这一种出自天意的变故。可是那时我听见了纷纷的人声，吓得逃出了墓穴。她在万分绝望之中不肯跟我去，看样子她是自杀了。这是我所知道的一切，至于他们两人的结婚，她的乳母也是知道的。要是这一场不幸的惨祸，是由我的疏忽所造成，那么我这条老命愿受最严厉的法律的制裁，请您让它提早几点钟牺牲了吧。

亲　王　我一向知道你是一个道行高尚的人。罗密欧的仆人呢？他有什么话说？

鲍尔萨泽　我把朱丽叶的死讯通知了我的主人，因此他从曼多亚[④]急急地赶到这里，到了这座坟茔的前面。这封信他叫我一早送去给我家老爷。当他走进墓穴里的时候，他还恐吓我，说要是我不离开他赶快走开，他就要杀死我。

亲　王　把那封信给我，我要看看。叫巡丁来的那个伯爵的侍童呢？喂，你的主人到这地方来做什么？

侍　童　他带了花来散在他夫人的坟上。他叫我站得远远的，我就听他的话。不一会儿工夫，来了一个拿着火把的人把坟墓打开了。后来我的主人就拔剑跟他打了起来，我就奔去叫巡丁。

亲　王　这封信证实了这个神父的话，讲起他们恋爱的经过和她的去世的消息。他还说他从一个穷苦的卖药人手里买到一种毒药，要把它带到墓穴里来准备和朱丽叶长眠在一起。这两家仇人在哪里？——凯普莱特！蒙太古！瞧你们的仇恨已经受到了多大的惩罚，上天借手于爱情，夺去了你们心爱的人。我因为忽视你们的争执，也已经丧失了一双亲戚[⑤]。大家都受到惩罚了。

凯普莱特　啊，蒙太古大哥！把你的手给我。这就是你给我女儿的一份聘礼，我不能再作更大的要求了。

蒙太古　但是我可以给你更多的。我要用纯金替她铸一座像，只要维洛那一天不改变它的名称，任何塑像都不会比忠贞的朱丽叶那一座更为卓越。

凯普莱特　罗密欧也要有一座同样富丽的金像卧在他情人的身旁。这两个在我们的仇恨下惨遭牺牲的可怜的人儿！

亲　王　清晨带来了凄凉的和解，
太阳也惨得在云中躲闪。
大家先回去发几声感慨，
该恕的、该罚的再听宣判。
古往今来多少离合悲欢，
谁曾见这样的哀怨辛酸！（同下）

## 注 释

① 娇红：借指朱丽叶。

② 蒙太古：这是用父姓称呼罗密欧。他因杀死朱丽叶的表兄提伯尔特，被遣送出维洛那城。

③ 巉（chán）岩：高而降的山岩。巉，形容山势高而险。

④ 曼多亚：罗密欧被放逐后，生活在曼多亚。

⑤ 一双亲戚：第三幕中被提伯尔特杀死的茂丘西奥和这里死去的帕里斯，都是亲王的亲戚。

## 作者简介

威廉·莎士比亚（1564—1616），文艺复兴时期英国杰出的戏剧家、诗人。1564 年出生于一个富商家庭。他曾经在“文法学校”读书，后因父亲破产，中途辍学。21 岁时在伦敦剧院工作，很快就登台演戏，并开始创作剧本和诗歌。他创作了大量诗剧，主要作品有“四大悲剧”（《李尔王》《哈姆雷特》《奥赛罗》《麦克白》）、“四大喜剧”（《仲夏夜之梦》《威尼斯商人》《第十二夜》《皆大欢喜》）、《罗密欧与朱丽叶》等。莎士比亚的作品是人文主义文学的杰出代表，在世界文学史上占有极重要的地位。

## 作品赏析

《罗密欧与朱丽叶》第五幕第三场是全剧的最后一场，也是本剧的高潮。剧中的男女主人公罗密欧和朱丽叶这对有情人，因受封建家族世仇的影响，不能终成眷属而双双殉情，以年轻的生命演绎了爱情的绝唱。他们令人荡气回肠的故事后面，是人文主义者对理想与爱情热烈执着的追求，当爱情与封建家长产生惊心动魄的对抗时，嫣红的玫瑰在中世纪的黑暗中凄然凋谢。在这场力量悬殊的搏斗中，一个个年轻人为了他们的理想倒下了，虽然，理想最终“活”了，但罗密欧与朱丽叶终究成了悲剧中的人，他们的“毁灭”也就产生了现实生活中的“悲剧美”。

### （一）封建家族的仇杀带来的悲剧

作为文艺复兴时期的戏剧大师，莎士比亚在喜剧《仲夏夜之梦》中写道：“最好的戏剧不过是人生的缩影。”反映人生，反映自然，反映时代，是他戏剧创作的宗旨。莎士比亚是一位来自民间的艺人，他其实是民间故事、民间戏剧传统滋养起来的一位“最伟大的戏剧天才”。根据意大利民间故事写成的悲剧《罗密欧与朱丽叶》，集中反映了莎士比亚早期的人文主义世界观和独特的创作风格。作者把罗密欧与朱丽叶这对人文主义青年男女的爱情写成悲剧，并且把悲剧的根源归咎于陈旧的封建家族意识和家族之间的仇杀，从而把爱情这一永恒的题材与文艺复兴时期的社会矛盾联系在一起，批判的锋芒直指中世纪衰朽而野蛮的伦理观念，指向现实的封建势力，体现了鲜明的时代色彩，反映了莎士比亚所坚持的文艺“反映自然”的现实主义原则。

### （二）剧中人的“急”加速了悲剧的进程

戏剧作为一种综合性的舞台艺术，要求有尖锐、集中的戏剧冲突，主要表现为剧中人物的性格冲突。本文所选的第五幕第三场，其尖锐的戏剧冲突可表现为三个主要人物的“急”。

**1. 帕里斯之急**

帕里斯是这场悲剧的受害者之一。他深爱着朱丽叶，并向朱丽叶的父亲凯普莱特求婚。急性子的凯普莱特强迫自己的女儿三天后就与帕里斯结婚，朱丽叶被逼无奈，只好服下了劳伦斯长老给的假死药，于是婚礼变成了葬礼。帕里斯只好在夜里到墓地凭吊朱丽叶。他遇到了从流放地曼多亚匆匆赶回来的罗密欧，他不听罗密欧的任何解释与劝告，情急之下，拔剑与罗密欧决斗，最终倒在了罗密欧的剑下。

**2. 罗密欧之急**

罗密欧与朱丽叶一见钟情，匆匆与朱丽叶秘密结婚，又因出于无奈而刺死了朱丽叶的表兄提伯尔特，被流放到曼多亚。闻知朱丽叶自杀的噩耗，罗密欧悲痛欲绝，从一个贫苦的卖药人手里买来毒药，火速赶回维洛那，不料又碰到了帕里斯。好心的罗密欧劝说帕里斯离开墓地，可是此时的帕里斯怎么能听得进去，于是发起了决斗。可怜的罗密欧不知道自己的爱人只是假死，抱着与爱人相会的视死如归之信念，罗密欧毫不犹豫，急匆匆地喝下了毒药。命运阴差阳错，使得两个年轻人先后追随死神而去。

**3. 朱丽叶之急**

三个年轻人中，最有个性的当数朱丽叶。朱丽叶出身名门世族，其父凯普莱特时时盘算着怎样把她许配给一个好人家，而帕里斯伯爵无疑是最好的人选，于是凯普莱特强迫朱丽叶与帕里斯结婚，遭到了朱丽叶的拒绝。绝情的父亲威胁说：“如果不听我的话，你去上吊也好，做叫花子也好，挨饿也好，死在街道上也好，我都不管。”朱丽叶绝望了，急忙求助于劳伦斯长老，长老决定用非常的手段帮助她。为了能与罗密欧长相厮守，她毅然喝下长老给的假死药，并且躺到自己家的墓穴，与死者为伍。当得知罗密欧已死，她果断地将匕首刺向自己的心脏，这是何等的勇气！黑格尔在分析朱丽叶形象时指出，只存在“最艰难的考验”的时刻，她才“好像一朵玫瑰突然放蕊，每一条皱纹都显出来，又好像潜伏在心灵深处的一股清泉突然源源不绝地迸射出来”，让我们看到“这个心灵的全部坚强力量”。人，只有在灾难、不幸袭击的瞬间，那性格美和心灵美，才能得到最充分的展现。

可爱的朱丽叶，勇敢的罗密欧，最终未能挣脱封建家族仇恨的枷锁，他们惨烈的死，把戏剧冲突推向高潮和结局。剧中几个年轻人和凯普莱特匆忙的决定，火急的行动，加速了悲剧的进程，结局令人扼腕叹息。

### （三）悲剧的影响及现实意义

《罗密欧与朱丽叶》自问世以来，一直在世界各国舞台上盛演不衰。罗密欧与朱丽叶的名字，几乎成了忠贞爱情的象征。英国作家约翰生在《莎士比亚戏剧集》序言中说过，在所有其他的舞台上，最普遍的动力是爱情。爱情的力量使一切善行和罪恶产生，并且加速或推迟了每一个行动。中世纪——人类历史上最黑暗的年代，爱情犹如伊甸园里的禁果，是不允许青年人采撷的。罗密欧和朱丽叶这两个人文主义者，觉醒青年的代表，为争取自由、爱情和做人的基本权利，豁出生命也要把这禁果摘到手。他们所遭受的磨难和痛苦，对于今天的年轻人来讲是不可想象的。莎士比亚在剧本中表现了“普遍人性的真实状态”，综合了悲、喜、善、恶的因素，变化无穷，可以说是一面“生活的镜子”，为我们展现了中世纪意大利城市生活的一面。剧本中的劳伦斯神父是一位可敬的长者，他有智慧，有学问，更难得的是他对于一对有情人的反封建婚姻，自始至终是同情的、支持的。这有别于同时代作家笔下的同类人物，像薄伽丘笔下的那些中世纪的神父，个个阴险狡猾，是为非作歹的特权阶级，只能成为被讥嘲、唾骂的对象。因此，我们可以把劳伦斯神父看作人文主义者的代言人。

## 拓展阅读

荒诞派戏剧兴起于20世纪50年代，到60年代达到了高峰。二战的恶梦刚刚过去，战争给整整一代人的心灵留下了难以治愈的创伤，美好的希望和理想破灭了，世界让人捉摸不透，社会令人心神不安。劫后余生的人们，抚摸着战争的伤疤，开始了痛苦的反思，对传统价值观念和现存的秩序持否定的态度。往日的精神支柱瓦解了，新的信仰尚未找到，这种精神上的空虚反映在文学艺术上，自然形成了一个“没有意义、荒诞、无用的主题”。英国著名的戏剧理论家马丁·埃林斯发表的题为《荒诞的戏剧》的论著，在理论上给这一流派正式定名。

1957年11月9日，《等待戈多》在旧金山圣昆廷监狱演出，观众是1 400名囚犯。演出之前，演员们和导演忧心忡忡，这一批世界上最粗鲁的观众能不能看懂《等待戈多》呢？出人意料的是，它竟然立即被囚犯观众所理解，一个个感动得痛哭流涕。一个犯人说：“戈多就是社会。”另一个犯人说：“他就是局外人。”这以后，无田无地的阿尔及利亚农民，把戈多看做是已许诺却没有实现的土地改革；而具有被别国奴役的不幸历史的波兰观众，则把戈多作为他们得不到民族自由和独立的象征。人们终于恍然大悟：“戈多”原来是那“口惠而实不至的东西!”。

## 本章小结

戏剧的表演形式多种多样，常见的包括话剧、歌剧、舞剧、音乐剧、木偶戏等。它是由演员扮演角色在舞台上当众表演故事情节的一种综合艺术。而作为文学的戏剧剧本，更是有其独特的艺术价值。本章通过对一些优秀的戏剧剧本的介绍，向读者介绍了它的独特魅力。

## 能力训练

一、名词解释

1. 戏剧

2. 戏剧的本质

3. 戏剧的特征

## 二、简答题

1. 按照不同的标准，戏剧可分为哪些种类？

2. 从戏剧的起源来看，戏剧具有哪些社会功用？

3. 试分析窦娥这一艺术形象。

4. 结合作品，谈谈杜丽娘这一女性形象在中国文学史上的价值。

5. 谈谈《茶馆》的艺术特色。

6. 罗密欧和朱丽叶的故事为什么能够流传至今？

## 三、论述题

戏剧剧本作为文学的一种，具有怎样的艺术价值？

# 参考文献

[1] 胡山林. 文学欣赏 [M]. 4 版. 北京：清华大学出版社，2023.
[2] 金元浦. 文学欣赏 [M]. 北京：中国人民大学出版社，2015.
[3] 樊莉. 文学欣赏 [M]. 北京：经济科学出版社，2020.
[4] 王先霈，王耀辉. 文学欣赏导引 [M]. 2 版. 北京：高等教育出版社，2014.
[5] 张子泉. 文学欣赏 [M]. 2 版. 北京：清华大学出版社，2014.
[6] 崔为英，谌艺榕，李海英. 文学欣赏 [M]. 镇江：江苏大学出版社，2017.
[7] 赵兴华. 文学欣赏 [M]. 西安：西北工业大学出版社，2021.
[8] 吴廷玉. 文学欣赏 [M]. 5 版. 北京：高等教育出版社，2024.